VOIX D'EXTINCTION

SOPHIE HÉNAFF

VOIX D'EXTINCTION

ROMAN

ALBIN MICHEL

Pour mes filles, les meilleures du monde.

Pour Tiebelle et Bastille,
pour Dodo, Doudou, Titine, Toutounette, Bonus,
Nigaud, Kiki, Titi, Toto, Bouli et Pinpin,
le Toutiti, Dixit, Châtaigne, Noisette,
Sushi et Pistou.

Pour le dernier rhinocéros blanc, mort
alors que je démarrais ce roman,
pour la dernière girafe blanche
et son petit, braconnés le jour où je l'achevais.

Prologue

Le 12 mai 2031

Les coccinelles ont disparu.

L'ours blanc aussi.

Il ne reste que quarante-trois tigres, cinquante-huit élé-phants, trente-neuf gorilles et quatorze girafes à l'état sauvage.

Dieu découvre les chiffres et *elle* n'est pas contente. Du tout, du tout.

1.

Assis sur la table basse, Martin Bénétant ne cherchait plus ses lunettes bleues. Il était sorti de son bureau pour inspecter le salon, puis il s'était mis à penser à autre chose et s'était installé, son enveloppe encore cachetée à la main. En douce, le trac avait commencé à se répandre, enrobant sournoisement chaque neurone pour mieux l'étouffer. Depuis, le professeur se tenait immobile, à l'affût, et tentait de contenir l'envahisseur sous un voile de déni. Mais l'angoisse était sacrément butée.

Martin inspira longuement, puis expira sur trois temps, tout en se demandant si ce n'était pas l'inverse qu'il était censé faire. Pendant toute une journée, on lui avait appris à « maîtriser son souffle pour dominer ses émotions ». Au milieu d'une dizaine de compagnons de souffrance qui s'évitaient du regard et s'employaient à faire disparaître les traces de transpiration sur les tapis de yoga, il avait écouté le formateur, puis, assez vite, il s'était contenté de le fixer en ayant l'air de l'écouter. Résultat, il ne se souvenait plus s'il fallait inspirer longuement ou expirer longuement. Il se souvenait juste qu'en effet, c'était long.

– Je m'appelle Cocooooo. Ilonaaaaa est ma copine.

De l'autre côté du salon, près de la baie vitrée, Ilona, six ans, s'attelait à l'éducation de Coco, un perroquet gabonais, parfaitement indifférent aux efforts déployés par sa jeune maîtresse.

– Je m'appelle Cocoooo. Ilonaaaa est ma copine.

Ce n'était pas l'oiseau mais Ilona qui répétait inlassablement, en boucle, depuis vingt bonnes minutes. Pour se faire comprendre, elle allongeait les voyelles et roulait les *r* : elle prenait l'accent perroquet. L'animal penchait la tête à droite, puis à gauche, parfois il hissait même une patte, mais jamais au grand jamais ne prononçait le moindre mot.

Un vrai soleil de printemps claquait sur les vitres et égayait les grandes pièces du mas. Dès le mois de juin, le cagnard provençal contraindrait à fermer les volets pour préserver une illusion de fraîcheur, mais en ce début mai, on profitait des flots de lumière qui asséchaient les murs et rénovaient l'atmosphère. C'était ça le ménage de printemps : quelques rayons et hop, des tissus jusqu'aux murs blanchis, des carreaux de terre cuite aux habitants, tout semblait de nouveau respirer à plein.

Dehors l'olivier agitait ses petites feuilles, cherchant la brise. La pelouse, elle, retrouvait son vert tendre avant de bientôt cramer pour ressembler à du foin. Les coquelicots rouge vif ponctuaient le jardin, attendant patiemment qu'Ilona les étête pour confectionner un bouquet qui irait faner illico dans un gobelet de la cuisine. Les coquelicots, version éblouissante de la mauvaise herbe, n'aimaient pas la cueillette.

Le coin de terre de la famille Bénétant était un paradis, illustration désuète de la beauté de la nature, une de ces images qui serviraient de point d'accroche à la nostalgie quand la planète aurait viré au gris, au tout humain et minéral.

Martin était préoccupé. Il pensait à ses filles de six ans et six mois, enfants magnifiques dans cette Provence de rêve, et se demandait s'il y en aurait assez pour leur génération. Si elles verraient encore des girafes « en vrai » dans vingt ans et pourraient à leur tour les présenter à leurs enfants.

Ça allait se jouer cette semaine. Tous les chefs d'État de la planète se réunissaient en secret à quelques lieues d'ici, à Fontaine-de-Vaucluse, pour décider du sort du monde animal. L'extinction des espèces n'avait cessé de s'accélérer ces dernières années, on était dans le rouge, tous les signaux d'alerte tambourinaient aux consciences, on comptait au bord du vide, mais l'humanité avait encore tardé à agir, jusqu'à ce jour.

La semaine de la dernière chance. Et malheureusement tout dépendrait de lui. Il avait fallu qu'un ministre décide de l'honorer et qu'un président reprenne l'idée à son compte pour que cet honneur devienne obligation : Martin Bénétant, le plus grand généticien animalier de la planète, le Professeur 3 000 Bébés, le rédacteur du

Traité de Fontaine, serait l'homme qui défendrait le projet lors du sommet.

Seulement, le problème de l'illustre professeur, c'est que ce matin encore, lorsqu'il avait réclamé deux baguettes tradition et qu'à la place la boulangère lui avait refilé deux pains de seigle, il les avait payés et emportés sans protester d'un mot.

Il avait passé des mois entiers à décortiquer les chiffres, tester des options, bâtir des procédures, il avait compulsé des thèses et compilé les publications des plus éminents chercheurs, pour aboutir à une somme de travaux jamais réunie sur la disparition des espèces. Cela ne pouvait pas être pour répondre : « Oui, d'accord, on laisse tomber » au premier lobbyiste qui le lui demanderait gentiment.

Il avait fallu trouver une solution.

Martin tourna et retourna l'enveloppe entre ses doigts.

Ses équipes comptaient sur lui. Elles avaient sillonné le globe pour rédiger ce Traité de Fontaine. Un texte contraignant, qui, s'il était ratifié par toutes les Nations, permettrait sans doute de stopper la course folle. Peut-être même de faire machine arrière.

Si les pays ne signaient pas, en revanche, le sort des animaux était scellé : disparition pure et simple, à l'horizon 2040, éventuellement 2050.

Six petits jours pour les convaincre tous. Martin ouvrit de nouveau l'enveloppe puis déplia la facture. Trois mille quatre cent soixante-sept euros. C'était le prix du stage « Affirmation de soi » qu'il venait d'effectuer en toute discrétion. Trois mille quatre cent soixante-sept au lieu des deux mille cinquante-six euros prévus. Il n'aurait su dire s'il s'agissait d'un test ou d'une escroquerie, mais ce dont il était certain, c'est qu'il allait rédiger le chèque sans réclamer d'explications.

Décidément, ce sommet n'était pas gagné.

Bénétant comptait sur l'optimisme pour oser prendre la parole. Une bouffée d'angoisse soudain lui colla le vertige, les exercices de reprise de contrôle s'emmêlèrent dans sa tête. Martin chercha des points d'ancrage comme un alpiniste suspendu fouille dans ses pitons et tombe sur des clous. Trouver de quoi dévier l'attention.

La girafe en attente d'insémination.

Les courbes d'analyses et l'image de l'animal dansèrent côte à côte quelques instants jusqu'à le captiver totalement. Martin cala son rythme sur le pas de l'ongulé et s'apaisa. La diète de vingt-quatre heures à observer avant toute anesthésie chez un ruminant de ce gabarit avait débuté la veille, on pourrait procéder à l'implantation à onze heures. Martin consulta sa montre. Il avait trente minutes de voiture, il était temps d'y aller. D'abord le zoo, puis le sommet. Sauver la grâce, puis la planète, dans cet ordre. Trois fois rien.

Bénétant avait toujours poursuivi des objectifs ambitieux. Le courage, la volonté, l'implication et l'esprit d'initiative : rien ne lui manquait. Sa puissance de feu l'avait conduit droit au prix Nobel, le statufiant sous les coups de projecteurs. Coincé en pleine lumière, le professeur avait alors cligné des yeux. Il avait l'âme d'un lion bloquée dans l'ego d'un cochon d'Inde. Il manquait de prestance. Il était le mètre étalon de l'humain ordinaire, la quintessence du type quelconque. Cheveux châtains, yeux noisette, taille moyenne, poids normal. On l'appelait Nobel, mais l'émerveillement n'y était pas.

Martin se leva et passa derrière le grand comptoir de la cuisine pour signaler son départ à la nounou qui préparait un biberon. Il renifla le petit cou du bébé dans son transat, puis rejoignit son aînée qui tentait d'amadouer Coco avec une graine de tournesol, alors qu'à quinze centimètres la mangeoire en débordait. L'oiseau, libre pourtant, restait. Toutes ces manœuvres devaient l'intriguer un peu. Martin s'approcha d'Ilona pour lui claquer le bisou du départ sur le sommet du crâne.

— C'est bien de persévérer mon poussin, mais faudra pas être déçue, ce perroquet n'a jamais parlé. Crois-moi, j'ai essayé.

— Parce qu'il sait que tu ne l'écoutes pas, alors que moi si, objecta Ilona pleine de bon sens et d'espoir.

Martin réprima un élan de mauvaise foi. L'enfant avait raison. Souvent le scientifique préférait suivre le cours de ses réflexions que laisser ses neurones s'interrompre au profit d'une conversation. Entre la soudaine découverte du dosage pour la reproduction de l'éléphant d'Asie et la recette des patates aux girolles, Martin fixait plutôt sa concentration sur l'avenir du grand pachyderme. Il se demandait d'ailleurs si son problème d'affirmation ne venait pas de là : à chaque fois qu'on lui adressait la parole, il se sentait pris en faute puisqu'il n'avait pas écouté ce qui précédait. Ce matin, la boulangère avait peut-être donné une bonne raison de lui refourguer ses pains de seigle.

– … rouge ? demanda Ilona en voyant son père prêt à partir.

Et flûte. Une fois de plus, Martin se maudit et, comme toujours dans le doute, il répondit :

– Oui.

2.

Il avait fallu moins de deux ans pour bâtir de toutes pièces le plus grand parc zoologique du monde au pied du massif du Luberon. Une expérience à la limite de la réserve naturelle où les animaux, dans la mesure du possible et des compatibilités, évoluaient en liberté. Sur quelques milliers d'hectares se dressait une forêt, parcourue de cours d'eau, qui s'achevait progressivement sur une savane, de larges plaines, un étang cerné de collines.

L'accès du public était limité, avec de vastes plages horaires réservées aux scolaires. Les visiteurs, dont le comportement était encadré par une charte stricte, circulaient dans des voiturettes à pédales, en verre blindé, le long d'allées qui serpentaient dans la nature ouverte. Le prestige du prix Nobel avait crocheté les vannes d'une foule de financements et permis de réduire les obligations touristiques. Le projet, axé sur la recherche, avait été initié par Martin lui-même et abritait un labo de haute technologie, à la pointe sur tout le secteur de la procréation animale médicalement assistée. Oursons, lionceaux, bébés koalas ou rhinocéros, mammifères ou amphibiens...

Ses travaux avaient relancé des centaines d'espèces et une modeste tablette dans un coin tenait le compte très précis des petits nés ici. La presse l'appelait le Professeur 3 000 Bébés, mais ce n'était pas encore exact : il n'en était qu'à deux mille neuf cent quatre-vingt-quatorze.

Le choix de la Provence n'était pas dû au hasard. D'abord, le climat se prêtait à l'adaptation paisible d'une très grande variété d'animaux. Ensuite, la plus moderne, la plus novatrice, la plus écologique des usines de valorisation énergétique œuvrait à quelques kilomètres du zoo. Ainsi, les phosphates et pollutions diverses émises par le parc étaient aussitôt transformés en électricité propre : boue de phacochères, pets de gnou, crottes de panda, rien ne se perdait, tout éclairait les grands hôtels de la Côte.

C'est en mettant en place cette fructueuse collaboration que Martin avait rencontré Tahiata Pica. Brillante ingénieure diplômée des Ponts et Chaussées, venue de Bora Bora où elle n'était jamais retournée, elle dirigeait cette usine du numéro un mondial de l'environnement, *Resources*, avec une autorité assumée. Bénétant, ébloui, en était encore à chercher une technique pour l'emballer qu'elle avait eu le temps de faire le premier pas, le deuxième pas et tous les suivants. Martin, devenu son époux, lui en demeurait secrètement reconnaissant.

Sans émettre le moindre son, la voiture électrique du professeur passa l'immense portail du zoo, puis les trois barrières de sécurité. Elle emprunta ensuite l'allée centrale qui traversait un bout de savane pour conduire à son labo, à la lisière de la forêt. La plus jeune des trois girafes peralta courut quelques mètres aux côtés du véhicule mais les deux autres l'ignorèrent souverainement, visant de leur bel œil ourlé de longs cils une feuille d'acacia qui déparait une branche déjà bien nettoyée. Une cinquantaine d'années auparavant, des milliers de ces chefs-d'œuvre galopaient dans les plaines du Niger. Aujourd'hui, elles n'étaient plus que quatorze en liberté, guettées par les braconniers, qui faisaient grimper les enchères.

Avec son métier, Martin ne pouvait ignorer ces brutes, mais il avait cette chance inouïe de transformer sa colère en actions concrètes. Il doubla les serres et le vivarium, puis se gara sur le terre-plein, devant les longs bâtiments administratifs.

D'un pas rapide, il pénétra dans le labo.

– Préparez la loge et les anesthésiques, on insémine dans une heure, lança-t-il.

Aussitôt le ballet de ses équipes se mit en branle, dans un silence censé envelopper la précieuse concentration du maître. Bénétant ne les avait jamais détrompés, c'était trop pratique. Parmi les autres stratégies d'évitement qu'il avait mises en place, de façon plus ou moins consciente, la moins glorieuse était sans conteste son mode de recrutement : à cursus égal, il embauchait toujours le fayot, le fan, le timide. Aucun charisme éclatant ni l'ombre d'une forte tête ne circulaient dans les allées du parc. Pas sous forme humaine en tout cas. Martin entretenait ainsi des rapports sereins avec ses équipes, personne ne le contredisait, il n'avait pas à lutter et pouvait se consacrer à sa seule mission. Son personnel était jeune, motivé, au complet, il n'avait plus à craindre l'irruption de quiconque.

– Bonjour, professeur. Je suis Kirsten Vögel, votre nouvelle adjointe.

Comment ça ? Quelle Kirsten ? Quelle adjointe ? Martin fixait celle qui lui faisait face et fouillait sa mémoire à la recherche d'un entretien qu'il aurait pu lui faire passer sans écouter, mais rien dans ses traits décidés ni son œil farouche ne lui évoquait quoi que ce soit.

N'obtenant aucune réaction, la jeune femme reprit :

– M. Vanneau a dû vous transmettre mon dossier.

Martin secoua légèrement la tête et Kirsten ouvrit sa besace pour en tirer deux pages de curriculum vitae. Le professeur les parcourut, incrédule. Génétique, obstétrique, embryologie, un cursus spectaculaire, certes, mais entièrement basé sur la médecine humaine. Kirsten Vögel n'avait pas la moindre référence vétérinaire.

– Vous connaissez les animaux ? s'inquiéta Martin.

Kirsten marqua un léger temps d'hésitation.

– J'ai un chat.

Martin la fixa de nouveau, espérant une suite. Mais non, c'était fini.

– Je ne comprends pas... Enfin, je n'ai pas été prévenu, vous êtes l'adjointe de qui alors ?

– De vous. Voyez, c'est noté là, fit-elle en tendant une nouvelle page qui ressemblait cette fois à un courrier officiel. C'est le directeur régional de l'Environnement, de l'Aménagement et du Logement qui m'a embauchée.

« Mais pourquoi ? » se demanda aussitôt Martin, en cherchant cependant à enrober la question d'un vernis diplomatique pour la prononcer.

— Mais pourquoi ? lâcha-t-il finalement.

Après une rapide déglutition, Kirsten haussa son menton pointu :

— Je suis sa fille.

Incroyable. Tout simplement. Fin de l'argumentaire, problème réglé. Au moins avait-elle l'honnêteté de le reconnaître. C'était la troisième cette année, mais d'habitude il s'agissait juste de stage. Le professeur allait finir par protester.

Martin rendit le courrier à Kirsten et survola le labo du regard à la recherche d'Éloi, son timide le plus fidèle. Il était tellement paresseux que même ses pieds n'allaient pas au bout de ses claquettes, les talons traînaient toujours derrière, à la remorque. Mais justement cette absence de zèle simplifiait bien des choses. Bénétant fit signe à Éloi d'approcher et désigna la jeune femme d'une main floue.

— Elle n'y connaît rien, mais elle fait partie de l'équipe, tu lui expliques.

Sans plus de précisions, Martin gagna son bureau pour passer un surpantalon imperméable et un long tee-shirt frappé du logo du parc. Quand il retraversa le labo pour rejoindre la loge de la girafe, Kirsten lui emboîta le pas avec énergie.

Une épaisseur de paille fraîche et foisonnante recouvrait le sol : après l'endormissement, il ne fallait pas que la girafe se blesse en tombant, notamment à la tête qui chutait quand même de cinq mètres. L'animal avait réagi rapidement au produit et sommeillait déjà, couché, les vertèbres du cou bien alignées pour parer au torticolis. Il y avait longtemps que Bénétant ne prenait plus autant de soin à s'allonger lui-même. Les membres étaient entravés pour empêcher les coups de sabot réflexes, les yeux étaient couverts d'un linge et les oreilles bouchées par des tampons pour limiter tout stimulus. Martin profita de l'anesthésie pour ausculter l'animal. Tout allait bien, il donna le signal. Éloi apporta la sonde et le tube renfermant les précieux embryons, qu'il lui présenta comme s'ils reposaient sur un coussinet de velours pourpre. Dans un silence religieux, déchiré par le barrissement lointain d'un éléphant, le professeur procéda à l'implantation sur l'une des dernières girafes encore en vie.

— Antidote, fit Éloi en tendant une seringue à Martin.

Quand le jeune homme eut reculé de quelques pas, Kirsten se pencha pour chuchoter :

— Pour quoi un antidote ?

— Pour accélérer le réveil et doper les muscles, sinon elle s'épuise à essayer de se relever sans en avoir les moyens, répondit Éloi avec pédagogie. Mais, même comme ça, c'est insuffisant, on est obligés de lui lancer la tête.

— Hein ?

Martin saisit le museau de la main gauche et un ossicône dans la main droite. Dix kilos de tête. Au bout d'un cou trop long pour la replacer d'une simple contraction du muscle. Martin soupesa le superbe colis et ne put retenir un « À la une ! À la deux ! À la trois ! » avant de l'envoyer dans les airs avec un maximum d'impulsion.

Kirsten regarda avec horreur la tête s'élever puis retomber dans la paille

— C'est souvent la deuxième la bonne, la rassura Éloi.

En effet, Martin répéta l'opération, avec succès cette fois. Après une courte pause, la girafe redressa son arrière-train, se hissa sur ses pattes avant, et aussitôt tous les humains s'égaillèrent pour gagner les abris. Seule Kirsten resta là, sans bouger, impressionnée de se trouver tellement près d'un animal tellement grand, beau et inaccessible. Martin l'attrapa sans ménagement par le bras et la tira derrière l'enclos.

— C'est pas un cheval, la girafe ! On ne surveille pas que l'arrière : les sabots partent des quatre côtés.

— Désolée.

— C'est pas grave, fit-il, s'apprêtant à repartir.

— Excusez-moi, professeur, je peux vous poser une question ?

— Heu…

— La girafe s'épuise après l'anesthésie ?

— C'est le risque.

— Mais alors pour avoir *peut-être* un girafon, vous mettez en danger une girafe bien vivante ?

— C'est la recherche.

Martin tourna le dos pour couper court à cette conversation d'un répertoire qu'il connaissait déjà par cœur. Les risques étaient minimes et les enjeux capitaux, mais on trouvait toujours des candides pour vous saper le moral. Sans prendre congé, il regagna son bureau, dispensant quelques instructions au fil des couloirs, et referma la porte derrière lui.

Mais la candide n'avait pas totalement tort et, depuis plus d'un an déjà, le professeur butait sur la reproduction des girafes. Chaque implantation avait échoué, aucune méthode n'avait fonctionné. Il testait là, sur les trois femelles du parc, un dernier protocole, mais si celui-ci ne marchait pas non plus... il faudrait dire adieu au bel animal. Par automatisme, Martin cliqua du bout de l'index sur son ordinateur afin de voir si les résultats de la femelle inséminée le mois précédent étaient arrivés, mais non. Il les recevrait dans l'après-midi sans doute.

Le corps et l'esprit engourdis, Martin, debout, laissa errer son regard sur le mur, survolant le tableau de liège et ses documents à signer, contresigner, ignorer, contre-ignorer. Une gravure punaisée représentait le jardin d'Éden, peuplé d'animaux tant ceux-ci avaient toujours été indissociables de l'idée même de Paradis terrestre. Un peu plus bas, un minuscule crucifix offert par sa grand-mère était accroché à la gauche d'une mappemonde sur laquelle étaient recensées les dernières zones naturelles et les populations d'animaux sauvages. Tel le repère sur le plan d'une ville, la croix semblait indiquer : « Vous êtes ici », en plein néant.

Martin se laissa tomber dans son fauteuil à roulettes qui dériva sur quelques centimètres. On atteignait le point de rupture. Rien ne serait plus comme avant l'ère industrielle et la surpopulation, ça c'était acquis, mais est-ce qu'il resterait des animaux sauvages dans dix ans ? Les seules espèces encore en vie seraient-elles les domestiques ? Quelques chiens d'apparat, des millions de vaches parquées, et rien d'autre. Le regard de Martin se posa de nouveau sur la croix. L'agnostique qu'il était espérait que, s'il existait un Dieu, celui-ci aimait les girafes. Et les lions, les phoques, les abeilles. Martin espérait que, s'il existait un Dieu, il aimait Sa Création. Parce que là, il fallait faire quelque chose. Le Déluge, c'était maintenant.

3.

Dieu – ou plutôt Déesse – se frotta l'oreille avec agacement. Ça n'arrêtait pas de zonzonner, une voix nouvelle, parmi des milliards d'autres, message pioché au hasard des remerciements et des désespoirs : « La fin des espèces... Le Déluge... » Mais de quoi cet humain parlait-il ? Les espèces...

Elle se pencha sur son bureau et appuya sur un bouton :

– Chérubin, tu veux bien me transmettre les derniers recensements pour les animaux, s'il te plaît ?

Dans un chuintement, suivi d'un *bip* discret, les documents se matérialisèrent sur le divin sous-main.

– Merci, tu es un ange, fit Déesse avant d'entamer sa lecture.

Coccinelles : zéro ; ours blancs : zéro ; tigres : quarante-trois...

Mais qu'est-ce que c'était que cette histoire ? Elle en avait envoyé des populations entières, des milliards de milliers, de quoi peupler une planète de nature vierge. Mais qu'est-ce que c'était que ce bordel !?!

D'un index rageur, elle écrasa l'interphone général :

– Noé ! Dans mon bureau ! Immédiatement !

4.

Noé sursauta sous l'effet de la surprise et faillit en lâcher ses boules de pétanque. Cet appel, ce ton, ça sentait la colère biblique, le savon du siècle. Qu'est-ce qui s'était passé encore, qu'est-ce qu'il avait bien pu faire ou oublier ?

Certes, il s'octroyait une petite pause et quand on s'amuse on ne voit pas le temps passer, mais... D'un mouvement vif, il se tourna vers le tableau des scores : 789 065 à 813 452.

À vue de nez, ils jouaient depuis soixante-quinze ans.

Une sueur froide lui glaça le dos. Soixante-quinze ans. Il adressa un regard paniqué à son adversaire, l'archange Gabriel, qui haussa les ailes avec nonchalance :

– Ça va, tu t'occupes des animaux. En soixante-quinze ans, il n'a pas pu se passer grand-chose.

5.

Essoufflé par sa course, Noé entra dans le bureau alors que la porte coulissait pour libérer le passage. Dans sa hâte, il n'avait pas songé à se débarrasser des boules de pétanque et il eut à peine le temps de les planquer dans son dos avant de saluer Déesse qui griffonnait des notes.

– Bonjour Seigneure, je suis arrivé aussi vite que j'ai pu, j'ai…

– Vite ? Tu n'as pas pris la peine de consulter tes dossiers auparavant ?

Noé se dandina d'un pied sur l'autre. Ça c'est vrai, il n'avait pas pensé à repasser par son bureau, il s'était précipité comme un bleu. La transpiration commença à couler de son front. Il esquissa un geste pour l'essuyer, mais la lourdeur de l'acier au creux de ses mains lui rappela de les garder dans son dos. Déesse eut un mouvement d'humeur qui le congela debout.

– Et arrête de cacher tes boules de pétanque, je suis omnipotente bon dieu ! Tiens, regarde-les tes dossiers, lis bien les résultats du secteur que j'ai eu l'imprudence de te confier : sixième extinction de masse. C'est du boulot, ça ? C'est du boulot ?

Noé se pencha sur le document et passa de l'attention servile à l'effroi le plus total. Sixième extinction de masse. Ses mains s'ouvrirent, les boules de pétanque chutèrent au sol et leur fracas résonna dans tous les cieux. Une nouvelle vague de sueur trempa Noé des boucles aux sandales. Depuis le Déluge, il n'avait jamais vraiment séché de toute façon.

– Déjà pour les dinosaures, je l'avais mauvaise, mais là, c'est vraiment n'importe quoi, Noé. Tiens, regarde, espèce d'incapable incompétent de feignasse irresponsable, fit-elle en pointant l'écran holographique du doigt. Évidemment, ce sont ces crétins d'humains qui ont tout gâché. Mais regarde : même eux s'en sont aperçus avant toi ! Ils ont réuni les chefs d'État et leur ribambelle habituelle de décideurs, lobbyistes, scientifiques. Un sommet, ils organisent un sommet ! Pendant que toi, tu joues à la pétanque. Et mal, en plus. C'est lui qui m'a appelée, ajouta-t-elle en désignant Martin Bénétant au centre de l'image.

« Cafteur », ne put s'empêcher de penser Noé.

6.

Vêtu de son fidèle pantalon à poches et d'un polo blanc, Martin remontait l'allée qui menait du parking à la grande place d'accueil du Domaine de Fontaine-de-Vaucluse. Sous une grande enseigne enluminée de branches d'olivier et de cigales sur champ de lavande, un énorme portique à double détecteur de métaux et explosifs, avec scanner intégré, barrait l'entrée, gardée par une dizaine de casques bleus.

Le sommet réunissait dans le plus grand secret, à l'abri des médias, les chefs d'État de toute la planète. Si l'existence même de ce rassemblement au profit du traité était une réussite pour le professeur Bénétant, son caractère confidentiel, en revanche, était une première victoire de ses opposants qui privaient ainsi les animaux de leur meilleure alliée : l'opinion publique. Il avait fallu soi-disant décider entre personnes qualifiées, sans se soumettre à la dictature du bon sentiment, en privilégiant la pensée, non la réaction. Martin n'était pas en désaccord sur le principe, à ceci près que la dictature désincarnée des chiffres lui inspirait encore moins confiance : quand les marchés financiers s'exprimaient en tonnage de viande, il convertissait, lui, en nombre de bêtes.

Pour accueillir les plus grands dirigeants de la planète, on n'avait pas mégoté sur la sécurité et on comptait dix militaires en tenue commando pour un animateur en short. C'est Martin qui avait eu l'idée de s'installer dans ce récent complexe de vacances de luxe. Sa capacité d'accueil permettait d'héberger aussi bien les chefs d'État dans des suites confortables que leurs délégations, les scientifiques et les lobbyistes dans les centaines de chambres réparties sur une dizaine de bâtiments. La structure était parée en matière de restauration, salles de séminaires, auditorium et tout ce beau monde pourrait, en outre, disposer d'un golf et d'une piscine pour se détendre puisque le club était l'un des seuls en France à avoir obtenu la licence « Irrigation de loisir ». Par ailleurs, la situation isolée du Domaine facilitait à la fois la sécurisation et la discrétion. La proximité avec les aéroports de Marseille et d'Avignon ayant achevé d'emporter l'adhésion, l'État français avait réquisitionné l'endroit. Depuis, entre l'entreprise de tourisme qui grognait à propos du manque à gagner et la République qui rognait sur le trop à dépenser, une lutte mesquine s'était engagée, et Martin n'était pas certain que les présidents pourraient obtenir un rab de frites à tous les repas.

Après avoir patienté dans la longue file d'attente, Martin Bénétant, bras levés, jambes écartées, se soumit aux contrôles d'usage puis accéda à la place d'accueil du club vacances. Les équipes du ministère de l'Environnement remettaient les dossiers classés top secret dressant le bilan du monde animal et les projections à 2040/2050/2070. Un exemplaire du Traité de Fontaine et deux bulletins symboliques, YES et NO, étaient joints à l'ensemble.

Ils seraient déposés dans l'urne à la fin de la semaine, le vendredi 16 mai, à onze heures.

Les mains et la conscience chargées de ces lourds documents, les chefs d'État et leurs délégations passaient ensuite au stand du Domaine où des animateurs au sourire plein de dents accrochaient à leurs poignets des petits bracelets en tissu qui leur donnaient accès au buffet, au bar et aux diverses activités. Les décideurs les écoutaient avec une grande attention, se faisant traduire au besoin l'emplacement du restaurant et du spa pour s'assurer d'avoir tout compris.

La place ronde grouillait de monde, des délégués de toutes nationalités pépiaient dans toutes les langues, surexcités par le soleil, la musique d'ambiance et le charme des lieux. On pouvait percevoir les mots « ratatouille », « tapenade » ou « bar en croûte » prononcés avec les accents les plus improbables. Exactement l'atmosphère de sérieux et de recueillement qu'espérait Martin pour un sujet d'une telle urgence.

Bon. S'ils étaient dans de bonnes dispositions, peut-être prendraient-ils les bonnes décisions, se consola Bénétant en arrivant près de la piscine où un officiel hollandais tentait d'envoyer une balle de ping-pong dans un gobelet en plastique. Martin se raidit à la vue d'un homme qui se tenait quelques mètres en arrière du joueur : Édouard Soutellin. Le professeur s'attendait à sa présence, pourtant la surprise toujours l'emportait, accompagnée d'un soupçon de crainte. Chef de file des lobbyistes les plus retors de la planète, Soutellin était un adversaire déclaré de la cause animale. Enfant déjà, il détestait les bêtes et Martin déjà n'y pouvait rien.

Dans son très chic costume bleu roi, il s'entretenait avec un ministre vénézuélien et lui remettait une superbe mallette de cuir noir, certainement remplie de billets. Le ministre l'accepta avec cet air digne de ceux qui veulent faire passer leur corruption pour de l'intérêt général et Soutellin s'inclina avec le respect dû aux grandes décisions des grands leaders. Puis, alors que Martin s'approchait pour saisir la teneur exacte des échanges, Soutellin, avec un fin sourire, tendit également au Vénézuélien une jolie boîte de carton blanc enrubannée.

– Des chocolats. Ils sont suisses.

Les deux hommes partirent d'un rire entendu, qui grilla sur place la moitié des réserves d'optimisme de Martin. Le professeur resta planté là, à observer le lobbyiste qui distribuait alentour poignées de main et paroles affables, compliments et tapotages d'épaule. Un subtil dosage d'admiration et d'entre-soi. Dans le contexte d'urgence climatique, les industries les plus variées avaient toutes dû lutter contre les mêmes décrets et s'opposer aux mêmes lois. La logique de centralisation qui prévalait dans les affaires s'était donc étendue aux lobbies et Soutellin, positionné le premier sur le terrain de l'antigreen, avait raflé tous les marchés et créé une super-agence.

Travaillant son charme vieille France au-delà du raisonnable, il arborait des lunettes de soleil savamment démodées sous une mèche bien coupée, raie sur le côté tracée net. Dans ce décor d'oliviers, de palmiers et de lauriers-roses, il détonnait mais parvenait à en reporter la faute sur les arbustes. Même l'eau bleutée de la vaste piscine semblait un peu gênée de tant scintiller. Cet homme était taillé pour un environnement d'asphalte et de lambris. Martin leva le nez pour contempler le ciel et se laver les yeux d'un tel spectacle. Lorsqu'il les rebaissa, Soutellin n'était plus qu'à quelques mètres et lui adressait un clin d'œil d'une complicité insultante. Bénétant opéra une première manœuvre de repli, ne voulant pas si tôt entamer le match, mais c'était trop tard, l'homme le toisait avec une jubilation sadique manifeste.

– Professeur Nobel, qu'est-ce que tu fais là ?

– Ce que je veux, répondit Martin, aussitôt honteux de ne pas avoir trouvé moins puéril.

Cette puérilité, néanmoins, lui avait permis de rétorquer, il poursuivit donc dans le même registre, se composant un air crâne :

– Et toi ? C'était quoi, cette mallette ?

– Cela ne te regarde pas, Martin. Mais, contrairement à ce que tu insinues, je n'ai rien à cacher et consens donc à t'éclairer : il s'agissait d'une aide au développement autoroutier des régions enclavées. Il faut bien traverser territoires et forêts pour relier les populations.

– Il paye ses routes en liquide, le ministre ?

– Que veux-tu, il n'avait pas d'appareil à carte bleue.

Soutellin lui souriait avec une satisfaction de plus en plus visible, il voulait lui faire perdre ses moyens d'entrée de jeu. Il le mettait au pied du mur, étalant sa puissance et son impunité. Martin devait répondre, tout de suite, dès le premier échange, sinon ce serait perdu pour la semaine. Il sentait sa salive refluer, ses jambes trembler, ses cordes vocales s'étrécir. Il allait s'écrouler, déjà. La vision de la girafe vint l'éperonner. Il s'appuya sur la colère pour doper son agressivité et tenir tête.

– Tu leur demandes quoi en échange, Soutellin ?

– Moi, rien.

– Tu les dissuades juste de signer le traité, c'est ça ? Mais pourquoi ? Qu'est-ce que ça peut te faire que les baleines continuent de nager, bon sang !

– Soigne ton langage, Martin, t'es pas dans ton zoo ici. Ce sont les intérêts de la civilisation que je souhaite préserver. Si le peuple perd son travail, il devient prêt à tout. Et d'ailleurs je te rappelle qu'on est entre humains pour décider, tu ferais mieux d'en tenir compte.

– Ça, face à un gorille, tu ferais moins le malin avec tes petits chocolats. Dommage que les animaux ne puissent pas se défendre eux-mêmes.

– Sur ce point je te rejoins, professeur : leur cause serait mieux servie que par toi, fit Soutellin en dépassant Martin pour reprendre sa route.

Il se retirait sur un score nul. Bénétant en éprouva d'abord du soulagement, puis une certaine satisfaction. Alors qu'Édouard avançait, royalement serti de son costume impeccable, un moineau voletant par là largua dix centilitres de fiente sur son épaule gauche. Concédant à peine un regard aux dégâts, Soutellin extirpa un fin mouchoir de sa poche intérieure en murmurant :

— Profitez, ça ne va pas durer.

7

– C'est une idée ça, fit Déesse.

– Quoi ?

– Que les animaux aillent défendre leur cause. Ce serait plus juste, en effet. Et vu ce que les hommes ont fait de la planète en quelques centaines d'années, il n'y a vraiment aucune raison de les laisser décider seuls. C'est une très bonne idée, on dirait qu'elle est de Moi.

Noé n'avait pas encore eu le loisir d'y réfléchir, mais déjà il sentait au contraire que c'était une très mauvaise idée qui allait lui occasionner de graves déconvenues. Et puis, en matière de communication, les animaux restaient très sommaires, si les hommes avaient su les décoder, ça se serait su.

– Les animaux ne pourront pas se faire comprendre...

– Bien sûr que si, je vais leur donner le langage.

– Mais les hommes n'écouteront jamais des animaux...

– Je leur donnerai aussi apparence humaine. Les hommes se sentiront entre pairs, tout ce qu'ils aiment, répondit instantanément Déesse.

Noé se mordit l'intérieur de la joue, avant d'ajouter :

– Mais il y a des codes, des choses à savoir, ce ne sont pas les mêmes règles, ils n'arriveront jamais à s'adapter.

– Après un petit entraînement, que tu assureras d'ailleurs puisque tu anticipes si bien les problèmes, il n'y paraîtra plus.

Les graves déconvenues se précisaient.

– Vous savez Déesse, ce ne sont que des bêtes, elles ne comprennent rien...

– Et cesse de me contredire, tu veux ?

Noé se redressa dans son fauteuil et s'enquit :

– Je prends quoi comme animaux ?

– Non mais tu ne veux pas que je porte ton cartable aussi ? On n'a qu'à partir sur une équipe de quatre. À toi de voir les espèces les plus adaptées à la mission, après tu choisis un spécimen de chaque, tu les transformes, tu leur expliques le truc, tu les entraînes, enfin tu fais ton travail cette fois.

Noé accueillit l'affront avec humilité, sans discuter une seconde. Personne ne rigolait trop avec Dieu. Homme ou femme, noir ou blanche, Déesse était une entité changeante d'aspect et cyclothymique d'humeur, amour et paix, colère et châtiment, elle oscillait de l'un à l'autre à la vitesse d'un feu follet, immobile pendant des siècles puis rendant sa justice comme une paire de claques.

– On va l'appeler Opération Dodo, déclara Déesse après un regard pensif vers d'autres cieux.

– Je ne comprends pas, on les endort finalement ?

– Non. Dodo. L'animal disparu. Décidément Noé, t'as rien foutu. Les oiseaux de l'île Maurice. Ils prospéraient tranquilles sur leur bout de terre, sans prédateurs. Puis, à la fin du seizième siècle, les Européens ont débarqué, avec leurs chiens, chats, cochons, rats, fusils et, en soixante ans, ils ont tiré ou bouffé tous les dodos. Bon, les piafs étaient trop gros pour voler et incapables de se préserver du danger, mais ils étaient fort jolis et si tu étais resté vigilant, les dodos qui pullulent à Maurice ne seraient pas tous en peluche.

Noé rentra la tête dans les épaules et demanda, dans un murmure inquiet :

— Vous… vous ne voulez pas que je retourne sur Terre, hein ?

— Non, fini les croisières vacances, tu chapeautes tout d'en haut, ce sera l'Arche sans Noé. Et aucun raté, s'il te plaît. Sérieusement, regarde-moi. Sixième extinction de masse. Tu es allé très au-delà de la bourde acceptable. Tu les as laissés gâcher une planète entière et je n'en ai pas de rechange. Alors, je t'offre une chance, mais une seule. Si tu te loupes sur ce coup-là, si je surprends la moindre erreur, le moindre cafouillage, t'iras jouer aux boules chez Satan et tu feras cochonnet. Je ne plaisante pas. Une seule chance ou je t'envoie en Enfer pour l'Éternité.

Un éclair zébra le ciel et planta le point final sur la terrible menace.

Pétri de craintes, Noé se sentit minuscule face à son Immense Grandeur. À tel point qu'il se demanda s'il avait, lui, l'impression d'avoir rétréci ou si réellement Déesse l'avait réduit.

— Oui, bien sûr, acquiesça-t-il, je comprends parfaitement, je m'en occupe tout de suite. Je peux faire équipe avec Gabriel ? Ça ne vous embête pas ?

— Tu te débrouilles comme tu veux, tu recrutes qui tu veux, je ne veux rien savoir, je veux juste le résultat. Tu envoies les animaux et, à la fin de ce sommet, ils obtiennent un « oui ». Exécution.

8

– Bon. Qu'est-ce qu'on prend ? Un crocodile, un éléphant, une gerbille, un pinson ? Je choisis comment moi,
y a des milliers d'espèces…

Noé feuilletait un énorme imagier, traité de zoologie
compact à l'usage des débutants. Les illustrations étaient
belles, bien qu'un peu désuètes, façon images d'Épinal. La
bibliothèque céleste aurait mérité un petit coup de jeune.

– Plus trop des milliers justement…

– Ça va, épargne-moi tes sarcasmes, Gabriel. Je suis
dans une merde noire. Toi aussi d'ailleurs, ajouta Noé
en relevant brièvement la tête de son encyclopédie, je
t'ai inscrit comme adjoint.

– Merci, fallait pas, fit l'archange en s'installant en
travers de son fauteuil, les jambes sur un accoudoir, les
ailes sur l'autre.

Noé trouvait son ami bien léger. Après tout, c'était
autant de sa faute que de la sienne. Peut-être même plus…

– Je te signale que si t'avais réglé le tableau des scores
pour qu'il s'arrête à treize comme toutes les parties de
pétanque, je n'en serais pas là.

Gabriel défroissa ses ailes. Il arracha une plume d'un coup sec et entreprit de se curer les dents de la pointe du calamus.

– On n'a pas fait la revanche, à propos, nota-t-il.

– Oui ben après, si tu permets.

Noé se rendit à la table des matières, il passa la paume sur la reliure pour bien aplatir le livre. Puis, d'un geste résolu, il saisit un stylo et un bloc qu'il ouvrit à la page de garde, encore vierge.

– Bon, ce qu'il nous faut, c'est de la méthode, dit-il avec sérieux. On a besoin d'un représentant des espèces en danger. Mais il faut prendre un animal proche des hommes, ce sera plus facile pour se comprendre. Avec les grands singes, on est à 98,4 % d'ADN commun sur le chimpanzé, un tout petit peu moins sur les orangs-outans, les gorilles... Le chimpanzé alors, c'est bien le chimpanzé ?

Gabriel réfléchit une seconde avant que son visage ne s'éclaire d'une lueur vacharde.

– Le gorille. Envoie-leur un gorille à ces prétentieux. Un bon air de menace et des kilos de muscles, ça ne peut pas nuire dans une négociation.

Noé, dont le seul kilo de muscles se situait dans l'estomac, nuança l'idée :

– C'est un peu rudimentaire comme raisonnement.

– On n'a pas toujours intérêt à faire élaboré, tu sais. Prends un costaud, je te dis. Et un bien, hein, un alpha, pas un douillet à qui tu fais guili-guili. Faut que les humains entendent gronder l'orage.

Noé réfléchit quelques instants. La force, c'était toujours mieux de l'avoir à ses côtés. Un gorille n'était pas un mauvais choix. Restait à dénicher un spécimen suffisamment acclimaté aux hommes pour tolérer l'entraînement et assez malheureux pour abandonner son groupe au profit d'un projet aussi aléatoire. Noé régla le logiciel de recherche sur sa tablette et des centaines de vidéos défilèrent à toute allure, jusqu'à s'arrêter sur une. Gabriel et Noé se penchèrent d'un même mouvement vers l'écran.

9.

Kombo, les deux poings traînant au sol, roulait des épaules pour rejoindre le grand rocher, le point le plus haut du territoire, celui qui bénéficiait de la meilleure lumière en cette fin d'après-midi. Il traça droit, sans dévier d'un millimètre en croisant les autres gorilles. C'étaient eux qui s'écartaient à son approche, poussant fort sur leurs pattes arrière pour s'éclipser le plus vite possible. Le chef passait. Le plus puissant du groupe, le dos argenté, deux cent quarante kilos de muscles. Aucun singe n'aurait osé croiser le regard de l'alpha, sa prunelle claire, presque dorée, protégée sous l'auvent d'une sombre arcade. Kombo était d'humeur maussade et veillait à ce que cela se sache, grognant sans véritable raison. Les femelles qui s'épouillaient autour du rocher filèrent, leur petit accroché au ventre. À mi-hauteur du caillou tapissé de mousse, un vieux mâle réchauffait sa carcasse. Il céda sa place avec une promptitude apeurée. Kombo régnait en maître sur le sable, sur l'herbe, sur les tunnels, les grottes et les arbres couchés.

Il n'était plus de la première jeunesse, mais sa stature exceptionnelle le mettait à l'abri des revendications de mâles plus fringants. Personne n'avait jamais contesté la moindre de ses décisions. Sa mâchoire large, son crâne haut, ses narines éternellement frémissantes, ses bras aussi épais qu'un tronc de bananier auraient intimidé un troupeau d'éléphants.

Le gorille est par nature un animal pacifique, mais pas Kombo, et personne ne pouvait l'ignorer longtemps.

Cinq minutes après avoir récupéré son piton, il redescendit finalement pour gagner une alcôve de roche protégée par une grande vitre sur la droite.

De l'autre côté de cette vitre, des humains s'agglutinaient en masse tout le jour. Leurs petits frappaient le verre de leurs paumes en sautillant, jusqu'à ce que Kombo, lassé, vienne rugir et les faire reculer brusquement d'un mètre, courant dans les jambes de leurs parents. Mais à cette heure, plus personne ne venait, les humains qui nourrissaient étaient partis eux aussi, ne restaient plus que son groupe et lui. Lentement, Kombo fit pivoter sa large tête sur son cou massif et vérifia qu'il était bien seul. Puis lui aussi appuya sa paume sur la vitre, mais du côté opposé. Il poussa. Fort et plus fort encore. Il se dressa, poitrail en avant, et cogna de ses poings à en faire trembler la terre. Mais ce soir encore la vitre ne bougea pas. Il retomba sur ses quatre pattes. Malgré toute la puissance du gorille, le territoire ridicule ne s'étendait pas. En fait, Kombo régnait sur un tas de sable et une vitre.

Noé cocha sa fiche. Ce singe était parfait. Gabriel opina du chef, avant d'observer :

– C'est impressionnant quand même. T'as vu ce torse ? Y a bien quatre-vingts centimètres d'épaisseur, sur un mètre de large. La bestiole te gifle une fois, on t'appelle Ma Toupie pendant dix ans.

C'était, en effet, le genre de gabarit qu'on contredisait avec tact, Noé était bien d'accord. Il nota au passage que Gabriel empruntait de plus en plus régulièrement sa gouaille à Déesse, comme ces ministres qui adoptent le phrasé du président en moins de trois mois d'exercice. Encore un truc de meute et de chef.

Après l'animal sauvage, il fallait maintenant un représentant des espèces exploitées : poulets, vaches, cochons, moutons…

– Poulet ? proposa Noé.

– C'est complètement crétin, les poulets…, objecta Gabriel en tirant sur son aile qu'il venait d'empêtrer dans les rideaux.

– Mais ils aiment bien les volatiles en bas, regarde le coq français...

– L'aigle américain, le condor bolivien... Oui, d'accord, les humains, tu leur montres de belles plumes avec un cerveau gros comme une noix et ils te fondent une nation, mais toi, il te faut un minimum d'intelligence. C'est compliqué comme mission. Pour le sommet, ils ont débarqué des contingents de stratèges, les poulets se feraient rouler dans la farine, façon nuggets. Ne parlons pas des moutons, le degré zéro de la résistance. Y a la vache. C'est beau, c'est paisible, j'aime bien les vaches.

Noé, peu convaincu, compulsa son encyclopédie.

– Mouais... Tiens, non : le cochon. C'est de loin le plus intelligent et regarde : leur ressemblance est telle qu'ils les exploitent même à des fins médicales. 95 % d'ADN commun, c'est le plus proche après les grands singes. On ne peut pas rêver mieux, non ?

– Un cochon dans un sommet...

– Ben une vache, c'est pas mieux.

– Pas faux, concéda Gabriel en prenant la tablette pour ouvrir quelques fenêtres. L'avantage, c'est qu'en matière de cochon malheureux, on a l'embarras du choix. Tiens là, y a une ferme de mille reproductrices, elles sont parquées dans des enclos d'un mètre sur deux et...

– Ça va, ça va, je ne veux pas voir ça, coupa Noé en fronçant ses épais sourcils gris. Puisque tu as le logiciel, tu me prends la plus maligne, ce sera parfait.

– Je comprends mieux pourquoi ton secteur part en sucette, ironisa Gabriel en effleurant quelques touches. Tiens, tu peux noter, elle s'appelle TR438.

La lumière commençait à décliner dans les cieux et les couloirs de nimbus viraient à l'orangé. Noé, le regard perdu dans ces nuages, tapotait pensivement ses dents avec son stylo.

– On a un problème quand même : dès la première minute de conscience, le gorille et le cochon vont haïr les humains. Ils n'accepteront jamais de collaborer avec eux.

– C'est sûr. Aucune espèce sauvage ni aucun animal de rente ne pourra tolérer les humains en connaissance de cause.

Il y avait un os. Dauphins, ânes, chameaux, éléphants... La plupart des bêtes travaillant avec les hommes le faisaient contraintes et forcées. Restaient les animaux de compagnie.

Le chien aimait profondément l'humain et le chat le prenait pour ce qu'il était, un compagnon de route. Tous avaient l'habitude de vivre ensemble, en relative harmonie, et chats et chiens étaient rompus à l'environnement des hommes avec qui ils nouaient parfois des liens d'affection véritable. Il leur suffirait de maîtriser leurs instincts et comportements de base pour s'adapter en toute fluidité. Ils feraient de surcroît des intermédiaires parfaits pour le gorille et la truie. Elle était là, la solution : les animaux de compagnie. Une fois encore, il faudrait des individus pas trop épanouis dans leurs foyers, qui voient un intérêt à cette transformation. Noé n'avait pas fini de programmer le logiciel que celui-ci bipait déjà, zoomant sur une chatte siamoise.

12.

Cléo se tenait assise, bien droite, dans sa posture naturelle de déesse millénaire. Le poil était court et rutilant, d'un gris argent rehaussé d'une touche de noir profond sur les pattes, les oreilles et la queue. Avec ses yeux bleu saphir et sa nature aussi lunatique qu'incontrôlable, Cléo incarnait l'essence du siamois mâtiné gouttière. Sur le grand bureau encombré, elle occupait le coin gauche, son préféré, sous la lampe d'opaline jaune. Cernée de livres et de notes qu'elle éparpillait parfois d'un mouvement vif de la queue, elle regardait par la fenêtre, semblant souverainement indifférente aux tractations en cours dans le salon. Pourtant, le pavillon de son oreille droite pivota discrètement en direction des conversations.

Les héritiers. Installés du bout des fesses sur le canapé, ils parlementaient, sans le moindre regard pour l'animal ou les prix littéraires encadrés sur la cheminée. La grande académicienne, autrice phare du siècle passé, avait eu deux filles et un fils que Cléo n'avait pas eu le loisir de croiser bien souvent entre ces murs.

– Non, mais moi, avec les enfants, c'est pas possible, fit la plus jeune, ils vont lui tirer la queue, les oreilles, elle serait malheureuse, ou pire : elle les grifferait. Parce qu'elle a quand même un grain cette chatte, faut dire ce qui est. Non, vraiment, moi je ne peux pas.

– Mais t'as un grand appartement, tu pourrais la mettre dans une pièce séparée…, objecta le cadet. Moi, Fabienne est allergique, ce serait une cause de divorce. J'aime bien les bêtes mais pas à ce point. Et puis t'as raison, elle a un pet au casque, c'est pas pour rien que maman l'appelait Cléo le Grelot.

– C'était affectueux ! On peut pas la laisser comme ça, maman l'adorait, plaida l'aînée. Elles vivaient ensemble depuis quatre ans…

– Ben prends-la, toi ! répondirent les deux autres en chœur.

– Je ne peux pas, je pars en mission à Melbourne à la fin du mois.

La discussion marqua une longue pause, chacun affectant un profond cas de conscience.

– Non, on n'a pas de solution, conclut le cadet.

– Bon, on réfléchit chacun de son côté et on en reparle, expédia l'aînée. Passons au secrétaire Louis XV de l'entrée, il…

– Moi !

– Moi !

Cléo, d'un bond, rejoignit le rebord de la fenêtre. La pluie continuait de couler sur les vitres, formant un rideau de gouttelettes que la chatte, cette fois, ne tenta pas d'attraper. Les averses allaient de nouveau détremper sa fourrure. Elle savait qu'elle allait retrouver la rue et son asphalte froid sous les pattes, le bruyant des courettes, le graisseux des poubelles, le glissant des toits. Elle allait de nouveau manger du pigeon et batailler avec les rats, pour finir une moustache arrachée et une oreille entaillée, les épaules maigres et les griffes douloureuses. Et cette fois, il n'y aurait pas sa maîtresse pour la trouver un matin, la recueillir et l'amadouer, la vénérer et partager ses repas. Elle n'aurait plus personne contre qui se blottir, le ronron hoquetant d'extase.

Cléo contempla la longue voiture noire dehors qui s'éloignait du trottoir et s'engageait dans la circulation pour emporter celle qui avait été sa seule et grande amie. Celle qui lui avait offert un abri, un giron et un territoire.

13.

On avait le chat.

Restait le chien.

Noé cultivait une affection particulière pour les dalmatiens : cette robe blanche tachetée de noir, cette finesse, cette élégance... Le dalmatien promenait un petit quelque chose de racé, d'éminemment charmant.

– Ah ben non, c'est complètement idiot le dalmatien, asséna Gabriel en passant la main dans ses cheveux blonds et crantés. Y a plein de chiens super futés, va pas prendre un dalmatien.

– T'es sûr ? Mais c'est joli pourtant...

– Certain ! C'est collant en plus, non, si tu veux du héros biblique, laisse tomber le dalmatien, je te promets.

Noé se renfrogna. Pour une fois qu'une option lui tenait à cœur, Gabriel la balayait d'un revers de plume.

– Non, mais depuis le début, c'est toi qui choisis...

– Mais pas du tout, se récria Gabriel, moi je voulais une vache, rappelle-toi.

– Écoute, c'est ma mission quand même à la fin, je veux un dalmatien. Point. Tiens, celui-là, fit Noé en désignant l'écran où un chien, gueule à moitié ouverte, langue pendante, donnait l'impression de sourire malgré quatre canines étonnamment longues et étincelantes.

Son maître achevait de nouer la laisse autour du banc de béton, sur la pelouse de la station-service. Il se redressa et rajusta son pantalon de lin crème. Le dalmatien, en signe d'amitié, apposa sa patte pleine de terre sur la cuisse gauche de l'homme, qui jura aussitôt :

– Oh, mais quel boulet, ce chien !

Sans se retourner, l'homme contourna l'ample Mercedes garée sur le parking et ouvrit la portière côté conducteur avant de s'installer au volant. Il se recoiffa rapidement en jetant un œil dans le rétroviseur et appuya sur le bouton START. Tout en attrapant la ceinture de sécurité par-dessus son épaule gauche, il se félicita d'avoir ainsi profité de l'absence de sa femme et de ses enfants pour régler le problème. Il leur achèterait un hamster, ce n'était pas plus bête et beaucoup moins contraignant. En plus quand il crevait, on pouvait racheter le même, personne ne s'en rendait compte. Alors que là, il allait encore falloir inventer une histoire.

La voiture démarra au son grave du turbo. Le chien la regarda s'éloigner en remuant la queue avec frénésie, tout content, certain qu'elle allait revenir.

Noé secoua lentement la tête et cocha sa fiche. Il avait toute son équipe. Il les ferait monter demain matin.

14.

Encore assise dans son lit, Tahiata s'offrait trois minutes de contemplation. La fenêtre et les volets de la chambre étaient largement ouverts sur les vignes, le massif du Luberon et la lumière claire du soleil levant. Un spectacle de chaque matin.

Elle enchaîna avec un regard appréciateur sur son mari qui sortait de la douche, les cheveux mouillés. Il enfilait l'un de ses éternels pantalons cargo beiges, sur lequel il allait inévitablement passer un polo blanc. Tiens non. Tahiata sourit.

– Martin… L'industrie de la mode qui pompe l'eau, faire durer les jeans, je comprends, mais là, faut quand même pas exagérer.

– Quoi ? s'étonna Martin en tirant sur son vieux tee-shirt publicitaire.

– Ça n'existe même plus, Jardiland !

Après un infini temps de réflexion, Bénétant poussa un soupir résigné et partit déposer la relique dans l'armoire sans fond des vêtements de bricolage.

15.

Ses cheveux bouclés décoiffés par un sommeil agité, Noé marchait le long du couloir de nuages menant à son bureau où devaient déjà l'attendre les animaux. Il espérait qu'une fois transformés ceux-ci saisiraient facilement les subtilités de l'entraînement. Il allait les doter de langage et de raison humaine mais cela serait-il suffisant ? Pour l'heure en tout cas, il fallait déclencher la métamorphose.

Tout en saluant de la main une nuée d'angelots qui voletaient le long du couloir aérien supérieur, Noé réfléchit à la méthode. Il avait reçu le matin même un message du secrétariat divin avec la formule à prononcer pour opérer la mutation. Le plus pratique sans doute serait d'aligner les animaux puis de procéder du plus simple au plus complexe : transformer d'abord les domestiques, le chien et la chatte, puis la truie et enfin le gorille. Ce serait certainement une grande joie pour eux, après cette existence difficile, de se retrouver sous forme humaine, et un grand honneur aussi de se savoir investis d'une mission aussi importante. Le visage nimbé d'un paternalisme confiant, Noé poussa la porte pour rencontrer enfin ceux qu'il avait élus et qu'il imaginait sagement assis à l'espérer.

Dans le bureau tapissé d'une grande bibliothèque blanche, cris, feulements et vagissements se confondaient en un vacarme épouvantable. La chatte, dos rond et queue noire hérissée, avait planté ses griffes dans les volumes reliés de la dernière étagère et montrait ses incisives au gorille en crachant de défi. Le singe rétorquait en sautant puis en retombant de tout son poids sur le bureau de Noé. Il agitait ses longs bras en direction du félin acculé. Documents, écrans, pots, stylos étaient allés s'écraser aux quatre coins de la pièce. La truie, dans l'angle, hurlait de toute son âme sans céder le moindre décibel pour couvrir les cris de guerre du gorille. Paniqué, le dalmatien s'était réfugié sous le fauteuil dans l'angle opposé et déchiquetait le coussin pour se rassurer.

Noé demeura interdit, sur le seuil, jusqu'à ce que Gabriel, arrivant du couloir, le salue d'une puissante claque dans le dos et le propulse dans la pièce.

Les animaux, Kombo, Cléo, Bill et TR438, cessèrent instantanément toute activité pour fixer les nouveaux arrivants, des hommes.

Dans ce silence revenu, Noé n'osa risquer un geste, mais Gabriel déploya et replia rapidement ses ailes, comme pour s'étirer, avant de demander aimablement :

– Alors, ça va ? Le voyage s'est bien passé ?

La chatte, tête rentrée dans le cou, moustaches tendues et pupilles dilatées masquant le bleu des prunelles, se concentra illico sur les ailes dont elle suivit chacun des mouvements. Le chien sortit de sous son fauteuil en chaloupant de son derrière blanc tacheté de noir afin d'exécuter sa danse de l'accueil et slalomer de genoux en genoux. TR438, elle, recroquevilla davantage son long corps rose et dodu, et se remit à hurler de plus belle. Une dizaine d'octaves en dessous, le puissant gorille, à quatre pattes sur le bureau, commença à gronder, dévisageant les nouveaux arrivants d'un œil d'or mais sans ambiguïté : il était prêt à charger. Dans un sursaut de lucidité, Noé saisit sa tablette pour y chercher la formule de transformation. Il fallait agir vite et doter le primate de raison, tout de suite maintenant.

De grosses gouttes de sueur perlèrent sur le front de l'homme. C'était le signal que guettait Kombo pour attaquer. Il s'élança et renversa sous son poids Noé, qui avait eu le temps de faire demi-tour pour fuir, mais trop tard. D'un simple revers de main, le gorille lui plaqua le nez au sol et s'installa sur son dos. L'homme n'opposant pas la moindre résistance, il s'en désintéressa et confisqua la tablette. Noé lutta pour dégager son bras, criant : « Non, non, pas toucher ! » à Kombo qui ouvrait mille fenêtres au hasard.

Gabriel se précipitant au secours de son ami, Cléo en profita pour bondir sur les ailes dans lesquelles elle planta griffes et canines. L'archange poussa un cri strident et tourna rapidement sur lui-même pour tenter de saisir le félin qui grimpait et descendait entre ses deux ailes afin de lui échapper, faisant voler des bouts de plumes en tous sens.

Lassé par l'écran saturé, le singe commença à agiter la tablette pour voir si quelque chose d'amusant se produisait. Noé n'arriverait jamais à la récupérer, il allait devoir se remémorer la formule, vite de préférence. D'instinct, il s'apprêta à prier pour y parvenir, mais se retint in extremis : alerter Déesse n'était pas une option. À l'idée qu'Elle le surprenne ainsi, la tête sous les fesses du gorille qu'il était censé instruire, Noé prit un shoot d'adrénaline qui inscrivit la formule en lettres de feu dans son esprit. Aussi la voix de l'homme, quelque peu étouffée par les deux cent quarante kilos du primate, résonna avec suffisamment de force cependant pour qu'on perçoive la phrase magique :

– « Par décret du 13 mai et sur arrêté exceptionnel, Déesse autorise pour, et seulement pour, l'Opération Dodo la transformation de l'animal ici désigné. »

Pointant son index, Noé, qui visait évidemment le gorille, atteignit le chien. Métamorphose.

Il n'y eut ni fumée, ni tonnerre, ni éclair, aucun claquement, pas une trompette. Et, malgré l'état de stress dans lequel il grillait, Noé s'en trouva quelque peu déçu. En une simple fraction de seconde, le dalmatien avait fait place à un beau jeune homme élancé, à l'ossature délicate et aux muscles saillants. Les cheveux blancs et abondants, à peine tachetés de noir aux tempes, semblaient déjà coiffés et l'élégance des gestes se devinait au premier abord. En découvrant ses mains, ses bras, son corps d'humain et les vêtements dessus, Bill sursauta de dix bons centimètres. Après un couinement qui s'étrangla dans cette nouvelle gorge mal conçue, il fila comme un dard, poussant la porte de son grand nez fin, puis traversa les couloirs, les nuages, comme pour fuir jusqu'au bout des cieux.

Alors même qu'on l'avait perdu de vue depuis longtemps, on percevait encore ses *kaï kaï* de détresse, à la recherche d'une juste tonalité.

Cléo, terrifiée, grimpa au sommet du crâne de Gabriel et s'y cramponna de toutes ses griffes. Celui-ci, au bord des larmes, supplia Noé :

– Le chat ! Transforme le chat !

Noé, l'index tremblant passant de Cléo à Kombo, tenta la double mutation :

– « Par décret du 13 mai et sur arrêté exceptionnel, Déesse autorise pour, et seulement pour, l'Opération Dodo la transformation de l'animal ici désigné et là désigné aussi. »

Gabriel s'affala soudain sous le poids de la splendide brune aux yeux bleus qui s'était matérialisée sur sa tête.

La jeune femme se redressa en un instant avec la grâce d'une danseuse, faisant frissonner la soie de sa robe gris perle autour de ses membres longs et déliés. Avec son carré de cheveux noirs et raides, sa cicatrice sur l'oreille et son air de dignité farouche, elle dégageait une sensation mêlée d'intelligence et de vide, de classe et de piraterie. Le mystère incarné. Avec un je-ne-sais-quoi de complètement cintré. Cléo survola son nouvel aspect d'un œil impavide, puis partit tranquillement s'asseoir sur l'accoudoir du fauteuil, piétinant Gabriel au passage, avec une mine de royale indifférence.

Le colosse qui écrasait maintenant Noé semblait, lui, beaucoup plus interloqué. Le teint mat, les cheveux courts et épais, la mâchoire carrée et le crâne moulé dans un casque à pointe lui donnaient un visage de triangle isocèle, deux rouflaquettes fournies venant souligner l'épaisseur du trait. Il soulevait tour à tour ses longs bras et ses jambes courtes, faisait rouler ses épaules dans son costume tendu à craquer et tentait avec désolation d'agiter des orteils devenus ridicules et malhabiles dans leurs chaussures cirées. Pour un homme, il était monstrueusement costaud, taillé comme une église romane, mais pour un gorille alpha, ça pesait chétif. Toujours assis sur Noé, il s'adressa à la tête de celui-ci :

– C'est quoi cette horreur ? Je ne vais pas rester comme ça ? C'est votre corps, ce truc ?

– Oui, répondit Noé, les poumons comprimés, sans pouvoir réprimer une moue d'excuse.

– Pffff...

Le gorille roula sur le côté et s'assit en tailleur, bras mous et paumes ouvertes vers le ciel. Déprimé.

Noé se releva, toussa et s'épousseta. Il jeta un coup d'œil à Gabriel qui se lissait les plumes. Celui-ci lui adressa un sourire complice mais exténué.

Restait la truie qui, terrorisée, n'avait pas bougé. Elle agita ses oreilles cassées. Elle s'apprêtait à hurler de nouveau. Noé s'éclaircit la gorge rapidement avant de prononcer la formule d'une voix rassurante :

– « Par décret du 13 mai et sur arrêté exceptionnel, Déesse autorise pour, et seulement pour, l'Opération Dodo la transformation de l'animal ici désigné. »

Une solide matrone à l'air futé, au teint rosé, aux cheveux rares et blonds, prunelles noires et mobiles, apparut et referma aussitôt sa veste de tailleur sur son ventre rond.

Noé en avala sa salive de travers.

– Mais elle est enceinte ! Gabriel ! Gabriel ? Qu'est-ce que t'as fabriqué ?! Elle est enceinte !

Gabriel haussa les ailes et, bien que visiblement navré pour son ami, répondit sans s'émouvoir :

– Bien sûr qu'elle est enceinte. Je t'ai dit « une ferme avec des reproductrices », tu pensais quoi ? Tu ne voulais pas voir, t'as pas vu.

– Ben je vois.

Noé contempla TR438 avec désespoir. Là, il était foutu. Une femme enceinte en mission, si Déesse l'apprenait, il était mal, mal, mal.

Gabriel se gratta le front du bout de l'index avant de remarquer :

– Par contre, je me demande si c'était bien prudent de prononcer la formule à voix haute. Il était suffisant de la réciter intérieurement et tu ne prenais pas le risque qu'ils la retiennent pour plus tard. S'il leur venait l'idée de la réutiliser…

Noé n'avait toujours pas quitté le ventre de TR438 du regard. Il pensait à Déesse qui attendait des résultats rapides. Déesse n'attendait jamais des résultats lents de toute façon. Comment avait-il pu se mettre dans ce pétrin ? Les animaux ! À l'origine, c'était le secteur le plus tranquille du monde vivant : pas de guerre, une chaîne alimentaire réglée comme du papier à musique, des territoires définis, des besoins raisonnables, des destins écrits d'avance… Comment avait-il pu merder à ce point et laisser s'enclencher la sixième extinction ? Déesse était furieuse et elle ne lui pardonnerait pas un nouvel échec lors de ce sommet. Une éternité de douleur lui était promise s'il ne menait pas à bien cette mission improbable. Et au bout de dix minutes à peine, il était déjà lessivé. Allez, se dit-il, maintenant qu'ils sont transformés, le pire est passé. Il n'avait pas besoin que Gabriel joue les Cassandre.

– Non, mais ça va au bout d'un moment, lâcha Noé d'une voix morne. Tout ne peut pas se passer de travers, ce ne sont que des animaux quand même.

Une ombre de sourire passa sur le visage de Cléo qui testait ses ongles neufs sur le cuir du fauteuil.

16.

– Non, coupa Cléo.

– Non, confirma Kombo.

– Comment ça « non » ? demanda Noé, surpris.

Après les avoir laissés se remettre de leurs émotions et leur avoir distribué à chacun eau et biscuits, il leur avait débité un petit laïus un rien solennel, leur exposant la mission de haute importance qui les attendait, la confiance que Déesse elle-même plaçait en leurs talents, leur rôle pour les générations à venir et l'immense champ de connaissance et de lumière qui allait s'ouvrir à eux sous cette nouvelle forme humaine qui leur était accordée en même temps que la parole, la raison, la conscience et l'enseignement rapide.

Il n'avait pas envisagé une seule seconde que les animaux ne seraient pas d'accord. Et pourtant tous trois – Bill n'avait toujours pas reparu depuis sa course paniquée – se tenaient devant lui, l'air buté, y compris TR438 qui, si elle ne disait rien encore, se rangeait clairement du côté de ses camarades.

– Comme ça, non, renchérit Cléo. Pourquoi on le ferait ?

– Mais... mais... parce que c'est le bien, parce que Déesse vous le demande, parce que ça sauve la planète...

– Oui, mais c'est quoi notre intérêt au juste ? interrogea Cléo avant de replacer rapidement une mèche noire derrière son oreille. S'entraîner des heures, retourner sur Terre, parlementer avec des inconnus, prendre des risques, et tout cela au fond pour régler votre problème.

Du bout des doigts, elle éprouva la douceur de sa robe soyeuse et inspira discrètement pour en apprécier l'odeur de frais.

– Oui, moi, mon intérêt, c'est quoi ? enchaîna Kombo qui étouffait dans son col de chemise.

Noé contempla l'équipe. Leur calme obstination ne laissait aucun doute : le concept d'élévation morale leur était totalement étranger, ils n'avaient pas du tout l'intention d'obéir gratuitement à l'urgence de la situation.

Négocier. Il allait falloir négocier. Mais avec quoi ? Noé envisagea un instant d'aller trouver Déesse pour augmenter sa marge de manœuvre, mais il avait peur de se faire mal recevoir. Se retrouver bloqué, alors que la mission démarrait à peine, ce n'était pas avouable. Non, Déesse ne devait pas l'apprendre. Promettre sans être sûr de pouvoir honorer ses engagements ? Noé réfléchit. Après tout, c'étaient les animaux les premiers qui avaient manqué d'élévation morale, c'était donc un juste retour des choses que de rester flottant lui aussi. Et puis, en cas de succès, il pourrait alors en parler à Déesse et obtenir ce qu'il allait promettre. Oui, on pouvait sûrement parier là-dessus.

– Très bien, qu'est-ce que vous voulez ?

– La liberté ! répondit aussitôt Kombo. Mais en tant que gorille, pas moche comme ça.

– Accordé, fit Noé, un peu trop rapidement.

Il se reprit et leva une main impérieuse pour mieux faire peser les enjeux :

– Accordé à condition évidemment que la mission aboutisse, que le traité soit signé et que vous ayez tout mis en œuvre pour cela. Tu seras libre, Kombo, je te le promets, tu pourras découvrir la nature, courir dans les forêts tropicales, grimper aux arbres, te faire un nid de feuilles et manger des fruits sans compter, sentir le soleil, le vent et goûter l'eau.

Kombo, les yeux soudain rêveurs, l'écouta avec une attention extrême.

– Toi, poursuivit Noé en s'adressant à la chatte, tu retrouveras un vrai foyer cinq étoiles, avec calme et volupté garantis, arbre à chat, jardin, croquettes à volonté, souris dans la cave, lézards sur les murs, poissons dans la rivière et oiseaux sur la branche, litière propre et maîtres férus de lecture.

Les yeux bleus de la jeune femme n'avaient pas quitté la fine ceinture de la robe qu'elle faisait voleter du bout des ongles depuis cinq minutes, mais sa respiration s'était accélérée sous l'effet de l'espoir.

– Toi enfin, fit Noé à l'attention de TR438, cette fois, tu pourras garder tes petits et les élever en paix, dans les conditions qui te plairont.

TR438, les yeux ronds, fixa Noé sans y croire. Elle
ne savait même pas que c'était possible. Garder ses petits.
Qu'est-ce que cela signifiait ? On les nourrissait et puis,
après, ils restaient ? Ce devait être merveilleux. Elle ne
parvenait pas encore à prendre la pleine mesure de ce
que cela représentait, mais déjà tout son être lui soufflait
que pour ça, elle était prête à tout. À tout. Elle s'entraî-
nerait, elle apprendrait, elle accomplirait la mission à elle
toute seule.

Sachant qu'il avait capté leur attention et d'ores et déjà
remporté le morceau, Noé poussa son avantage :

– Mais avant, il faudra passer pour des humains sans
éveiller le moindre soupçon, vous m'avez bien compris ?
Si quiconque se doute de quoi que ce soit, tout est fini.
Votre formation devra être parfaite, rien ne doit vous
trahir, j'exige un investissement total. Si vous étiez découverts, Déesse et ses plans seraient découverts aussi et ça,
ça, ce serait… terrible, elle ne le pardonnerait pas et elle
n'est pas toujours commode, vous pouvez me croire.
Ensuite, il faudra réussir la mission, que le traité soit
adopté, chaque signataire dûment prêt à l'honorer. Sinon,
je vous renvoie sur Terre à votre triste condition : sans
espace, sans enfants, sans maison. À vous de vous engager maintenant. Est-ce que je peux compter sur vous ?

– Oui ! promirent le gorille et la truie d'une même
voix claire.

– Pourquoi pas. Admettons, concéda la chatte après
un atermoiement de principe.

17.

Assis derrière son étiquette sur la grande estrade de l'amphithéâtre du Domaine, Martin écoutait sans l'entendre l'exposé d'un lobbyiste sur les exploitations pétrolières en Alaska. L'homme évoquait les besoins énergétiques des pays développés et en voie de développement. Manifestement inquiet qu'on puisse le prendre pour un rigolo alors même qu'il n'avait pas souri un instant, il ponctuait son discours de « soyons sérieux » doctement articulés. Et chaque fois qu'il prononçait ces deux mots, Martin voyait un ours blanc disparaître.

Cesser les représentations visuelles. Rester en surface et ne pas s'attrister.

L'assistance était clairsemée. Quasiment tous les chefs d'État manquaient à l'appel et n'étaient venus pointer que les plus bas gradés des décideurs ministériels, les bizuts. Derrière la grande baie vitrée de la salle, on voyait passer leurs responsables, sortant du spa en peignoir, courant en short vers les tennis, s'endormant sous *Les Échos* à la piscine. « Soyons sérieux », scandait le conférencier. *Plouf* faisaient les ours dans la tête de Bénétant.

À cet instant, cinq chefs d'État pourtant entrèrent par la porte latérale. Le nez brûlé par un coup de soleil, la chemise tout juste reboutonnée, ils venaient sans doute goûter quelques minutes de climatisation dans un endroit calme. Ils eurent néanmoins la discrétion de se taire pour ne pas déranger l'intervention et prirent même la mine de circonstance des hommes qui pèsent la portée des paroles.

Après les besoins énergétiques vinrent les besoins alimentaires, suivis des difficultés de l'emploi, de la reprise de l'économie et autres logiques de secteur. Dans l'assistance, les moues d'approbation succédaient aux hochements de tête et Martin, impuissant, regardait s'émietter la mince prise de conscience qui avait présidé à la mise en place du sommet. Le professeur n'osait intervenir, couper la parole ou se montrer discourtois. Il révisait intérieurement ses fiches qui se brouillaient au fur et à mesure des démonstrations du camp adverse.

Son téléphone vibra et l'écran afficha LABO. Martin enfila discrètement une oreillette. La conversation dura sept secondes et Bénétant n'eut pas le souffle pour glisser un remerciement ou une parole encourageante à son interlocutrice. C'était Kirsten qui, en tant que nouvelle adjointe, s'était dévouée pour lui annoncer que l'embryon sur les deux premières femelles girafes ne s'était pas accroché.

Pendant quelques instants, le professeur survola la salle de conférences sans la voir, passant sur les grands de ce monde qui bâfraient leurs chocolats suisses au fond de l'auditorium. Douzième échec. La probabilité pour que cela ne fonctionne jamais augmentait à chaque fois. Les girafes s'éteignaient une à une et lui, le meilleur généticien de son époque, n'était pas foutu d'en faire renaître une seule. Les girafes couraient, s'échappaient de ses mains, de son cerveau, sans qu'il puisse rien pour les rattraper. Leur grâce et leur délicatesse résistaient à la science, leur existence n'était que coïncidence superbe, magie de la nature. L'homme était incapable de reproduire le miracle. Pas lui en tout cas.

L'homme était juste capable de saccager, saccager les plaines, saccager les glaces et se gargariser de son énergie, sa croissance, son « soyons sérieux ». Martin fixait le technocrate sur son estrade et sentait la rage bouillonner sous son crâne. Le niveau grimpait à vive allure. Face à Soutellin, cette colère avait soutenu Bénétant, alors il ne fit rien pour contenir l'éruption, il se laissa envahir et, gavé d'adrénaline jusqu'aux yeux, se lança subitement :

– Excusez-moi mais vous entendez quoi exactement par « soyons sérieux » ?

Interrompu en pleine litanie, un peu piqué mais prêt à jouer le jeu de la contradiction, l'homme se tourna brièvement vers Martin, avant de s'adresser à la salle, où se tenaient les seuls interlocuteurs dignes d'intérêt :

– Je parle de sérieux dans nos résolutions. Stopper brutalement les exploitations sans une transition énergétique plus avancée bouleverserait des pans entiers de l'économie. Il faut conserver la tête froide et ne pas réagir inconsidérément lorsque quelques-uns crient à l'urgence. Il est de notre devoir d'adopter un comportement raisonnable et de...

– Raisonnable ? Vous avez dit raisonnable ?

Bénétant avait trouvé le mot auquel s'accrocher, restait juste à dévider la pelote de fil en fusion.

– Parce que détruire un écosystème qui nous précède de plusieurs millénaires et anéantir des milliards d'êtres vivants pour clôturer à + 0,2 % en Bourse, acheter des baskets moins chères et produire des tonnes de pâte à tartiner, vous trouvez ça raisonnable ? C'est sérieux d'extraire un pétrole qui s'évaporera aussitôt, pour trois kilomètres en 4X4 ou huit touillettes à café, au lieu de préserver des ours qui pourraient peupler les glaciers durant des siècles encore ? Vous avez un sérieux de gosse pourri-gâté qui ne pense pas plus loin que sa gueule et la minute d'après. De sombres cons, voilà les décideurs de notre temps, de sombres cons aux poches pleines. Tous.

Un silence de mort se fit et les cendres de l'éruption semblèrent retomber lentement dans la salle. Martin lui-même, encore tremblant, revint peu à peu à lui. Il contempla les politiques qui le fixaient, visages fermés, mâchoires serrées, peu habitués à ces apostrophes de bas étage. Pas lorsqu'ils se tenaient à l'abri dans leurs cénacles en tout cas. Ils ne pourraient tolérer l'affront sans mesures de rétorsion.

En fait de sombre con, Martin venait de s'illustrer.

En une petite minute à peine, il avait perdu trois années de travail à rédiger le protocole. Un immense espoir englouti pour l'ivresse d'une colère. Non, la rage ne l'avait pas soutenu, mais précipité dans le plus grand fourvoiement de toute son existence. Comment avait-il pu se montrer aussi peu à la hauteur des enjeux ?

Le silence régnait toujours et personne n'avait encore réagi. L'espace d'une absurde seconde, Martin espéra qu'ils n'avaient pas vraiment entendu, et qu'on allait passer à autre chose.

— Avec tout le respect que nous devons à votre carrière scientifique, nous ne vous renverrons pas de ce sommet, commença un ministre français qui, en tant que compatriote, voulait à la fois frapper le premier et minimiser l'outrage. Cependant...

— Cependant, reprit son homologue canadien qui, lui, tenait à marquer le coup, vous ne serez plus que spectateur. Trouvez un porte-parole, vous, on ne veut plus vous entendre.

— Faites-vous très discret même, recommanda un Hollandais en rabattant sa mèche d'une main luisante de crème solaire.

Le professeur encaissa sans un mot. Dans l'ombre, tout au fond de la salle, il aperçut Édouard Soutellin qui souriait et remuait légèrement la tête en signe d'adieu. Martin s'était laissé manipuler comme le dernier des crétins. Honte à lui. Enterré sous sa chape de culpabilité, il ne pouvait qu'accepter la mise au ban. Il se leva, rassembla ses quelques documents sans les aligner et quitta la salle en marmonnant quelque chose qui pouvait passer pour un merci, un au revoir, un hoquet.

Une fois dans le hall d'accueil, le professeur se posta sous le grand écran plat accroché au-dessus de la porte. En alternance avec la météo du jour, très ensoleillée, il affichait le décompte en temps réel des derniers spécimens de chaque espèce en danger. Pandas : six ; lions : cinq ; panthères noires : cinquante-six ; orques : cent deux...

Il recula d'un pas pour s'asseoir sur la banquette en moleskine. Viré. Le deuxième jour du sommet. Il prit sa tête entre ses mains pour planquer quelques larmes.

18.

Pour la septième fois de la journée, Noé tentait de reprendre un stylo à Kombo. L'alpha gardait tout et éprouvait les pires difficultés à partager quoi que ce soit, ce qui était bien sûr très malpoli. Avec une certaine bonne volonté, il tendait son gros bras, mais dès que l'homme saisissait le Bic, Kombo resserrait sa prise et refusait de lâcher, se cambrant au maximum sur ses jambes courtaudes. Noé tira et tira encore, mais il n'y avait plus que le capuchon à harponner, le reste disparaissant dans la pogne de Kombo. Le capuchon se décrocha, déséquilibrant Noé qui atterrit sur le derrière.

Mécontent, le formateur griffonna rageusement quelques mots sur sa feuille et se tourna vers Bill qui, après sa fuite post-transformation, avait fini par reparaître, penaud mais sa chevelure blanche parfaitement en place, geignant derrière la porte du bureau. Après l'avoir abondamment pardonné, consolé, rassuré, Noé lui avait résumé la situation puis l'avait installé à une table pour son entraînement. Il lui avait noué une serviette autour du cou, avait glissé une fourchette et un couteau dans ses mains fines et lui avait longuement expliqué l'usage de chaque ustensile, démonstration à l'appui. Après quelques essais à vide qui s'étaient merveilleusement déroulés, il était temps maintenant de passer à l'étape suivante.

Bill le regarda arriver de ses grands yeux naïfs, les deux couverts bien dressés entre les poings, concentré. Noé le félicita et déposa devant le jeune homme un steak, accompagné de haricots verts. Tétanisé, la bave s'écoulant doucement à la commissure des lèvres, Bill regarda tour à tour l'assiette et le visage de Noé. Celui-ci l'encouragea d'un sourire : « Vas-y. » Bill plongea aussitôt la tête dans l'assiette et goba le steak en deux mouvements de gosier. Puis, à grands coups de langue, il récupéra les résidus de sauce, repoussant avec méthode les haricots verts en dehors de l'assiette. Enfin, il releva le nez entre ses deux couverts et, heureux, concentré, il sourit à Noé.

Le patriarche soupira. C'était quand même pas gagné.

En fait, c'était inégal. Le cerveau électrisé par la transformation, les animaux étaient parvenus à assimiler en un temps record un grand nombre de connaissances. Ils avaient saisi leurs objectifs et maîtrisaient les principaux rouages de la négociation. Déesse leur ayant accordé le langage sans le restreindre à l'anglais ou au français, ils parlaient, lisaient et comprenaient même les idiomes les moins répandus. En revanche, ils avaient encore du mal à modifier leurs comportements bestiaux les plus ancrés. Pourtant, c'est de cela que dépendrait la discrétion, et donc la réussite, de la mission. De cela aussi que dépendrait la prochaine éternité d'existence de Noé : cet entraînement était sous sa seule responsabilité et, en matière de lamentable échec, il avait déjà brûlé ses cartouches.

Heureusement, il pouvait compter sur TR438, la plus intelligente, comme il fallait s'y attendre avec les cochons au QI si injustement mésestimé, mais aussi la plus motivée. Elle apprenait tout par cœur et bossait comme une bête, mais Noé n'était pas certain qu'elle comprenne tout ce qu'elle ingurgitait : totalement gelée par la peur, la cervelle manquait de souplesse et se contentait d'enregistrer. Le comportement cependant était exemplaire. Afin de se garantir de toute erreur, la truie avait opté pour une technique aussi radicale qu'efficace : elle ne faisait rien. Seuls ses tressaillements trahissaient parfois sa méfiance et son stress. Sinon, elle bougeait un minimum, prenait son temps pour tout, réfléchissait avant la moindre décision. Une vie entière dans un enclos lui avait enseigné la sobriété et l'économie de mouvement. Après réflexion, Noé se dit que sa grossesse faciliterait plutôt la mission : chez une femme enceinte les manies les plus saugrenues passaient inaperçues. Il l'observa un instant, installée à table, reposant sa serviette sur ses genoux après avoir tamponné sa bouche aux lèvres fines. Parfaite. Alors qu'elle reprenait ses couverts, elle fronça les sourcils, tourna la tête sur le côté et vomit par terre.

Elle releva son visage rose et rond pour fixer Noé, avec l'œil anxieux de qui se sent pris en faute. Il nota de lui trouver un petit guide à l'usage des femmes enceintes, puis s'approcha pour poser sur son épaule une main apaisante. TR438 se mit aussitôt à hurler, hurler, hurler, sans s'arrêter.

Noé retira prestement sa main, recula, appela au calme et entama tout un répertoire de berceuses. Mais ni « Frère Jacques » ni aucune comptine n'y fit rien. En trois ans de vie de truie gestante, le contact de l'homme n'avait été annonciateur que de mauvaises nouvelles et sales traitements. Or on ne pouvait pas empêcher un cochon affolé de crier.

Cléo s'approcha et frôla TR438 de sa hanche dans un ronron discret. Les cris s'espacèrent, jusqu'à disparaître, et le calme se répandit dans toute la pièce. Noé poussa un long soupir et épongea son visage couvert de sueur. Le formateur ne put retenir un sourire de reconnaissance à l'adresse de Cléo, même si celle-ci était, de loin, son sujet le plus difficile. La féline était d'une indiscipline qui frisait le défi. Il suffisait de lui demander quelque chose pour qu'elle refuse. Sauf quand elle se sentait d'humeur. Ainsi, elle pouvait coopérer de bonne grâce pendant vingt minutes puis, sans un mot, s'en aller en plein milieu d'un exposé. Elle tenait à la mission et gardait fermement la promesse à l'esprit, mais tolérait mal qu'on lui demande d'exécuter un exercice qu'elle avait déjà compris. Elle jugeait indigne d'avoir à faire démonstration de son intelligence. Très tatillonne question amour-propre, elle opposait une fin de non-recevoir à toute condescendance. Elle *était*, c'était suffisant, jugeait-elle.

Kombo poussa un grognement. Une fois de plus la brosse à dents s'était brisée entre ses mains et il la projeta contre le mur. Suivirent le dentifrice, le verre et le peigne qu'il avait édenté au premier passage dans ses cheveux drus. Il se baissa pour fouiller la trousse de toilette avec fureur et en sortit le rasoir qui lui avait taillardé le menton pour l'envoyer rejoindre ses malheureux compagnons de toilette.

— Kombo ! cria Noé.

— *Wouarrrgg*, répondit Kombo. J'en ai marre de vos machins, j'irai comme je suis, et si ça leur plaît pas eh bien...

— Eh bien, tu retourneras derrière ta vitre. N'oubliez pas tous que vous n'obtiendrez ce que j'ai promis qu'à condition que la mission aboutisse.

Bill se redressa, se tourna vers Kombo, pointant son nez fin tour à tour vers Cléo, TR438 et Noé :

— « Promis » ? Y a un truc promis ? On m'a rien promis à moi.

— Oui, bon, éluda Noé, on reprend, on reprend.

Aussitôt Bill se matérialisa devant lui.

— Moi aussi, s'ils ont eu quelque chose, je veux quelque chose. Y a une promesse ?

Noé souffla avec impatience.

— Bon, toi Bill, consentit-il, je te promets que tu retrouveras ton maître, ça te va, ça ? T'es content ?

Bill sautilla trois fois sur place et hocha vigoureusement la tête :

— Oui, oui, ça c'est super. Je serais tellement mais tellement heureux ! Je m'y remets tout de suite.

Aussitôt dit, aussitôt fait, Bill renoua sa serviette, saisit ses couverts et attendit un nouveau steak.

Noé secoua la tête et tapota sa tablette. Autour de lui, les animaux retournaient à leurs exercices, bougon pour ce qui concernait le gorille, mais appliqués. Au moins progressaient-ils. Noé redressa le menton. En fait, se dit-il avec une pointe d'optimisme et pas mal d'autosatisfaction, à ce rythme, les animaux seraient même prêts d'ici une semaine.

– Noé ! Dans mon bureau ! somma la voix du haut des cieux.

19

– Tiens, regarde.

Noé se pencha vers l'écran que lui désignait Déesse et visionna les images prises un peu plus tôt sur lesquelles Martin Bénétant s'emportait comme un diable pour se recroqueviller aussitôt. Déesse mit sur PAUSE au moment où le professeur quittait la salle. Elle se frotta le front et soupira.

– J'en ai marre de ces humains, mais j'en ai marre. Enfin. On envoie les animaux chez lui.

« Mais qu'est-ce que Déesse lui trouve à ce type à la fin ? » se demanda Noé, passablement agacé. Le type était absolument quelconque, à part un vague charme dans le regard, éventuellement un sourire franc, mais sans barbe ni longs cheveux, c'était quand même pas bien patriarcal tout ça.

– Pourquoi lui, Seigneure ?

Déesse se rencogna dans son siège. Elle n'avait pas à se justifier et tenait à le signifier à l'impudent. Les nuages derrière la grande baie vitrée s'amoncelèrent et vrombirent un instant sur un air de menace, avant de s'éclaircir lentement pour retourner à leurs angelots. Noé déglutit et un air amusé éclaira brièvement l'œil de Déesse qui daigna, finalement, défendre son poulain :

– D'abord, parce que c'est son idée. Ensuite, il a rédigé le traité, il en connaît les tenants et les aboutissants. Il sait comment mener à bien ce sommet et...

– La preuve que non, il s'est grillé pile là, fit Noé en pointant l'écran de l'index.

– Un incident. Et justement, l'homme aura à cœur de rattraper sa bourde, il sera prêt à tout pour que ça marche. Par ailleurs, c'est un grand généticien animalier, le renouvellement des espèces est un sujet qu'il domine...

– Encore un médecin qui se prend pour Vous, souligna le patriarche avec perfidie.

Le chouchou commençait à l'irriter.

Les belles mains de Déesse voltigèrent au-dessus du bureau, effaçant le ciel derrière elle comme une ardoise magique.

– Ah, ça suffit, Noé, avec tes arguments à la noix. Si j'ai donné la science aux humains, c'est pour pas me taper le boulot toute seule, je n'ai pas que cette planète à gérer moi. Et vu ton bilan, j'ai plutôt intérêt à diversifier mes équipes. D'ailleurs, parlons de toi : les animaux, la transformation, tout ça, ça s'est bien passé ?

Noé savait reconnaître un recadrage quand il en croisait un, c'était suffisamment fréquent.

– Oui, oui.

– Et la formation, bons résultats ?

Le chargé de mission inspira et prit le ton docte du sachant qui maîtrise la situation et s'apprête à le démontrer :

– Bien, bien, ça avance. D'après mes estimations, d'ici quelques jours...

– Parfait, j'ai envoyé l'archange Gabriel, sous l'identité d'un messager de l'ONU, pour annoncer leur venue à Martin Bénétant.

Noé cligna des paupières et demeura bouche bée un instant.

– Mais... les annoncer pour quand ?

– Maintenant, signifia Déesse sur un ton d'évidence.

Noé agita les bras et protesta d'une voix de fausset :

– Mais ils ne sont pas prêts du tout ! On n'a pas encore évoqué l'argent, le feu, l'alcool... Enfin plein de choses, on n'a pas réglé tous les détails.

La main divine se leva et imposa le silence. Le sujet était clos. Dans un de ces roulements de tonnerre qu'elle affectionnait, Déesse confirma :

– Trop tard. Gabriel a obtempéré. Ils arrivent sur Terre.

20.

Martin se tenait sur le seuil de son mas, prêt à accueillir l'équipe qu'on lui avait annoncée. Une excellente nouvelle, qui tombait à pic : les Nations unies, très engagées déjà dans la bataille pour la biodiversité, lui dépêchaient quatre consultants qui, compte tenu des circonstances, serviraient de porte-parole au traité. C'était de loin préférable à quelqu'un de son labo dont l'image lui aurait été par trop associée. Des interlocuteurs tout neufs, en provenance directe du siège de New York. Il pourrait leur transmettre tout ce qu'il savait et les diriger en toute discrétion.

C'était une chance inespérée de rattraper ses erreurs. Et, Martin ne se le cachait pas, cela se doublait d'un profond soulagement. Il ne porterait pas la charge des négociations et des affrontements, il ne serait que recherches, pédagogie et rédaction. Son statut de lumière avait trouvé une ombre où s'abriter.

Pour renforcer l'esprit d'équipe et fluidifier la transmission des données, Gabriel Nouvelle, l'envoyé de l'ONU, lui avait demandé à la dernière minute de les héberger. Martin, bien sûr, n'avait pas osé refuser, d'autant qu'il ne manquait pas d'espace, mais il espérait que la cohabitation avec des inconnus, même aussi raffinés que des pontes de l'ONU, ne serait pas trop pesante. Quoi qu'il en soit, il était prêt à les loger, les nourrir, les blanchir, quand bien même ils auraient débarqué à trente, n'importe quoi pour se racheter et sauver ce qu'il restait à sauver de ce sommet.

Les cigales se turent et un nuage de poussière troubla le bout du chemin. Martin se redressa. La cavalerie débarquait.

Le soleil méridional écrasait cette fin de matinée et l'ombre du pin parasol sur l'allée était réduite au minimum. Un léger souffle de vent agita les lauriers-roses et les lourdes feuilles des palmiers. Les pneus crissèrent sur les gravillons quand l'énorme berline noire ralentit et vint s'arrêter à quelques mètres de Martin. Les quatre portières s'ouvrirent de concert. Gabriel Nouvelle sortit du côté conducteur, avec encore une fois sa grande cape bizarre dans le dos. Côté passager, une femme enceinte, engoncée dans un de ces tailleurs roses qu'affectionnait la reine Elizabeth, s'extirpa avec un peu plus de difficulté et presque à reculons. De l'arrière descendirent en même temps un colosse aux sourcils sombres mais au regard clair, dans un costume brun qu'on avait dû tailler dans des tentures pour contenir tant de muscles, et une splendide trentenaire à l'air hautain et aux yeux plus bleus que le ciel de Provence sur lequel se découpait sa longiligne silhouette. Puis un jeune homme au visage fin bouscula la madone pour sortir précipitamment, la dépasser et se planter tout droit et jovial devant Martin. Contrastant avec sa mine juvénile, sa chevelure était blanche, parsemée de mèches noires, ce qui donnait l'impression étrange qu'elle avait été montée à l'envers. Le sourire, immense, exhibait une dentition étincelante aux canines légèrement proéminentes, façon vampire de sitcom, joli et sympathique.

Martin tendit une paume cordiale :

– Professeur Martin Bénétant. Bonjour et bienvenue.

Chacun leur tour, ses invités rendirent la poignée de main.

– Bill, fit le jeune homme en secouant tout le poignet avec énergie, ne le relâchant qu'à regret.

– Kombo, tonna le costaud sans sourire, écrasant les phalanges avec soin.

L'homme était bâti comme ces culturistes qui se gonflent les bras et les pectoraux à l'hélium, mais oublient les mollets. Il se tenait très cambré, avec un menton prognathe qui renforçait encore son allure bourrue.

La jeune femme, après avoir feint d'ignorer la présence de Martin, le survola du regard et lui accorda finalement une main distraite.

– Cléo, glissa-t-elle.

La dame enceinte, au contraire, le dévisagea avec intensité, l'œil vaguement inquiet et un grand sourire figé sur son visage poupon. Au contact de Martin, elle émit un cri bref mais sonore, et retira aussitôt ses deux mains pour les cacher dans son dos. Puis elle s'inclina afin de se présenter le plus aimablement du monde :

– TR438, mille mercis pour votre accueil, professeur.

Gabriel crevait de chaud sous sa cape. Avec ses consignes de discrétion, Déesse ne leur facilitait pas la tâche, on voyait que ce n'était pas elle qui devait camoufler ses ailes. En plus, avec les griffures de la chatte, ça faisait un mal de chien de les replier comme ça. L'archange en était là de ses réflexions quand il remarqua que le sourire de Martin se figeait au fur et à mesure des présentations.

Kombo, Bill, Cléo, TR438... Noé avait oublié de leur attribuer un pseudo !

Gabriel se précipita et improvisa :

— Rose, vous pouvez l'appeler Rose. Elle ne peut pas s'empêcher de donner son matricule, ces Américains vous savez, c'est boulot-boulot.

Le soulagement dans les yeux de Martin fut tel que Bill, toujours soucieux de faire plaisir, ne put s'empêcher de surenchérir :

— Moi aussi, moi aussi, vous pouvez m'appeler Rose.

— Ah, quel blagueur ce Bill, coupa Gabriel en écartant les bras pour tous les faire taire. Mais je manque à tous mes devoirs, laissez-moi vous présenter...

En l'espace d'une trop courte seconde, l'esprit de Gabriel tenta de sélectionner les quelques patronymes américains susceptibles de rattraper des prénoms pareils.

– Voici donc Rose Cooper, Kombo John, Cléo Gardner et Bill Kennedy. Vous verrez, ils sont parfaitement polyglottes, mais ils ne sont pas encore très familiers des coutumes françaises. Et puis, comme tous les scientifiques, ils sont un peu originaux, mais vous voyez ce que je veux dire n'est-ce pas ? ajouta Gabriel avec un rire complice.

– Oui, oui, bien sûr, répondit Martin qui ne voyait manifestement pas.

Un silence embarrassé s'installa, discrètement soutenu par quelques grillons. Gabriel aurait eu trop de choses à ajouter et, à ce stade, c'était devenu inutile. Ça lui aurait donné l'air de confier ses enfants au mono de la colonie de vacances.

Les animaux avaient eu leur formation, c'était à eux d'agir maintenant.

– Bon, je vous laisse, fit l'archange en tapotant le dos de Bill qui, à ces mots, s'était illico collé dans ses bras. J'ai de la route.

En marche arrière, autant pour embrasser la scène que pour masquer ses ailes, Gabriel regagna la berline noire. Avant de pénétrer dans l'habitacle, il marqua un temps et lança un dernier « Bonne chance ! », sans trop savoir lui-même à qui il s'adressait.

Martin avait invité ses nouveaux collaborateurs à entrer et les avait conduits à leurs chambres, afin qu'ils y déposent leurs très très menus bagages. Il leur avait indiqué la salle de bains où il avait déposé des savons, des serviettes propres, des boîtes de mouchoirs et du coton. Il leur avait demandé ce qu'ils prenaient au petit déjeuner et, à la façon dont Kombo John avait répondu : « Des fruits », Martin s'était demandé s'il en aurait suffisamment.

Leur accent français était remarquable, avait noté le professeur qui, bien qu'un peu désarçonné par un premier contact inhabituel, était maintenant impatient d'en savoir plus. Le monde scientifique n'était pas si grand, pourtant Martin n'avait jamais entendu le nom de ces quatre consultants – à ce degré de singularité, il s'en serait certainement souvenu. Qui étaient donc ces spécialistes sortis du chapeau des Nations unies pour atterrir dans un sommet dont ils n'avaient rien suivi, mais qu'ils ambitionnaient de sauver ? Martin réalisait qu'il avait rassemblé avec fébrilité tous les documents à leur transmettre et n'avait pas perdu une seule minute en recherches les concernant. Il ne comptait évidemment pas les interroger. D'autant que, dans le vide de cette ignorance, un soupçon d'espoir trouvait la place de s'épanouir. Après tout, peut-être étaient-ils merveilleux, pour qu'on les parachute ainsi. Tel un supporter de Ligue 2 à qui on vient d'annoncer le transfert de quatre Ballons d'or, Martin n'osait y croire mais rêvait déjà.

Assis dans le salon, il les attendait. Il n'avait pas eu le temps de faire les courses, mais avait improvisé une collation pour la réunion, ça les calerait avant les premières rencontres. Sur la table basse étaient disposés des bols de tomates-cerises au basilic, des chips, du fromage, du pain, des carottes râpées, des olives, de la tapenade, des anchois marinés, des antipasti et des mini-pizzas. Une pile de petites assiettes, des couverts, des verres et cinq serviettes dans leur rond complétaient le dispositif. L'hôte espérait sincèrement que ça suffirait.

Ses invités descendaient l'escalier.

Bénétant se leva à leur entrée et Kombo en profita pour s'octroyer son fauteuil, bras sur les accoudoirs, genoux écartés, air satisfait. Il devait être coutumier du fait, car ses collègues ne marquèrent aucune surprise. Beaucoup plus polis, Rose et Bill demandèrent l'autorisation avant de s'installer sur le canapé et parurent presque étonnés de l'obtenir. Cléo, elle, devait avoir besoin de se dégourdir les jambes après le trajet en voiture, puisque, au lieu de s'asseoir, elle entama un tour du salon et de la salle à manger, explorant chaque coin, comme pour vérifier la netteté du ménage.

Indiquant la table basse, Martin invita les délégués à se servir d'un geste vague. En réalité, maintenant qu'ils étaient là, devant lui, il ne pensait plus qu'à une chose : le brief. Ils n'étaient pas nombreux, ce n'était pas vraiment s'exprimer en public. De surcroît, il n'y avait pas à les convaincre, juste résumer la situation et leur exposer les enjeux. Pourtant, cette perspective le rendait nerveux, coupant ses circuits de réflexion. Mais la rencontre avec le président chinois était fixée à seize heures, il était plus que temps de se lancer. D'abord le traité.

— Bon, le traité, vous connaissez déjà je crois, mais en résumé, il entend lutter contre les quatre principales causes de la disparition des espèces : d'abord le braconnage et, plus généralement, la chasse ; ensuite l'agriculture intensive et l'élevage industriel qui détruisent les sols, tuent les insectes, annexent habitats sauvages et ressources ; puis la pollution des océans ; enfin le dérèglement climatique, ses incendies et fonte des glaces. Vaste programme donc, rassemblé en cent mesures que vous aurez à défendre. On a dû vous dire que la majorité était nécessaire pour que le texte passe. Sur cent soixante-quinze nations, nous avions cinquante-deux votes acquis ce matin. Il faut donc aller chercher au moins trente-six autres pays. Et ce n'est pas faire injure au Luxembourg que de le préciser, mais on préférerait que ce soit la Chine qui signe.

— Pourquoi ? demanda Bill en penchant la tête sur le côté.

— Parce que c'est plus grand…, répondit Martin sans trop savoir si c'était de l'humour ou pas.

— Ah, d'accord, acquiesça Bill.

– Cet après-midi, mon équipe vous a obtenu un rendez-vous. Vous aurez trois heures. Autant vous dire que ces heures sont précieuses, très précieuses.

– On voit tous les Chinois ou juste le chef ? demanda Bill en penchant la tête de l'autre côté.

Martin cette fois sourit. Manifestement le jeune homme pratiquait le second degré avec constance et cette fraîcheur le détendit.

– Non, juste le chef.

– Bien. Bien.

– Je suis désolé que votre programme démarre par lui, mais vous imaginez bien que ce n'est pas le genre d'homme à qui on répond : « Plus tard, là je ne suis pas prêt. » On ne pouvait pas refuser leur proposition.

– On est super prêts, on est super prêts, rassura Bill en se grattant subitement l'oreille.

– Tant mieux, fit Martin, heureux de l'apprendre. Donc, la position de la Chine en quelques mots : même si par endroits ils atteignent des records de pollution, ils essaient depuis quelques années d'inverser la tendance. Ils s'intéressent à toutes les innovations : énergies renouvelables, économie circulaire... Ils étaient même parvenus à réintroduire le panda dans la nature et l'espèce était passée de menacée à vulnérable, avant de dépérir de nouveau avec la déforestation et le dérèglement climatique.

Kombo se redressa sur son siège pour marquer son attention.

– Ils les ont remis en liberté ? Ils sont bien, ces Chinois, approuva-t-il.

Un peu surpris qu'un consultant de l'ONU ignore ce point, Martin réalisa qu'il ne connaissait pas leurs domaines d'expertise. Ils pouvaient être aussi bien géographes, physiciens ou pilotes automobiles et les seuls disponibles au mois de mai. Tout était possible mais il n'était plus temps de pinailler sur la confiance : merveilleux ou pas, ils ne pouvaient se montrer plus catastrophiques que lui-même ne l'avait été. Il fallait plonger. Et expliquer sans mégoter :

— Oui, ils ont réintroduit le panda, car c'est leur animal totem, leurs braconniers sont même condamnés à la peine de mort. Mais parallèlement, les filières chinoises de l'ivoire sont quasiment responsables à elles seules de la disparition de l'éléphant d'Afrique et l'extinction totale des rhinocéros est due aux besoins de leur pharmacopée. Sans parler des pandémies liées à leurs marchés d'animaux sauvages. Enfin, malgré son opacité dans bien des domaines et sa manie des promesses non tenues, je pense que l'État chinois – à défaut de ses trafiquants – va dans le sens du progrès vert. Il est prêt pour le traité. En 2017, ils étaient parmi les premiers à annoncer leur intention de diviser par deux la consommation de viande par habitant, mais ils sont nombreux à nourrir. Il va donc falloir les convaincre de signer malgré l'interdiction des élevages intensifs.

— On y arrivera, déclara aussitôt Rose qui, malgré sa gêne apparente, toute boudinée dans son tailleur pastel, dégageait une détermination farouche.

Cléo avait achevé son tour et vint élégamment s'asseoir sur l'accoudoir derrière Rose. Alors qu'elle avait ignoré le perroquet en passant devant tout à l'heure, elle l'épiait maintenant et Martin craignit une phobie des oiseaux.

– C'est d'autant plus capital que si eux refusent alors même qu'ils sont favorables au traité, les pays réticents s'empareront de leur décision pour renoncer sans en assumer la responsabilité. Cette signature peut faire basculer toutes les autres. Quel qu'il soit, leur vote fera domino.

Rose, qui avait sorti un carnet de son mini-sac, prenait consciencieusement des notes, le stylo tremblant dans sa petite main aux doigts courts. Kombo se pencha sur la table pour attraper le saladier de carottes râpées qu'il ramena sur ses genoux. Là, il marqua un temps et son regard retourna à la table basse qu'il parcourut rapidement avant de se fixer sur la pile d'assiettes. De sa main libre, il en saisit une délicatement et sourit, comme content de sa trouvaille. Puis il rapprocha le saladier de l'assiette et le vida entièrement dedans, s'éclaboussant de sauce au passage. Après quoi, la main et le poignet dégoulinants de carottes vinaigrette, il attrapa une fourchette et commença son repas. La scène n'avait duré que quelques secondes mais quand Bénétant se retourna, Bill avait eu le temps de finir les pizzas.

– La Chine…, reprit Martin sans plus savoir où il en était.

Autant d'impolitesse en si peu de temps frôlait l'exploit sportif. Un comportement à ce point en décalage avec les standards de la diplomatie internationale avait forcément une explication. Bénétant, dans sa parfaite indifférence, aurait-il encore raté un train de nouvelles pratiques managériales ?

– Serons-nous seuls au rendez-vous ou y aura-t-il des opposants ? s'enquit Rose.

– Non, il n'y aura que vous. Les forces d'opposition auront agi avant, je pense. Ou elles passeront derrière pour détruire vos efforts.

– Et qui ferait ça ? demanda Kombo d'une voix sourde de menaces, ses narines dilatées aspirant tout l'oxygène de la pièce.

– Les lobbies. Et particulièrement leur chef de file : Édouard Soutellin. Il faudra vous en méfier. Il est redoutable.

23.

D'un mouvement de pied rageur, Soutellin frotta sa semelle contre le rebord du trottoir. Sur les cent trente hectares du Domaine il ne devait y avoir qu'une merde de chien, il avait fallu qu'elle soit pour lui. Sales bêtes. Édouard était là depuis moins d'une semaine que déjà il n'en pouvait plus. Les routes de Provence qui tournicotent dans tous les sens lui collaient la nausée et l'envie fulgurante de crever les collines à coups d'autoroutes. Il s'était acheté cinq téléphones mobiles, un pour chaque opérateur, mais pas moyen de capter un réseau satisfaisant et la moitié de ses appels devenaient inaudibles, sans parler de ceux qui basculaient directement sur la messagerie, comme si des millions de dollars n'étaient pas en jeu à chacun de ses claquements de doigts. À ces désagréments, il fallait encore ajouter la résine des pins qui engluait les transats, les fleurs de cerisier qui salopaient son pare-brise, les grillons qui gâchaient son sommeil. Édouard ne comprenait pas qu'on cherche tant à préserver cette nature. Évidemment, ce n'était pas l'angle à privilégier pour négocier les affaires car, même chez les pollueurs, on trouvait toujours des gars qui ne faisaient pas le rapprochement avec leurs propres activités et se flattaient d'apprécier les forêts.

Édouard remonta le poignet de sa chemise – même en pleine chaleur il portait d'élégants modèles à manches longues – et consulta le cadran de sa Jaeger-Lecoultre en or gris de 1964. Dix heures dix. Parfait, il aimait entrer dans une salle de réunion pleine et entendre le brouhaha s'éteindre à l'ouverture de la porte. En tant que lobbyiste, il se devait d'être au service de ses clients et il aurait été plus logique que ce soit lui qui arrive en avance et patiente assis à une table avant que, enfin, entre l'homme fort. Mais les victoires d'Édouard Soutellin l'avaient hissé au tout premier rang mondial, sa puissance de persuasion, son machiavélisme, et sa morale fuyante malgré les effets d'affichage, étaient reconnus dans les plus hautes sphères. Soutellin soufflait le vent de l'économie et de la politique, un vent de sale haleine, qui enrichissait le petit gotha de ses adhérents. Aujourd'hui, même les ministres et les cadors du CAC 40 lui marquaient le respect dû au lucre.

Comme escompté, le silence se fit à son entrée. Les plus grands capitaines d'industrie étaient rassemblés dans la salle de réunion, sagement alignés derrière leur bouteille d'eau minérale, impatients d'entendre comment se sortir de ce sommet sans perdre un centime. Le siège en bout de table, vide, attendait son auguste fessier. À droite comme à gauche de ce siège se tenait le fleuron de ses équipes, une dizaine de lobbyistes seniors et juniors qui, tous, avaient le bon goût de s'habiller comme lui, en un tout petit peu moins cher. Ils étaient cyniques à point, mais dans des catégories différentes, allant du bling-bling à l'onctueux en passant par l'érudit ou le teigneux, ce qui permettait de varier les approches. Il y avait même une femme, pour dire l'étendue du panel.

Après des salutations savamment dosées et un petit mot gentil pour chaque client, Soutellin entama la réunion par un bref mémo sur le traité puis, tout en précisant qu'il n'était pas utile de le rappeler, il rappela quand même ce que les industries en présence avaient à perdre dans l'histoire : le pétrole dont les forages se trouveraient drastiquement limités, voire interdits, dans les océans ; l'agro-alimentaire qui retournerait à l'âge de pierre en supprimant agriculture intensive, pesticides, élevages industriels ou huile de palme ; la chasse, tellement enca-drée qu'elle en deviendrait impraticable, au risque d'anéantir une culture millénaire et même, ajouta Soutel-lin avec un clin d'œil en direction de deux industriels de l'armement qu'il savait amateurs de safaris, de ligoter les derniers aventuriers. Les deux hommes ne purent retenir un gloussement flatté et, après une moue désolée de cir-constance, ils lui adressèrent en retour une pichenette de l'index tout en virile complicité. Soutellin était friand de ce genre de clients, tellement faciles à manipuler qu'il pouvait les caser en dix minutes dans n'importe quel emploi du temps. Des empâtés qu'on véhiculait dans les savanes, puis qu'on asseyait sur un petit pliant avec leur fusil hors de prix autour du cou, avant de leur coller l'animal sauvage le plus recherché du moment pile dans la lunette. Ils étaient incapables de courir cinquante mètres et le quintal de viande rouge qu'ils engouffraient au déjeuner était toujours livré dans l'assiette, mais il leur suffisait de tirer un lion endormi pour ramener leur post Facebook avec une mine d'Ernest Hemingway. Ces hommes, en général riches à millions, pouvaient du jour au lendemain devenir monarques des médias ou présidents des États-Unis, alors mieux valait rester dans leurs bonnes grâces. Si on ne donnait jamais signe de faiblesse, c'était velours de les mener où bon vous semblait. Et tous les petits copains suivaient.

Les industriels écoutaient avec attention à l'exception en bout de table du P-DG de *Resources*, leader mondial de la gestion de l'eau et de l'assainissement, et d'une sorte de métisse qu'il avait présentée comme la directrice de son pôle sud-est. En gros, il avait invité sa régionale de l'étape, une simple ingénieure innovation avec un titre ronflant. Résultat, la jeune femme perturbait le dirigeant avec ses apartés, elle semblait préoccupée, elle ne devait rien comprendre, bien entendu. Soutellin reprit à l'intention de ses équipes :

– Je vous rappelle que des centaines d'actionnaires, des milliers de travailleurs et plus généralement des milliards de dollars comptent sur vous. Pas de place pour l'erreur, ce traité doit être enterré avant la fin de la semaine.

– Si vous me permettez...

Tiens, le plan égalité des chances osait prendre la parole. D'un mouvement à la galanterie trop appuyée pour être aimable, Soutellin invita donc la métisse à s'exprimer.

– Au-delà du fait que ce traité est indispensable à la survie des espèces et plus généralement de la planète, il représente une opportunité inédite. La réglementation qui s'ensuivra sera un levier de croissance formidable, pourquoi la refuser ?

Le P-DG posa un index réprobateur sur l'avant-bras de sa subordonnée. Soutellin ne retint pas un petit rire amusé, avant de répondre :

– Mais parce que cela a un coût, chère amie. Ce traité entend non seulement couper des millions de subventions, mais taxer les multinationales à un taux intolérable. Vous aimez la nature, c'est bien, mais vous ne souhaitez pas être payée en copeaux de bambou, j'imagine ?

Surprise et colère se succédèrent dans les yeux de la jeune femme, le ton ne devait pas lui plaire. Elle allait s'énerver, ce serait parfait. Soutellin devinait en moins d'une seconde comment pousser les gens à la faute. Mais elle se reprit et, ignorant la mise en garde de son supérieur, elle poursuivit :

– Un coût certes, mais un marché d'avenir. Les immeubles se vendent moins bien à côté des décharges à ciel ouvert et il faudra bien résorber celles-ci. Les États passeront de nouvelles commandes, accorderont des crédits pour la recherche, aussi...

Cette fois, une onde d'agacement traversa la salle et le P-DG interrompit la jeune femme d'une voix calme mais qui n'admettait pas de réplique :

– Tahiata, je vous ai invitée à m'accompagner, pas à intervenir.

Beignet claqué. Jouant la magnanimité du vainqueur, Soutellin répondit malgré tout :

– Les investissements dans la recherche, c'est fonda-
mental, je suis d'accord. Nous le sommes tous, ajouta-t-il
en désignant l'assemblée qui opina aussitôt. Mais l'innovation est là pour accompagner la croissance. L'innovation
est là pour coller des membranes dépolluantes sur nos
cheminées. L'innovation est là, justement, pour nous dis-
penser de signer ce traité.

Pourquoi se contraindre quand la science réparait les
dégâts ? Même les animaux pour lesquels on dérangeait
ce sommet, il suffisait de manier des pipettes et d'enrichir
les labos pharmaceutiques pour les faire renaître. N'était-ce
point parfait ?

– C'est d'ailleurs la recherche plutôt que le traité qui
permettra la survie des espèces. Voyez Bénétant, le Professeur 3 000 Bébés, il peut toutes les reproduire, n'est-ce
pas merveilleux ? En parlant de lui...

Soutellin décocha son fameux sourire d'ironie fine,
celui qui soude les auditoires friands de pouces baissés.

– ... il semblerait que ses instincts bestiaux l'aient
emporté hier. Après son coup d'éclat, on risque de ne
plus l'entendre avant longtemps...

Le professeur Bénétant. Martin. Lui, il était trop facile,
ce n'était même plus amusant. Il avait du génie, peut-être,
mais dès qu'il ne s'agissait plus de convaincre des
labradors, il perdait tous ses moyens. Un faible. C'est
Soutellin qui était intervenu auprès du ministre de l'Éco-
logie pour que Bénétant en personne obtienne la parole,
juste récompense de tous les efforts fournis sur la rédaction du traité. Le ministre, soucieux d'honorer le scientifique et désolé de ne pas y avoir songé lui-même, s'était

empressé de le placer sur le devant de la scène. Soutellin en riait encore. Comme prévu, il avait suffi d'une journée pour que Bénétant se disqualifie tout seul.

Le traité n'avait plus de champion.

Soutellin marqua une pause théâtrale, afin que son équipe et les industriels mesurent l'extraordinaire opportunité qui leur était offerte :

— Désormais messieurs, plus personne ne peut nous barrer la route.

24.

Au milieu de la route, Kombo John, Cléo Gardner, Rose Cooper et Bill Kennedy avançaient de front. Une détermination féroce se dégageait de leur groupe. Martin, qui les avait précédés de quelques secondes pour ne pas ternir leur image de la sienne, réalisa soudain que, loin du standard des consultants administratifs, ils rayonnaient d'un charisme surnaturel, quasi animal.

Parvenus en haut des marches qui descendaient sur la place centrale gorgée de décideurs, ils s'immobilisèrent un instant, le regard impénétrable, dominant la foule sans un sourire. Jamais Martin n'aurait osé frimer à ce point. Au bout de quelques secondes, alors que le brouhaha diminuait au profit d'une certaine curiosité, Bill Kennedy haussa le nez et éternua bruyamment à trois reprises. Puis, le mucus commençant à couler, le jeune homme secoua la tête pour le projeter au loin. Après un bref instant de sidération, le fil des innombrables conversations reprit, peut-être un poil plus amusé que précédemment.

Martin, rouge d'embarras, se faufila dans la foule pour tendre discrètement un mouchoir à Bill qui, après force remerciements, l'empocha sans l'utiliser. Ils étaient charismatiques, mais décidément très curieux, pensa le professeur avant de passer à autre chose : il n'avait pas pour habitude de juger les comportements humains, non par grandeur d'âme mais parce que le jugement impliquait un minimum d'observation puis d'analyse, tout effort que Martin n'accordait volontiers qu'aux animaux, les humains effleurant rarement son intérêt.

Bénétant espérait, en revanche, que ces bizarreries n'iraient pas décontenancer le président chinois déjà rude d'approche. L'homme était susceptible, plein de son importance et méfiant à l'extrême à l'égard des Occidentaux qu'il estimait par trop souvent condescendants. Il avait répondu présent à ce sommet, mais y affichait une telle volonté de ne pas se laisser manipuler que c'est à peine si on pouvait lui adresser la parole. Ce rendez-vous obtenu cet après-midi était une occasion privilégiée, mais à double tranchant. Martin redoutait un éventuel faux pas des quatre consultants, même s'il était bien aise de ne pas porter sur ses maigres épaules de négociateur le poids d'un tel enjeu. La Chine. Un milliard et demi d'individus, un cinquième de la planète à eux tout seuls. Trois petites heures pour les convaincre de signer, le temps d'un parcours de golf.

Martin avait demandé aux consultants s'ils savaient jouer au golf. Tous quatre l'avaient d'abord contemplé sans répondre, puis Rose avait fini par émettre un « Oui, bien sûr » qui avait rassuré le scientifique.

Rose avait cherché « Jouer au golf » sur Internet. Les vidéos étaient claires, nombreuses, il n'y aurait pas de problème de ce côté-là. Elle avait ensuite étudié le dossier argumentaire de Bénétant pour la négociation avec la Chine et l'avait appris par cœur, ce qui, avec sa mémoire de cochon, ne présentait aucune difficulté particulière non plus. Rose voulait tellement réussir. Elle sentait les petits en elle qui se bousculaient déjà pour trouver leur place. Les garder, c'était à la fois abstrait comme idée et saisissant comme espoir.

Rose et ses camarades suivaient Martin, de loin, parcourant d'infinis couloirs. Autour d'eux, les humains allaient et venaient, et Rose les découvrait dans leur environnement naturel, différents des distributeurs de seaux de nourriture et des pousseurs de balai du grand hangar. Sanglée dans sa cage, allongée, elle ne les avait toujours observés que de côté. Elle ignorait qu'il existait un ailleurs, un dehors, au-delà des mille enclos de son élevage. Elle découvrait donc à la fois les hommes et l'espace, le soleil et le mouvement, la marche et le but. Tout ce vide autour de sa couenne l'angoissait un peu. En fait, la terreur était son premier réflexe, une leçon apprise chaque jour d'immobilité ; néanmoins, entourée de ses partenaires de mission, armée d'une volonté tenace et d'un objectif sans précédent, Rose avançait. Elle avait envoyé au front son opiniâtreté et la pistait sans trembler.

Ils empruntèrent une petite porte pour gagner la réception du bâtiment central par un couloir annexe. Une fois rendus, Martin les invita du menton à consulter l'écran suspendu. Des noms d'animaux défilaient, précédés d'un chiffre clignotant. Il s'agissait du nombre de leurs représentants encore en vie à l'état sauvage. Sans avoir gratifié l'écran du moindre regard, Cléo s'assit gracieusement sur la banquette, rassemblant autour d'elle les pans de sa robe d'un seul geste élégant. Kombo, lui, se tétanisa. Trente-huit. C'était le chiffre en face de « Gorilles ». Il entrouvrit la bouche pour aspirer une goulée d'air. Son extraordinaire ancrage au sol ne suffisant pas à absorber le vacillement, Kombo dut effectuer un pas de côté. Rose croisa son regard et y lut plus d'incrédulité encore que de détresse.

Les fesses du primate chutèrent sur la banquette en velours dont la mousse s'écrasa comme une crêpe. Cléo se leva aussitôt, la mine chiffonnée. Elle fit une dizaine de pas puis revint s'installer au même endroit.

Les bras mous, Kombo laissait reposer ses phalanges sur le siège et fixait un écran déjà passé à autre chose avec ses petits nuages sur l'Alsace et son grand soleil sur Avignon. Les projets de vie sauvage du gorille, alpha d'un royaume aux mille sujets et cent forêts, venaient de perdre en ampleur. Le spectre d'une nouvelle solitude menaçait. Ses semblables disparaissaient. Il n'y aurait bientôt plus de singes libres, juste quelques spécimens témoins enfermés dans des zoos, destinés à montrer aux humains contents de leur visite tous les beaux animaux qui n'existaient plus à cause d'eux. Trente-huit.

Mais à trente-huit, si le traité était signé et que tout s'arrêtait demain, on pouvait peut-être relancer une population. Il existait une chance de survie, toute mince et à condition de se battre, mais une chance de survie. Kombo redressa les épaules et écouta Martin avec toute la concentration dont il était capable.

— Bon, je vous laisse. On se retrouve ici après. J'imagine qu'aux Nations unies, vous êtes rompus à toutes les diplomaties, mais je vous rappelle les règles de base en Chine : pas de contact physique, même pour se saluer, commença le professeur en s'adressant particulièrement à Bill qui, à partir du « je vous laisse », lui avait sauté dans les bras. Mais le plus important est de ne surtout pas leur faire perdre la face : pas de conflits, de la bienveillance uniquement, sous peine de rompre les relations. Et, bien sûr, vous perdez la partie de golf.

Cette fois, Martin Bénétant avait jeté un œil inquiet à Kombo John, dont la bienveillance et l'humilité devaient lui paraître moins naturelles.

— Ah, une chose encore : sur ce sommet, par convention, quelle que soit la culture, on échange une poignée de main pour sceller un accord. Aussi, si le président chinois vous tend la main, surtout vous la saisissez. Bon, il ne me reste plus qu'à vous indiquer la route, conclut-il en désignant la grande porte vitrée. Vous descendez ce chemin et, au bout à gauche, vous avez la première pancarte « Golf », après il suffit de suivre, c'est tout droit.

Kombo se rétablit sur ses courtes jambes avant de prendre la direction opposée. Bénétant l'interpella :

— Monsieur John ? C'est par là.

— Ben non, y a la vitre, fit Kombo en se retournant.

Au même instant, la cellule réagit à l'approche de Cléo et la porte s'ouvrit. Kombo contempla les vitres qui s'écartaient dans un chuintement, libérant le passage en grand.

Il s'approcha timidement, retenant ses paumes qui voulaient toucher. Puis, à pas lents et précautionneux, il traversa, un drôle de sourire sur le visage.

25.

Ils avançaient, en ligne, pour conquérir la Chine. Dans leurs cerveaux démultipliés résonnaient encore les recommandations de Martin Bénétant. Il faudrait se concentrer. Cette première partie des négociations ne compterait pas pour du beurre, ils entraient directement dans le vif du sujet, leur mission commençait maintenant, leur avenir aussi. Les promesses de Noé coulaient dans leurs veines en carburant électrique.

Bill ne vivait que pour ça, ne pensait qu'à ça, ne désespérait que de ça : retrouver son maître, savoir de nouveau où aller, que faire et quand, sans se poser la moindre question, enveloppé de ce sentiment d'amour pur et de sécurité parfaite que donnait l'appartenance à un humain. Il voulait tellement réussir et ignorait tellement comment faire, à qui s'en remettre. Martin était bien, son labrador semblait heureux d'ailleurs et Bill, malgré son indéfectible loyauté envers son maître, ne pouvait s'empêcher de jalouser le chien, mais pouvait-il faire totalement confiance à cet homme pour aboutir dans sa quête ? Quant à ses compagnons, même si Kombo avait l'âme d'un chef, ils n'étaient pas suffisamment animés par l'esprit de meute pour réussir et ça inquiétait beaucoup Bill. Beaucoup beaucoup.

Kombo repéra un bosquet, jeta un coup d'œil alentour pour s'assurer que personne ne les surveillait, puis invita d'un coup de menton autoritaire son groupe à s'abriter. Bill et Rose lui emboîtèrent aussitôt le pas. Cléo les rejoignit après quelques secondes de principe.

– Bon, déclara Kombo en plissant son petit front, voilà ce qu'on va faire. C'est moi qui parle aux humains. Je leur explique qu'ils doivent signer, que c'est comme ça. Et vous, vous restez en arrière, prêts à intervenir en cas de besoin.

Bill recula, avança, recula et avança avant de s'exprimer :

– Tu sais, faut leur expliquer gentiment, parce que parfois ils sont super susceptibles, les humains. Et il faut avoir les bons arguments aussi, ils sont très intelligents, c'est les meilleurs, tu sais. Tu as appris les fiches ?

Phalanges repliées, Kombo frappa ses pectoraux rebondis, froissant son costume. De quel droit Bill se permettait-il de le contredire ?

– Quoi les fiches ? Pourquoi tu discutes, toi ? C'est moi qui commande, rugit-il.

Bill rentra aussitôt sa tête dans son cou et se coucha pour montrer son ventre.

– Du calme Kombo, intervint Cléo de sa voix de velours, personne ne veut te piquer ta place, y a que toi qu'elle intéresse. En revanche, on veut tous réussir et pour ça, il faut connaître les fiches et parler calmement.

Bill a raison, les humains sont susceptibles et même bouchés. On aura besoin de souplesse. Moi, ça me fatigue d'avance et toi, avec ta force, tu serais mieux sur le golf. Quant à Bill, il leur céderait tout et n'importe quoi. En revanche, Rose...

— Heu, pas à tous, faut pas exagérer..., corrigea Bill, un rien vexé.

— Si, Bill, les chiens sont des fayots, tout le monde sait ça et...

— Quoi fayot ? Quel fayot ? Non mais ça va pas, non ? grogna-t-il. Tu veux que je te morde ? Je ne suis pas fayot, je tiens ma place. Évidemment, vous les chats, vous ne servez à rien, juste à décorer, on peut pas compter sur vous...

— C'est ça, essaie de me mordre et je te crève un œil, rétorqua Cléo.

Tous deux se mirent aussitôt à se taper dessus sans retenue, à la grande surprise d'un jardinier à l'œuvre un peu plus loin. Kombo, soudain passionné, passait de Bill à Cléo, se demandant lequel des deux allait remporter le combat, mais hélas, Rose intervint :

— Sans vouloir interrompre vos querelles millénaires, je vous rappelle que le président nous attend, coupa-t-elle d'un ton net.

Cléo, d'une volte-face, s'écarta de Bill, rechignant malgré tout :

— Ça va, on n'est pas obligés de tous s'entendre.

— Si, un peu quand même, répondit Bill, fayot.

Rose poursuivit :

– Moi, les fiches, je les connais parfaitement. Et tous les manuels que nous a donnés Noé aussi. J'ai tout mémorisé. Si vous voulez, je peux parler, pendant que toi, ajouta-t-elle à l'intention de Kombo, tu joues au golf. Tu seras le plus fort et le plus précis. Martin a dit qu'il ne fallait surtout pas entrer en conflit avec eux. Toi, tu es un chef, tu ne tolérerais pas qu'ils te contredisent, moi je peux l'accepter.

Kombo jaugea Rose. Sérieuse, volontaire, à l'écoute. Elle avait raison, elle était la mieux placée pour négocier et remporter la signature. Cette Chine était le pays le plus puissant, c'était ce vote dont ils avaient besoin pour relancer la population des gorilles. Kombo, en sage, prit sa décision et put distribuer ses ordres :

– Bon. Moi, je joue. Rose parle. Et vous, je comprends pas bien vos histoires, mais puisque vous connaissez si bien les humains, vous vous arrangerez pour que ça se passe bien. Allez, en route.

26

Avec une infinie douceur, le museau humide de la girafe vint se planter dans l'œil de Martin. Le professeur caressa la crinière noire à la naissance du long cou, juste derrière les petits ossicônes velus. Son amie à grandes taches s'appelait Légende et Bénétant espérait que ce nom n'était pas prémonitoire et que le bel ongulé ne deviendrait pas, telles les licornes, un animal de rêve dont on se demande s'il n'a existé que dans les contes, avec, pourquoi pas, une queue et une crinière arc-en-ciel. Martin devait reprendre les inséminations, mais il était bloqué, toutes les tentatives avaient échoué. Après avoir ouvert en grand les portes de l'enclos qui donnaient sur la savane pour libérer l'animal, le professeur gagna son labo.

Une découverte récente avait mis au jour quatre races différentes de girafes. Jusqu'à présent, les instances scientifiques interdisaient les croisements afin de préserver les spécificités génétiques de chacune d'elles. Mais à quoi bon préserver des gènes si c'était pour éteindre l'espèce ? Bénétant, pour sa part, ne jurait que par les mélanges qui oxygènent le sang et fondent de nouvelles dynasties pleines de brillants globules. Mais chacun de ses coups de fil s'était heurté à des refus de moins en moins polis. Peut-être qu'un courrier officiel permettrait une révision de la demande, une commission, une analyse, une volonté de se débarrasser de la question en acceptant pour obtenir la paix. Martin lui-même avait tendance à tout accorder dès lors qu'on insistait et qu'un retour au silence lui semblait soudain le dernier des graals. Oui, un courrier, avec recommandé et tout le tintouin, lui permettrait sans doute de tenter le tout pour le tout et de déposer dans la paille le girafon du futur.

Kirsten se matérialisa sur le trajet du professeur, interrompant l'envol de ses réflexions. La jeune femme peu à peu trouvait sa place, avide d'apprendre et de s'impliquer, mais son tempérament trop direct poussait Martin à la fuite. Dès que Kirsten apparaissait, le seul objectif de Bénétant devenait d'abréger l'échange, quitte à se montrer discourtois.

– Bonjour professeur, si vous avez une minute, j'ai eu une idée à propos de l'anesthésie. Je pensais que peut-être avec un simple sédatif on pourrait profiter de leur sommeil et...

– Bonjour Kirsten, désolé je suis vraiment très pressé. Faites-moi plutôt un modèle de courrier pour réclamer au Comité d'éthique le droit de croiser les races de girafes s'il vous plaît, merci.

27.

En chemin, Rose, Bill, Kombo et Cléo croisèrent toutes sortes d'humains qui marchaient dans les allées plantées de lauriers-roses. Certains d'entre eux semblaient préoccupés, d'autres souriaient, la plupart avaient le nez et le front très rouges. Alors même qu'elle se faisait cette réflexion, Rose sentit son propre front la brûler. Elle avait une peau claire et fragile. Heureusement une petite flaque de boue miroitait près du sentier, au pied d'un arbuste tout juste arrosé, et Rose put se servir rapidement en passant. Elle l'étala en masque sur son visage pour se protéger du soleil et des parasites.

Sur l'aire de départ se tenait une demi-douzaine d'hommes en habit de golf. Cinq d'entre eux enchaînaient les courbettes à l'intention du sixième, que les animaux identifièrent donc immédiatement comme le chef. En approchant, Rose se récita mentalement l'argumentaire. Elle espérait que les mots lui viendraient facilement et qu'elle ferait bonne impression. Elle jeta un dernier regard à sa tenue, lissa de ses petits bras la veste de son tailleur et, se postant à deux mètres du président, ses trois compagnons un pas en arrière, elle s'inclina aussi bas que possible pour saluer. Lorsqu'elle se redressa les six hommes la dévisageaient.

Le président, tout en conservant un air impassible, s'adressa en mandarin à son voisin qui portait un badge « Interprète » :

— Pourquoi cette femme est-elle couverte de boue ? Je le prends comme une coutume ou un affront ?

Rose, sans comprendre leur problème avec la boue, perçut le trouble de ses interlocuteurs. Ça ne démarrait pas bien. L'interprète la détailla en hésitant, puis répondit au président, toujours en mandarin :

— Non, je ne pense pas, monsieur le président. Regardez, on la sent gênée. Elle est peut-être tombée ou bien s'agit-il d'un traitement pour femme enceinte... Cela dit, elle aurait pu se laver avant notre audience, c'est dérangeant, cette tête rose pleine de craquelures. Elle a l'air d'un cochon, ajouta-t-il avec un petit rire moqueur, suivi d'un petit rire du président, immédiatement suivi des quatre petits rires avoisinants.

Rose, atterrée, réalisa qu'elle avait commis un faux pas et chercha la meilleure fuite diplomatique pour rétablir la situation. Dans son mandarin le plus soutenu, elle s'adressa à la délégation chinoise :

— Je suis vraiment navrée de me présenter à vous sous cette misérable apparence, mais...

Les six hommes de nouveau la fixèrent, l'air cette fois très embarrassé. Le président se racla la gorge.

— Vous parlez très bien notre langue.

— Je l'adore, elle est superbe, répondit Rose avec déférence.

— Parfait, parfait. Eh bien, jouons au golf alors, conclut le président sans s'appesantir.

Il tendit la main à l'un de ses adjoints qui y glissa un club avec empressement. Alors que l'adjoint en question se baissait pour ensuite planter le tee et y déposer la balle avec cérémonie, le président survola d'un œil circonspect les compagnons de Rose avant de s'adresser à celle-ci :

— Ce sont vos caddies ?

Rose se retourna. En trois tapes discrètes, Cléo venait d'envoyer les balles rebondir contre sacs et murets. Bill, quant à lui, mastiquait avec nervosité la poignée en cuir de son club.

— Non, eux deux seulement, fit-elle. C'est contre lui que vous jouerez, si vous me permettez de vous présenter Kombo John, expert délégué des Nations unies.

Kombo avait d'abord empoigné son club comme une massue, mais s'était aussitôt corrigé : les vidéos portaient leurs fruits, les enjeux de la mission aussi. Bien que brièvement, il s'inclina pour saluer le président, qui répondit d'un hochement de tête avant de prendre position derrière son tee.

Frappée d'un ample swing, la balle s'élança dans les airs, effleurant le bleu du ciel avant de retomber sur le vert tendre du gazon où elle roula quelques mètres, achevant paresseusement sa course aux abords du premier drapeau. Un effluve de satisfaction émanant de chaque pore de sa peau, le président recula d'un pas pour inviter son adversaire à démarrer à son tour. Kombo se pencha à la perpendiculaire et planta le tee d'une seule pression de son pouce épais, puis y colla sa balle. Il se redressa et, sans avoir ni observé le terrain ni préparé son geste, il balança un grand coup de club qui racla le sable sur trente centimètres avant de frapper la balle. Celle-ci fusa à ras du sol, à l'oblique, et s'arrêta presque aussitôt, cahotant au hasard d'un brin d'herbe plus rêche que les autres. Kombo se redressa, satisfait lui aussi.

Des ondes de bonheur dansèrent autour du chef d'État qui donna le signal de départ. En caravane, le groupe se déplaça et Rose put entamer les négociations avec un président qui semblait dans d'excellentes dispositions. Ils évoquèrent d'abord le traité dans son ensemble, puis les progrès de la Chine qui, à force d'investissements durables, avait fini par perdre son statut de plus grand pollueur mondial. Alors que les joueurs échangeaient quelques coups, Rose attaqua la question cruciale de l'élevage industriel dans ce pays où les fermes de dix mille vaches n'étaient plus l'exception.

– Le modèle des fermes géantes est...

– C'est le plus adapté à notre population, on n'en changera pas.

De surprise, Rose laissa échapper un grognement nasal. Dans les manuels, l'opposition nette de l'interlocuteur avant même l'énonciation de l'argument n'était pas évoquée. Elle allait devoir sauter des pages pendant que la partie se poursuivait.

Kombo suait à grosses gouttes. À chaque swing, il creusait vingt centimètres cubes de gazon. Ce satané club avait été conçu pour des tout petits bras, ou des longues jambes, en tout cas pas pour des proportions aussi harmonieuses que les siennes. Son jeu labourait le terrain pire qu'une taupe bâtissant sa zone pavillonnaire. Les mottes de terre jalonnaient son parcours et Kombo sentait dans son dos le regard outré des golfeurs. Sa puissance et son agilité naturelles lui avaient toutefois permis d'envoyer la balle loin à plusieurs reprises, mais il avait encore beaucoup de retard et cherchait ardemment à le rattraper : il ne voulait pas passer pour un amateur, se discréditer et ainsi pénaliser le traité. Même s'il restait intimement persuadé que le plus rapide serait encore de taper avec le club sur la tête du président jusqu'à ce que signature s'ensuive, Kombo s'appliquait. Il baissa les mains le long du manche pour obtenir des bras aussi tendus que dans les tutos, mais ainsi la poignée en haut ballottait, tapotant son menton. Kombo la saisit entre les dents pour l'immobiliser et swingua comme il put. La balle parcourut à peine quelques mètres. Ce n'était toujours pas la bonne méthode.

Rose achevait l'argumentaire « Pollution » de ses fiches :

– Les élevages intensifs sont responsables à eux seuls de 14,5 % des émissions mondiales de gaz à effet de serre, c'est la deuxième cause du réchauffement climatique derrière l'industrie et avant les transports, ils sont à l'origine de la moitié de la consommation d'eau mondiale.

– Vous êtes venue me parler du monde ou de la Chine ?

Rose pédalait dans le vide. Elle s'était attendue aux réponses anticipées contenues dans ses fiches, mais ce président ne cessait d'objecter en biaisant, elle ne parvenait pas à asseoir ses raisonnements. Elle ramena au plus simple :

– En signant, la Chine préservera son eau et son air. Tout cela grâce à vous.

Le chef d'État se concentra sur son putt.

– Cela augmenterait le coût de la viande et affamerait mon peuple, fit-il en tapant au ralenti.

Après un rapide tour de reconnaissance de son mini-terrier, la balle s'installa dans le trou pour ne plus en ressortir et les hommes du président déployèrent une gamme variée de signaux admiratifs. Rose repéra Kombo, demeuré loin derrière, près de sa propre balle, qui s'installait pour swinguer. Bill qui, plutôt que la ligne droite, avait préféré parcourir le golf en tous sens à chaque déplacement se tenait maintenant tout raide près du caddie dont il avait la garde. Cléo, elle, avait disparu aux abords d'un petit bois pour réapparaître trois bosquets plus loin. Elle ne s'était pas chargée une seule fois du caddie, mais bon an mal an, elle suivait le parcours et passait régulièrement dans le champ de l'équipe adverse afin de respirer les humeurs. Elle semblait faire totalement confiance aux talents de Rose pour convaincre le président. Mais Rose, elle, commençait à douter sérieusement et découvrait qu'une détermination vitale n'était pas suffisante encore. Alors même qu'il était annoncé comme une voix facile à remporter, le président résistait.

Pour s'assurer de ne pas le contredire, la déléguée démarrait toutes ses phrases par : « Vous avez raison. » Mais l'exercice se compliquait et son exceptionnelle mémoire convoquait l'ensemble des manuels de négociation et des précis d'histoire de Noé.

– Vous avez raison. Heureusement, votre peuple a largement prouvé ses facultés d'adaptation. Face à ce surcoût, la population modifiera encore ses habitudes alimentaires, optant pour plus de légumineuses. Ce sera meilleur pour sa santé : moins de cholestérol, moins de diabète.

– Vous voulez que mon peuple devienne végétarien et renonce à sa cuisine traditionnelle ?

La réponse était sortie sans que le président ait un seul instant quitté des yeux la trajectoire du magnifique hole-in-one que venait de réaliser Kombo. C'était le deuxième et le gorille était en passe de rattraper son retard. À sa façon de se tenir les épaules en arrière, le poitrail en avant, Rose devina sa fierté et la perspective que Kombo cherche à remporter la partie lui effleura soudain l'esprit avec horreur. Lorsque le ministre annonça timidement le score, le président se crispa et arracha son club des mains du caddie. Sourcils froncés, mâchoire contractée, il frappa la balle qui bondit dans la direction opposée à celle du drapeau. Le président jeta son club sur le gazon et fusilla Rose du regard. Celle-ci, décontenancée, parvint néanmoins à débiter son laïus, comme si rien ne s'était produit :

– Vous avez raison. Il ne s'agit pas de changer une gastronomie raffinée, mais de modifier le mode d'élevage. Aujourd'hui, 20 % des animaux meurent avant d'aller à l'abattoir, que ce soit à cause des maladies ou des conditions d'existence précaires. Il faut donc agir pour le bien-être animal.

– Le bien-être animal ?

Manifestement, le président ne voyait plus du tout de quoi parlait son interlocutrice. Rose ne voyait pas trop non plus. Elle n'avait pas bien compris cette partie du manuel.

– Oui, rester cloîtrés et entravés par milliers dans des hangars...

– Et alors ? Les hommes aussi on les enferme par milliers dans des usines...

Les termes « cloîtrés » et « hangar » cheminèrent indépendamment dans l'esprit de Rose alors que sa parole poursuivait toute seule. Les connexions s'enchaînaient dans son cerveau, traversant les zones de la mémoire, de l'acquis, de l'appris, du ressenti. Elle relut peu à peu les échanges qu'elle venait d'avoir avec le président, l'enjeu de la négociation et commença à se demander si, par hasard, elle ne parlait pas d'elle depuis le début : les « porcs », l'élevage industriel, c'était elle ? Cet inacceptable qu'il fallait supprimer par décret, c'est ce qu'elle avait vécu ? Parce qu'on pouvait vivre autrement ? Mais quand on ne mettait pas les cochons dans des hangars, on en faisait quoi, alors ? Déviant du cours des tractations sans y prendre garde, Rose Cooper demanda naïvement :

– Mais ça vit où sinon, les cochons ?

Kombo s'installa à son tour au départ du neuvième trou, souriant à un adversaire devenu maussade. En observant l'attitude corporelle du président et de son groupe, en respirant les effluves musqués qui explosaient après chaque succès, Kombo en était arrivé à la conclusion que c'était leur positionnement hiérarchique qu'ils étaient en train de jouer sur ce green. Martin n'avait rien compris en leur demandant de perdre. Au contraire, Kombo allait gagner, montrer qui c'était l'alpha, et le petit humain serait bien obligé de lui obéir. Le primate arma son coup et repéra le drapeau. Mais la silhouette de Cléo s'échappant vers la vaste bassine de sable brisa la concentration de Kombo au moment où ses bras lourds retombaient en emportant le club. La balle fila droit vers Cléo qui bondit en la voyant atterrir.

Un franc sourire de contentement éclaira le visage du président. Ce dernier ne prit pas la peine de répondre aux interrogations de Rose qu'il n'avait de toute façon pas écoutées, mais tendit la main, avant de conclure, solennel :

— Il nous semble nécessaire d'apporter de menus aménagements au traité, mais nous pourrons discuter de tout cela plus tard. La Chine se veut le moteur du monde futur, vous le savez. Nous signerons vendredi.

Rose contempla la main tendue sans la voir. Par réflexe, elle leva la sienne, mais l'abandonna à mi-chemin, en suspension. Elle s'interrogeait. Et soudain, les imagiers de Noé lui frappèrent la mémoire. Ces animaux qui se roulaient dans la boue et se grattaient le flanc sur la paille, ceux qui s'éclaboussaient près de

l'auge aux côtés d'un sympathique cheval de labour...
Elle revit les sangliers d'Astérix qui sillonnaient la forêt,
les Trois Petits Cochons et Peppa Pig. Tous heureux.
Elle relut les encyclopédies décrivant un animal arpenteur
qui, à l'état de nature, passait 70 % de son temps en
exploration, à fouiller la terre au pied des chênes pour
grignoter des glands et dénicher des truffes. Elle n'avait
pas eu de boue mais de l'eau glacée, pas de paille mais
du béton, un an allongée d'un côté, un an de l'autre,
avec les petits derrière la barrière qui tétaient les
mamelles et disparaissaient un matin. À peine deux
mètres sur trois. Pour ce qui était de l'exploration, dès
le premier jour, à la première heure, elle avait tout
trouvé : fer et ciment. Rose réalisait. Ces cochons fouis-
seurs qu'on réduisait à la cage, toute cette vie de cachot,
cette vie de misère qui l'avait transformée en concrétion
d'angoisse ne visait qu'à nourrir les hommes de ses por-
celets à moindre coût.
   Rose ne distinguait plus la main tendue du président.
Le sol venait de se fendre sous ses sabots.

   Planté aux côtés du caddie dont il avait la charge,
Bill observait Rose qui avait cessé toute discussion et
conservait sa main à distance de celle tendue par le
président chinois. Quelques centimètres seulement séparaient les deux paumes, mais Rose ne les franchissait
pas, comme statufiée dans un état d'hésitation, à la limite
du refus. Au fil des secondes qui s'égrenaient, le visage
de l'homme d'État s'empourprait. Ses ministres semblaient saisis d'effroi. Bill, à qui son maître avait tout

appris de la colère des hommes, suivait les crispations des micro-muscles faciaux avec un affolement grandissant. Il dansait d'un pied sur l'autre, à la recherche d'une solution, quand une idée brillante le propulsa telle une flèche vers la balle jouée un peu plus tôt par le président. Il allait montrer à ses trois amis combien ses connaissances étaient utiles. Il ramassa la balle et, en fier consolateur, la rapporta au chef d'État qui, curieusement, ne l'accepta pas. Au contraire, sans un mot à l'intention du jeune Bill Kennedy pourtant serviable, l'homme se tourna brusquement vers son bras droit, qui éructa les griefs en son nom : M. Kennedy l'insultait en dénigrant son jeu, Mme Cooper méprisait la main tendue, tous s'étaient déshonorés, qu'ils ne s'avisent pas de le recroiser ou ils en paieraient les conséquences ; quant à leur traité, c'était non, non et non.

Sur ces mots, la délégation chinoise quitta le parcours d'un pas qui martelait sa fureur, le menton dressé vers l'infinie distance à mettre entre les cuistres et elle.

Bill, tout décontenancé, se tourna vers Rose dont l'œil perdait peu à peu sa lueur hagarde. Il gémit :

— C'était gentil pourtant.

Rose contempla la signature capitale qui quittait maintenant le green par sa faute. Elle frotta la nuque de Bill Kennedy d'une main apaisante :

— Oui, c'était gentil.

— Ils avaient l'air fâchés. J'ai pas fait ce qu'il fallait ?

— Je ne sais pas, répondit Rose tout en réfléchissant. Trop de choses nous échappent encore, je crois.

Il fallait qu'elle lise et qu'elle lise encore pour enfin comprendre ces terrifiants humains et parvenir à les affronter sans perdre ses moyens. Tous quatre allaient devoir faire corps et progresser ensemble. Ils ne l'emporteraient qu'à ce prix.

28

Noé se leva brusquement de son tabouret qui chuta, provoquant l'envol d'un groupe de chérubins postés non loin de là. Tapant le sol de sa sandale avec véhémence, le vénérable patriarche s'adressa à l'écran sur lequel les quatre animaux quittaient le golf, la tête basse :

– Mais c'est pas vrai ! Mais c'est pas possible ! Mais quand je disais qu'ils n'étaient pas prêts !

Gabriel, qui se grattait le dos avec une flèche piquée à Cupidon, acquiesça d'une moue affligée :

– Ça... Et de loin en plus.

Noé haussa un sourcil peu amène.

– Si ça te semblait tellement évident, pourquoi tu ne l'as pas dit à Déesse quand elle t'a envoyé ?

– Mais c'était pas à moi de le dire à Déesse ! Tu l'as dit, toi ?

– Oui, je l'ai dit.

– Ben, elle les a envoyés quand même, donc tu vois, ça sert à rien de dire.

29.

– Vous avez ramené une balle mal jouée au président, puis vous avez refusé de lui serrer la main ?

Le fin feuillet de compte rendu envoyé par la délégation chinoise tremblait entre les doigts de Martin.

– Au président de la Chine ?

Le professeur, assis sur le banc, dos à la longue table de chêne, se perdait entre le refus d'y croire, l'envie de pleurer et la volonté de comprendre.

Après un bref reniflement guttural, Rose Cooper, visiblement gênée, tira sur les courts pans de sa veste.

– On est désolés. Ça ne s'est pas passé comme on s'y attendait, ça ne se reproduira pas. On va travailler plus.

Martin était d'autant plus désarçonné que sous les regrets et l'apparente timidité affleurait une hostilité assez nette. Rose, debout devant lui, présentait à la fois ses excuses et ses crocs. Ses prunelles noires s'agitaient fiévreusement, comme portées par des vents contraires. Toujours prêt à douter de lui, Bénétant se demanda en quoi il pouvait avoir la moindre part de responsabilité dans ce fiasco et parvint à la conclusion que là, non, fallait quand même pas pousser. Leur attitude au cours de la négociation méritait des explications, et pas qu'un peu. Mais Rose Cooper reculait déjà, prête à tourner le dos et à planter là son interlocuteur sans lui accorder la moindre justification. Martin lança sa question comme on jette un grappin :

– Mais qu'est-ce qui vous a pris ? Le président vous tendait la main !

– Il défendait des pratiques indéfendables.

– Mais quoi ? Lesquelles ?

– L'élevage industriel.

Bénétant se tapa sur les cuisses, froissant le feuillet contre la toile rêche de son pantalon.

– Mais oui bien sûr ! Précisément ! On en avait parlé juste avant !

– Oui, admit Rose, mais avant, c'était pas pareil.

– Mais c'était pas pareil quoi ?

Le bouillon s'épaississait autour de Martin qui nageait en pleine incompréhension. Rose ne semblait pas évoluer dans des eaux bien limpides non plus.

– Là, fit-elle, l'œil humide, d'imaginer toutes ces truies...

– Oui..., l'encouragea Martin, désireux de savoir.

Rose Cooper sursauta, s'embrouilla, puis reprit :

– Et toutes ces vaches, enfermées, qui portent des veaux pendant neuf mois pour que les hommes les mangent sitôt nés, c'était... c'était plus possible de l'entendre.

Martin acquiesça avec vigueur :

– Non, bien sûr, mais *justement*, le traité permettrait...

– Mais franchement, s'emporta Rose, qui peut manger du veau, de l'agneau... du porcelet ? Qui ? Vous êtes épouvantables !

– Moi ? s'étonna Bénétant, ne comprenant pas que Rose Cooper s'en prenne précisément à lui, qui consacrait sa vie aux animaux et n'aurait jamais avalé trois grammes de veau.

– Votre traité, c'est n'importe quoi, insista-t-elle, il faut tout interdire et libérer les vaches.

– Mais pour qu'elles aillent où ? Ça n'existe pas les vaches sauvages.

« Si, corrigea le professeur pour lui-même, il y a eu les aurochs, espèce disparue, mais, avec une libération générale, on entamerait là d'autres projets avec d'autres inconvénients. La suppression de toutes les formes d'élevage s'avérerait de toute façon parfaitement utopique à ce jour. L'homme est un animal omnivore. Et puis, ces vaches limousines rousses sur leurs prés verts méritent de brouter tranquillement dans leur paysage. »

– N'importe quel ailleurs est préférable, puisqu'elles sont là pour qu'on les tue ! rétorqua Rose, interrompant les réflexions de Martin. Elles vont mourir !

– Bien sûr, mais c'est pas le problème, on va tous mourir. La question, c'est après quelle vie.

D'où cette fameuse interdiction de l'élevage intensif que Martin défendait avec âpreté et sur laquelle il avait consumé des nuits de travail acharné, avant que Rose Cooper et ses acolytes ne viennent tout gâcher pour, de surcroît, lui faire la morale dans la foulée. Bénétant aurait sans doute dû couper court et remettre la consultante à sa place, mais elle paraissait sincèrement bouleversée et Martin n'était pas homme à enfoncer les clous dans les chairs tendres. Peut-être fallait-il s'interroger ? Cette cause animale souffrait-elle d'un quelconque maléfice pour n'hériter, lui compris, que de porte-parole incapables, des emportés, des empotés, qui échouaient à faire passer des idées pourtant simples, frappées au coin de l'humanité ? Pourquoi Rose Cooper réagissait-elle de façon aussi épidermique ? C'est lorsque la consultante se redressa pour retrouver une contenance que l'explication sauta aux yeux du professeur. Lui-même n'avait jamais pu aborder la question des fermes de reproductrices avec sérénité et, pourtant, il n'avait pas été enceint une seule fois. Il n'osait imaginer les afflux d'indignation et d'empathie qui étaient venus nouer le cordon ombilical de Rose.

Celle-ci fixait maintenant le sol, son nez exécutant une petite ellipse, comme pour réfléchir. Elle fit quelques pas, dépassant Martin, pour s'arrêter au pied de l'imposante bibliothèque du salon. Elle releva alors la tête pour parcourir les titres. Les Bénétant n'étaient ni sectaires ni ordonnés, et la multitude d'ouvrages couvrait tous les domaines : éthologie, philosophie, romans, développement personnel, BD, atlas... Au bout d'un moment, Rose Cooper pointa un volume du doigt et se tourna vers Martin :

– Je peux ?

– Oui, oui. Je vous en prie, répondit le scientifique dans un soupir.

Il se frotta le visage de la main gauche et déposa sur la table le feuillet chiffonné du compte rendu. Collée au mur telle une sentinelle, la vieille horloge de campagne indiquait dix-sept heures trente. Il restait une petite heure pour renforcer l'argumentaire du lendemain. Mieux valait ajouter des réponses et anticiper toutes les réactions possibles. Derrière la baie vitrée, Martin aperçut Cléo Gardner qui s'était lovée dans un transat, robe repliée sur les genoux, les paupières mi-closes, savourant le soleil telle une conscience au repos. Un peu plus loin Bill Kennedy s'était, lui, tout bonnement allongé dans l'herbe pour s'effondrer du sommeil du juste.

Bénétant soupira de nouveau avant d'aviser Kombo John qui l'examinait. Ce dernier, qui avait suivi les échanges sans intervenir une seule fois, se pencha lentement sur le bord de son fauteuil et, son petit front froncé d'interrogation, demanda d'une voix calme :

– Tu entends quoi par : « On va tous mourir » ?

30.

Assis en tailleur à même l'épais tapis, adossé à son canapé, son ordinateur portable posé sur la table basse, Martin se tenait dans sa position et son coin favoris pour réfléchir, les yeux dans le vague de son jardin. Étonné que la présence de Cléo venue finalement s'asseoir sur le même canapé le rassérène au lieu de le déconcentrer, il révisait ses notes et tapait ses conclusions, sans effort.

Le lendemain matin aurait lieu la table ronde sur les océans, et la séance s'annonçait difficile. Il y aurait des ministres japonais, malaisiens, brésiliens… Des représentants du gouvernement américain aussi, quasiment impossibles à convaincre : les trente derniers ouragans n'avaient pas déplacé la moumoute de leur président d'un iota, le dérèglement climatique n'existait donc pas.

Martin préparait son mémo avec soin. Compte tenu de l'expérience chinoise, il retranscrivait minutieusement chaque phrase à prononcer, cherchant à limiter toute improvisation. Absorbé par ses raisonnements, il sursauta lorsque le séisme du quotidien fit trembler la maison :

Tahiata débarquait, rapatriant la meute en ses foyers. Le bébé vagissant dans les bras, elle ouvrit grand la porte à leur fille aînée et au labrador. Ce dernier se rua sur Martin qui n'avait pas eu le temps de se relever et le renversa sur le tapis pour exprimer sa joie de le revoir. La queue battante, dans un désordre d'oreilles, de pattes avant et de truffe, le chien de la maison fêtait les retrouvailles après deux longues heures d'absence. À ses côtés, Ilona trépignait en attendant son tour, profitant de chaque percée du visage de son père pour l'abreuver de considérations variées sur sa journée d'école. Martin parvint enfin à se redresser et écarta les bras pour accueillir sa fille, mais c'est Bill Kennedy qui s'y précipita, barrant la route à Ilona et éjectant le labrador d'un coup de hanche. En deux petits tours, il s'installa sur les genoux du professeur, sourire vainqueur. Ilona, d'abord interloquée, partit d'un énorme fou rire : ça, c'était de l'ambiance. À son tour, elle sauta sur Bill et Martin, appelant le labrador pour parachever la pile la plus cool du monde. Benétant, totalement ahuri, se demandait pourquoi un homme, facétieux certes mais peu intime, lui écrasait ainsi le thorax. Il se dévissa le cou pour apercevoir Tahiata qui s'était postée debout devant le tas, le même air d'incompréhension s'affichant sur son beau visage à la peau mate et aux yeux brillants. Elle s'apprêtait à dire quelque chose mais parut se raviser.

– Bonsoir mon chéri. Quand tu auras fini de jouer, elle a faim, fit-elle en tendant le bébé mécontent, avant d'ajouter : Il paraît que tu as promis un poisson rouge à Ilona ?

Martin repensa au mot « rouge » auquel il avait inconsidérément répondu « oui ». Il s'extirpa de sous la pyramide et, dépeigné, dépenaillé, désorienté, il prit le bébé et embrassa rapidement son épouse.

Le matin même, ils s'étaient tous deux entretenus à propos des envoyés de l'ONU et de l'obligation de les héberger, mais son épouse, plus sûrement par désapprobation que par distraction, avait manifestement déjà oublié.

— Oui, c'est bien un poisson... Bonsoir mon chat, ça va ? Je te présente nos invités, tu sais... Voici Bill Kennedy, commença-t-il en désignant le jeune homme qui se releva d'un bond et hocha rapidement la tête plusieurs fois en signe de salutation.

— Ah oui, c'est vrai, pardon. Bienvenue à tous, consentit Tahiata avec un sourire fatigué.

— Voici également Cléo Gardner, ajouta Martin en se tournant vers Cléo qui fixait un point mystérieux sur le parquet et ne leur accorda pas un regard.

Tahiata ne sembla pas très bien le prendre. Elle était certainement épuisée par sa journée comme par sa tournée crèche-école-promenade du chien et l'exaspération dans son soupir se perçut assez nettement. Martin lui trouva même franchement sa tête des mauvais jours. Son épouse avait dû subir une de ses éternelles réunions vaines et chronophages qui la laissaient les nerfs hérissés.

— Bonsoir madame, articula Tahiata d'une voix forte.

Cléo Gardner sursauta et concéda un « Bonsoir madame » indistinct avant de retourner à sa latte de parquet. Martin inspira profondément et pivota en direction de la bibliothèque, à la recherche de Rose Cooper, mais celle-ci avait tout bonnement disparu, avec l'intégralité du contenu des six rayonnages. Manifestement son « Je peux ? », un peu plus tôt, ne désignait pas un livre mais tout le meuble. Heureusement Kombo John, lui, s'était levé et approché. Il gonfla le poitrail et même ses rouflaquettes prirent de l'ampleur avant que, de sa belle voix grave, il ne prononce un économe « Bonsoir ». Puis, s'adressant à Bénétant, il s'enquit :

– C'est ta femelle ?

Sous l'épaisse strate de décibels du bébé, une nuance de silence s'installa. Dans l'attente d'une rectification, Tahiata jaugeait Kombo, mais l'homme, bien campé sur sa carrure massive, demeurait mutique et tranquille. Aucune excuse ne venant diminuer l'affront, Tahiata se crispa et se tourna vers Martin. Celui-ci devait arborer son œil de carpe car Tahiata en revint immédiatement à Kombo John pour exploser :

– Non mais d'où vous sortez, vous ?

Le consultant l'observa tête penchée, l'air déconcerté. Tahiata renchérit :

– Quoi ? Vous n'avez pas l'habitude qu'on vous reprenne peut-être ?

Kombo haussa ses épaisses arcades sourcilières et se gratta la pointe du crâne.

– Non, admit-il sobrement.

– Eh bien, il faudra vous y faire. Et revoir votre vocabulaire, sinon vous logerez ailleurs. Vous permettez, maintenant, merci, ajouta Tahiata en invitant l'homme à se pousser d'un geste de la main pour rejoindre l'escalier. J'ai déjà eu mon lot de primates en réunion, je ne vais pas m'en imposer d'autres à domicile. À ce propos Martin, glissa-t-elle un ton en dessous, il faut qu'on parle.

— Oui, oui, répondit celui-ci dont l'oreille, figée par les cris de l'enfant, n'offrait aucun accès au cerveau.

Embarquant la petite dans le creux de ses bras, Bénétant fit signe à Kombo John de le suivre dans la cuisine. Une fois à l'abri du long comptoir, attrapant la boîte de lait, il chuchota :

— Mais qu'est-ce qui vous a pris ? On ne dit pas « femelle » en français ! On dit à la rigueur « femme », mais plutôt « compagne », « épouse » le cas échéant. Non vraiment, ça ne se fait pas du tout. Et alors surtout, surtout pas avec la mienne.

Kombo acquiesça d'un mouvement lent, semblant enregistrer l'information. Le bébé, quant à lui, sentant qu'on prenait sa demande en considération, s'était calmé, mais continuait de geindre à intervalles réguliers pour que son père ne se relâche pas trop quand même. Martin, afin de faciliter les manœuvres, s'adressa au consultant :

— Je peux vous la confier deux minutes ?

De ses grandes mains, Kombo attrapa le bébé qui aussitôt se mit à gazouiller et tendre son minuscule index vers les rouflaquettes. Martin en profita pour remplir le biberon au robinet. Après avoir tenu l'enfant à bout de bras quelques secondes, Kombo baissa la tête et le déposa sur son large cou, son crâne, son dos cambré, mais voyant que le bébé ne s'accrochait toujours pas, il en conclut qu'il préférait marcher et, le tenant par ses petits bras, il le posa debout sur le sol de la cuisine. Aussitôt lâché, l'enfant atterrit sur sa couche, avant de rouler mollement sur le côté.

– Mais qu'est-ce que vous faites ?! cria Martin en se précipitant pour récupérer le nourrisson qui goûtait la fraîcheur des tommettes d'une langue intriguée.

– Elle ne s'accroche pas, c'est qu'elle veut marcher toute seule.

– Mais elle a six mois ! glapit le professeur en tâtant chaque centimètre carré du bébé afin de vérifier que rien ne manquait.

– À six mois, elle ne marche toujours pas ?

Kombo était stupéfait.

– Mais non ! confirma Martin en présentant le biberon à sa fille qui, dès lors, engloutit benoîtement ses cent quatre-vingts millilitres d'un trait.

Kombo contemplait le nourrisson dodu et pataud qui buvait passivement dans les bras de son géniteur.

– Vous voulez dire qu'à six mois, l'humain ne sait ni marcher ni manger tout seul ? Mais il ne survivrait pas dix minutes dans la jungle.

Martin émit un rire bref et fataliste. À mi-voix, comme pour lui-même, il soupira :

– Peut-être, mais en attendant, ce n'est pas lui qui disparaît.

Kombo rougit très fort. Mortellement vexé, poings serrés, il gagna le salon sans un mot, en roulant des épaules.

31

Le soir tombait et, assis sur le canapé aux côtés de la petite Ilona qui avait attrapé Cléo par le cou, sans que curieusement celle-ci ne proteste, Kombo John considérait avec perplexité la télé et le dessin animé qui s'y agitait. Une panthère conversait tour à tour avec un ours, un tigre, un boa, une louve et un garçon. Un peu réticent au début, Kombo, poignet cassé sur le sommet du crâne, commençait néanmoins à se laisser porter et à l'apparition du Roi Louie, même s'il s'agissait d'un vulgaire orang-outan, il ramena ses jambes sur le canapé pour s'installer en tailleur et apprécier le spectacle. L'orang-outan entonnait sa chanson : « Je voudrais devenir un homme, /Ce serait merveilleux, /Vivre pareil aux autres hommes, /Loin des singes ennuyeux. /Oh oobie doo. /Je voudrais marcher comme vous... »

Aussi soufflé qu'indigné, Kombo John se tourna vers Ilona :

— Mais n'importe quoi ! Qui peut croire qu'un singe libre voudrait ressembler à... à... ça ! fit-il en désignant d'un bras dégoûté Martin qui passait.

32.

Bénétant déposa quatre exemplaires des argumentaires sur la table en chêne. Ainsi, les consultants pourraient étudier les documents dès leur petit déjeuner avalé.

Épuisé, il éteignit ensuite toutes les lumières de la cuisine, puis du salon. Il atteignait le pied de l'escalier, quand Cléo Gardner – qu'il n'avait ni vue ni entendue approcher – le fit sursauter :

– Pourquoi tu l'appelles « mon chat » ? C'est pas un chat, dit-elle sans l'ombre d'un sourire dans la voix.

– Bonne nuit madame Gardner, fit Martin sans même se donner la peine de répondre.

Dormir. Dormir était son seul objectif, et le contact poli de la marche en bois sous son chausson annonçait le repli du soir, les hauteurs de la chambre. Le bruit de l'argumentaire qu'on feuilletait dans le salon accompagna l'ascension de Bénétant. Cléo, assise sur le dossier du fauteuil, avait récupéré l'exposé et commençait à le lire. Dans le noir.

33.

Sous le halo de sa lampe de chevet, Tahiata luttait contre le sommeil en tenant un polar, une pile d'oreillers calée dans le dos. Martin, en tee-shirt et caleçon, alluma sa propre lampe avant de se glisser dans le lit. Il prit son livre sur sa table de chevet, mais le tint fermé sur la couette, savoir Cléo en bas dans la maison endormie l'intriguait. Il se tourna vers sa femme :

— Ils sont vraiment bizarres, non ?

— Ils sont surtout très malpolis, repartit Tahiata sans quitter sa ligne des yeux.

— Oui. Mais ça à la rigueur, entre la barrière de la langue et les différentes coutumes, ça peut s'expliquer. Non, ce serait plutôt une affaire de comportements... J'ai du mal à les saisir.

Tahiata tourna sa page et sourit, amusée :

— D'un autre côté, toi, à part les animaux, tu ne comprends pas grand monde.

— C'est pas faux, admit Martin. Tu voulais me parler tout à l'heure ?

– Oui, dit-elle en refermant cette fois son polar. Figure-toi que ma réunion cet après-midi, c'était avec Édouard Soutellin, le lobbyiste.

– Quoi ?!

Martin avait bondi dans le lit.

– Tu bosses avec Soutellin ?

– Je ne « bosse » pas avec Soutellin, je travaille pour *Resources*. Et *Resources*, en tant que groupe industriel, assistait à la réunion de...

– Pas « assistait », « payait » ! C'est un lobbyiste, Tahiata, si ton P-DG y était, c'est qu'il l'emploie. Ce sont les méchants, ils veulent tuer le traité. Foutue industrie !

– Calme-toi Martin, Soutellin m'a tout l'air d'un type sinistre, je te l'accorde, mais l'industrie, je te rappelle que j'en fais partie, ce n'est pas si simple, et je voulais justement te dire que...

Tahiata ignorait tout de Soutellin, mais Martin le connaissait depuis de trop longues années pour supporter l'idée qu'elle traite sa présence par-dessus la jambe.

– Mais si, c'est très simple : ils bousillent tout, puis ils se réunissent en petit comité pour savoir comment ne rien réparer.

– Enfin, si solution il y a, elle est forcément industrielle, réfléchis. Les milliards de tonnes de plastique dans l'océan, c'est pas trois écolos armés d'une épuisette qui réussiront à les éliminer

– Qui les a produites ? Et il a dit quoi, Soutellin, quand il a compris que t'étais mon épouse ?

Tahiata marqua un temps, une expression de gêne peu coutumière sur le visage.

– Mais rien… Je travaille toujours sous mon nom de jeune fille, tu sais bien… Et d'ailleurs, justement, il a…

Martin rassembla tout son calme pour poser la question d'une voix lente :

– Tu veux dire que tu as fait comme si tu ne me connaissais pas ?

– Mais je ne me suis pas posé la question, ce n'était pas de circonstance. Et puis franchement, je me suis retrouvée dans une situation inconfortable, je ne pouvais pas en plus…

– Et c'est moi qui ai des problèmes d'affirmation ! ironisa Martin. Tu palabres avec le pire de mes opposants, en me reniant, et tu viens te coucher à mes côtés en me racontant ta petite journée au travail ? Mais tu connais les enjeux de cette semaine, au moins ? Tu sais depuis combien de temps je m'acharne sur ce traité que tes amis cherchent à saper ? Et je ne peux même pas aller dormir sur le canapé, à tous les coups y a un consultant dessus.

– Oh et puis tu m'emmerdes ! Je te raconterai quand t'auras regagné dix points de QI. Bonne nuit.

Évidemment, gavés d'adrénaline jusqu'à la gueule, ils ne s'endormirent qu'au milieu de la nuit après s'être copieusement tourné le dos. Martin, vaguement conscient de s'être montré injuste, regrettait son emportement. Décidément, alors que ça ne lui arrivait jamais, entre le sommet et sa chambre il s'offrit un doublé en à peine quarante-huit heures. Mais il était encore bien trop furieux pour esquisser le moindre mouvement d'excuse. Il aurait bien besoin de la compagnie d'un chat pour réguler ses humeurs.

34

Cléo avait attendu d'être seule avec le perroquet pour s'approcher. L'oiseau fit bruisser ses ailes nerveusement. Cléo s'approcha plus près encore, humant l'odeur des plumes multicolores. Le perroquet déplaça rapidement ses pattes de quelques centimètres sur son perchoir. Cléo, après avoir vérifié que personne ne se trouvait alentour, chuchota :

– T'es dans le coup ? Tu connais Noé ?

35.

Traité de Fontaine – Jour Trois

La chaleur montait en ce tout début de matinée, la salle du petit déjeuner se remplissait doucement et quelques rares sportifs remontaient les allées dans leurs shorts en Lycra. Ni le vent ni les insectes ne s'étaient encore levés et seul le doux clapotis de l'eau de la piscine contre les filtres rythmait l'atmosphère. Cléo, les yeux mi-clos, l'oreille affûtée, laissait les sons et les odeurs venir à elle, sans se donner la peine de les analyser. Elle était bien, insensible à la pression de l'instant. Bill, nez en l'air, cherchait le vent et jetait régulièrement des coups d'œil en coin à l'eau turquoise. Rose, nerveuse comme toujours, tripotait ses fiches et fixait Kombo de ses petits yeux noirs et rancuniers. Kombo, lui, arcades sourcilières rabattues, narines gonflées, avait carré sa silhouette massive dans un fauteuil en rotin, ses hanches écartant les accoudoirs à la limite de la rupture. Depuis deux heures, Rose et lui ne cessaient de s'asticoter.

Ça avait commencé dès le réveil. Cléo, Rose, Bill étaient déjà attablés pour le petit déjeuner quand Kombo avait descendu l'escalier nu comme un gorille. Martin, cafetière en l'air, une main couvrant les yeux de sa fille dans le porte-bébé, s'était aussitôt replié derrière le comptoir, où il avait attendu trois minutes avant de réapparaître. Rose, de loin, avait discrètement fait signe à Kombo d'aller passer un peignoir. Il avait grogné, mais s'était résolu à remonter, pesant lourdement sur chaque marche pour marquer son mécontentement. Rose avait déjà lu – et remis en place – une bonne moitié de la bibliothèque, où elle avait notamment découvert une série d'ouvrages sur l'estime de soi, et tentait de partager son épiphanie avec Bill qui ne voyait pas du tout où elle voulait en venir et suivait d'un œil attentif tous les trajets de Martin. Le professeur en passant approuvait les propos de Rose, confiant qu'il avait lui aussi survolé ces manuels dans un souci de pure démarche scientifique. Rose écoutait Bénétant, mais sans jamais lui répondre directement, et Cléo, que la moindre variation d'humeur alentour venait effleurer, sentait que la réserve initiale de la truie envers Martin s'apparentait désormais bien plus à du recul. Prudence, diplomatie et mission la conservaient dans une apparence polie, mais les humains lui inspiraient à présent une pointe de dégoût dans la terreur. Les bouquins, en revanche, eux, l'enthousiasmaient.

Cléo aimait passionnément les conversations de lecteurs. En fait, elle aimait passionnément tous les lecteurs et tous les auteurs, tous les artistes. Cette concentration, ce silence, cette tempête sous le calme vibrionnaient d'une chaleur sous laquelle il faisait bon s'assoupir. Elle repensa, une fois encore, à son ancienne maîtresse avec tristesse et nostalgie. Son amie lui manquait. Cléo le Grelot avait passé des heures merveilleuses dans la paix de cet appartement uniquement troublée par ses propres instants de folie. Pendant que l'écrivaine rédigeait, la chatte courait subitement des meubles aux rideaux, d'une plinthe au mur opposé. Elle rampait sous la couette et la remontait à toute vitesse pour le seul plaisir de laisser un lit entièrement bosselé derrière une allure redevenue paisible. Ensuite, elle regagnait dignement l'accoudoir du fauteuil de l'académicienne et attendait, confiante, le contact affectueux de la main de sa maîtresse. Cléo trouvait que les humains étaient de formidables compagnons, assez indépendants, délicieusement maladroits, tendres et serviables. Dans ce mas par exemple, l'amour, l'affection, la gaieté épaississaient l'air, comme ces brumes de chaleur qui floutent et marient les contours, enveloppant les habitants, leurs animaux, leurs meubles, leurs sols et leurs murs.

Il ne leur manquait qu'un chat. Cléo aurait voulu être celui-là.

Kombo était redescendu au bout de quelques minutes drapé dans un peignoir qui moulait ses épaules volumineuses et dont les manches trop courtes ne couvraient que la moitié de ses avant-bras. Avec naturel, il s'était dirigé vers la truie et avait attendu debout à côté d'elle qu'elle se lève pour céder sa place, puisqu'elle se tenait en bout de table. Mue par une impulsion réflexe, Rose avait soulevé ses fesses mais, au bout de quelques centimètres, elle avait finalement dévié sa trajectoire pour attraper une pomme, puis s'était rassise lentement, son auguste postérieur illustrant à lui seul toute la détermination du cochon. Dans le soudain silence de la salle à manger, on n'avait plus perçu que le sourd grognement de Kombo et le bruit de la pomme dont Rose broyait chaque pépin. Elle transpirait de peur, mais maintenait haut son nez en trompette, ses prunelles noires évitant soigneusement le regard du gorille. L'arrivée subite du labrador et d'Ilona, sa jeune maîtresse, avait créé une diversion bienvenue. Le chien passait de jambe en jambe, balayant de sa queue les miettes sur le dessus de la table, pendant que Bill agitait les bras sur le banc pour l'empêcher de circuler. Puis Ilona s'était installée face à son lait chocolaté et avait entrepris de confisquer gaiement la conversation.

Cléo en avait profité pour s'éclipser, rôder deux minutes autour du nouvel aquarium, explorer les détails de la cuisine puis aller s'endormir une petite heure dans le placard à manteaux. Au moment de partir, Martin avait eu l'air surpris de la trouver là, mais, comme souvent, il était resté bouche bée et n'avait pipé mot. Le professeur était bizarre, pensa Cléo, il s'étonnait vraiment d'un rien.

Dans la voiture, Kombo s'était ostensiblement octroyé la place de devant, reléguant Rose à l'arrière d'un grondement bien senti. Martin lui-même avait marqué une hésitation avant de s'installer derrière le volant. Cooper s'était repliée avec précipitation, mais elle ruminait sa défaite. La querelle n'était pas vidée, Cléo sentait ces choses-là et espérait simplement que l'orage n'éclaterait pas au cours de la table ronde. Ils avaient déjà perdu la

Chine, ils ne pouvaient se permettre de gâcher l'atelier juridique du jour.

Cette table ronde devait initialement compter son lot de délégués de tous les pays, mais la programmation à huit heures trente avait dissuadé les moins investis. Une poignée d'humains commençait cependant à se rassembler sous la pergola de la grande terrasse. Parmi eux, certains, cocktail à la main, parlaient de décalage horaire, d'autres s'interrogeaient sur l'ordre du jour et une petite moitié seulement compulsait les dossiers récapitulatifs. La séance était destinée à passer en revue une vingtaine d'articles sur les océans : on abondait, on ratifiait ou on modifiait, voire supprimait. Pour les quatre transfuges l'objectif était aujourd'hui de limiter le nombre de ces suppressions, afin de ne pas vider le traité de sa substance. La préservation des océans induisait à elle seule la préservation de milliers d'espèces, dans la mer, sur la terre, comme au ciel. Cléo avait eu toute la nuit pour faire le tour du dossier, elle savait que Rose et Bill avaient tout autant potassé. En revanche, Kombo l'inquiétait. Découvrir la lente agonie de son espèce, cette fragile trentaine d'individus encore en liberté, l'avait d'abord sonné. Il avait continué d'agir en pilote automatique dans la journée, frôlant le déni, mais une fois la nuit tombée, Cléo, qui révisait, avait perçu à travers les cloisons les longs gémissements du gorille qui allait et venait dans sa chambre, balançant sa lourde tête contre les murs. Chez pareil tempérament, la tristesse n'allait pas tarder à céder la place à une colère compacte. Ce n'était pas vraiment le moment de multiplier les vexations et Rose n'avait pas choisi le bon jour pour contester les détails de la suprématie de l'alpha.

Une cloche sonna sur la terrasse et l'assesseur en chemise, cravate, bermuda et claquettes annonça le début de la séance. L'assemblée des parlementaires, interprètes, ingénieurs, juristes et autres scientifiques de toutes nationalités convergea vers l'immense table de travail ovale qui avait été aménagée sous la pergola. Des parasols avaient été ajoutés en renfort aux extrémités et seules six chaises se trouvaient en plein soleil, aussi Cléo se fraya-t-elle rapidement un chemin pour s'y installer avec souplesse. Ravie de son emplacement et des ondes de chaleur qui irradiaient sur sa nuque, elle ferma les paupières un instant et fut assez surprise, en les rouvrant, de constater que personne ne s'était assis à ses côtés. Isolée à son bout de table, elle voyait les participants se serrer et faire racler leurs sièges jusqu'à s'entasser sous le moindre centimètre d'ombre. Les humains étaient décidément curieux. Mais ils n'étaient pas les seuls puisque Bill, Rose et Kombo avaient choisi l'ombre eux aussi, ce dernier ayant même carrément réquisitionné un parasol qu'il avait dégagé de son socle pour s'en servir d'ombrelle. Il le faisait tourner entre ses gros doigts sous l'œil à la fois inquiet et intrigué de ses voisins de table.

Chacun ouvrit ses dossiers et la longue litanie débuta. Les premiers articles passèrent sans susciter trop de commentaires, la question de l'acidité des océans, liée, tout comme le dérèglement climatique, aux émissions de CO_2,

ayant déjà été abordée l'avant-veille en ouverture du sommet lors de l'étude du bilan plus que mitigé des accords
de Paris de 2016 et de toutes les COP qui avaient suivi.
Les différentes lois littoral, renforcées dans plusieurs pays
pour le traité, furent également actées sans trop d'opposition et ce n'est qu'une fois arrivé à la question des
plastiques que les apartés s'enflammèrent jusqu'au brouhaha. Cent mille mammifères marins et un million
d'oiseaux par an mouraient à cause du plastique. Et c'était
sans compter les poissons, les coraux. Cléo, isolée sur sa
chaise et donc exclue des conversations, regardait Rose
se démener entre les politiques et les ingénieurs avec qui
elle discutait âprement.

– Ces déchets plastique, observa un politique aux
mèches molles comme de l'herbe à chat, il y a forcément
un moyen de les détruire, les aspirer...

– Plusieurs bateaux sillonnent déjà les mers pour récol-
ter les gros déchets et plusieurs machines de Boyan Slat
ont été installées près des courants principaux, mais c'est
insuffisant au regard des mégatonnes déversées chaque
année, c'est pourquoi cet article qui contraint à décupler
les financements est abso...

– Mais, ce septième continent du Pacifique nord par
exemple, reprit le politique économe et têtu, il se trouve
bien dans les eaux territoriales de quelqu'un, non ? On
pourrait peut-être imputer l'ensemble des frais à...

– Très bien, on vote, coupa Kombo.

– Non mais c'est pas possible votre alinéa là, s'emporta
soudain une ingénieure, vous préconisez d'interdire 80 %
du plastique à usage unique ! Vous oubliez les raisons

de son succès : c'est léger, solide, malléable. Si on ne gardait que le verre ou le bois, tout pèserait des tonnes, il faudrait des milliers de camions polluants supplémentaires pour acheminer les denrées, ce serait totalement contre-productif. D'autant que le plastique on sait quand même comment le recycler, moi, je ne bosse même que sur ça depuis des années, alors...

— Oui, admit Rose, vos usines savent le recycler mais encore faut-il que les déchets soient acheminés. La plupart du temps, ils finissent à la mer...

— Alors, collons des amendes aux citoyens plutôt qu'aux industriels, proposa le politique, satisfait.

— Voilà, on vote, insista Kombo.

— Sans compter les microfibres, poursuivit Rose, les milliards de particules des vêtements synthétiques qui partent dans les tuyaux des machines à laver : tous ces microplastiques sont infiltrables, ils étouffent tout et anéantissent la vie marine, les poissons sont...

— Oui, ben on a déjà interdit les cotons-tiges, les touillettes, les pailles, la vaisselle jetable, voyons un peu ce que ça donne avant de poursuivre. Et pour ce qui concerne les poissons, il faut surtout réglementer la pêche intensive qui massacre toutes les ressources, fit l'ingénieure, ravie de botter en touche.

Ses gros sourcils froncés, Kombo passait de l'un à l'autre des opposants avec une impatience grandissante.

— Bon allez, ça suffit maintenant, on s'en fout des poissons.

Rose, médusée, le fixa de ses prunelles écarquillées.

– Mais non, voyons, on ne se fout pas du tout des poissons...

– Mais si, on s'en fout, ça n'a pas de cervelle, qu'ils se démerdent. Non, les grands singes, ça, c'est un sujet, là on perd du temps, on perd un temps précieux...

– Mais enfin Kombo...

Rose se tourna vers l'assemblée :

– Ce n'est rien, reprenons, reprenons...

Mais les interlocuteurs, saisis, étaient curieux de connaître la suite.

– Excusez-moi monsieur John, vous disiez ? demanda le politique.

La situation allait dégénérer si on n'intervenait pas rapidement. Cléo cherchait une idée, mais rien ne lui venait, c'était foutu. Elle se tourna vers Bill qui n'avait rien vu : aucune chance de ce côté. Dans son élégant costume de lin blanc, Kennedy impressionnait par son élégance, mais sa conversation restait limitée : depuis dix minutes, à chaque marque d'intérêt de son voisin de table, il répondait par : « Elle est belle la piscine, hein ? L'eau a l'air bonne. » Alors qu'il le répétait pour la septième fois, le scientifique, excédé, lâcha :

– Mais allez-y, puisque vous y tenez !

– C'est vrai, je peux ?

Bill n'avait pas achevé sa phrase qu'il plongeait déjà entièrement habillé dans le bassin. Nageant de tous ses membres, il ralliait les bords avec fracas, plongeant le nez dans les vaguelettes et lapant l'eau, la bouche grande ouverte, avec une joie communicative. À l'issue de sa baignade, les cheveux aplatis, il regagna la table ovale et s'ébroua avec force, faisant jaillir les gouttelettes de sa chemise blanche, avant de se rasseoir, heureux, dans un silence pétrifié.

Ça, c'était une très bonne diversion, pensa Cléo.

Le politique pela sa pomme pensivement. Alors que l'ingénieure à sa gauche attaquait son pamplemousse, l'homme partagea avec elle l'aboutissement de ses réflexions :

– Sauter comme ça dans la piscine… franchement ! Le truc, avec les écolos, c'est qu'ils ont souvent l'air à côté de la plaque. J'ai toujours plus de mal à les prendre au sérieux que leurs opposants.

Il mâcha mollement son bout de golden, puis soupira avant d'ajouter :

– Qu'est-ce que j'en ai marre des pommes. Moi, c'étaient les poires, j'aimais bien les poires, on en trouvait partout. Y en a plus maintenant.

– Les fruits goût poire, ils sont bons aussi, nota l'ingénieure, arrangeante.

– Oui, mais carrés, c'est pas pareil.

– Non mais ça va pas bien Kombo, qu'est-ce qui t'a pris ? éclata Rose une fois qu'ils se furent rassemblés tous les quatre dans un coin discret de l'oliveraie.

Au bout des allées ombragées, sous la lumière verticale du midi, toute couleur écrasée par un soleil blanc, la vallée s'étalait au pied du massif du Luberon. Les humains avaient déserté le paysage pour gagner les restaurants, seuls restaient les cigales, les lézards, et quatre délégués hybrides et dépassés.

– Quoi ? Quoi ? Quoi qu'est-ce qui m'a pris ? On n'allait pas rester dix ans à sauver le plancton, non plus. C'est les gorilles qui vont disparaître là. Des poissons rouges, j'en ai croisé dans tous les bocaux du village.

Incommodée par le conflit, Cléo s'éloigna en ondulant. Bill, lui, recula sans les quitter des yeux, jusqu'à sentir le contact d'un tronc au pied duquel il s'assit avec précaution, après un rapide examen.

– Mais c'est pas possible martela Rose. Tu ne penses qu'à toi, t'es comme eux : tout pour l'alpha et les autres peuvent crever.

– Évidemment que je pense à moi, tu veux commencer par qui ? J'ai plus de groupe, plus de femelles, plus de frères, plus de sœurs, plus d'avenir. On est des animaux magnifiques, des rois, et on disparaît jusqu'au dernier. Toi, t'es contente évidemment, on a déjà parlé de l'élevage intensif avec les Chinois...

Rose, estomaquée, eut un mouvement de recul.

– Contente ? Mais on s'est plantés, je te rappelle...

– La faute à qui ?

– Mais à... à...

Kombo battit l'air d'un revers de sa grosse main.

– Et puis, c'est pas toi qui as découvert que vous n'étiez plus que trente. Vous, les cochons, vous êtes des millions et vous n'êtes pas près de vous éteindre, vu ce qu'ils bouffent et ce qu'ils se reproduisent, ces fumiers.

– Et d'après toi, vaut mieux être trente en liberté ou des millions en cage ?

– Je ne sais pas, je suis seul et en cage, soupira Kombo, soudain abattu, renonçant au combat.

Tous deux se fixèrent en silence un moment, chacun ancré dans sa colère et son chagrin, les épaules ployant sous une seule petite journée de conscience. L'immensité de la tâche, l'imminence du couperet, l'immunité des responsables déboulaient dans leur paysage tout neuf. Une grêle tombait dru sur leurs illusions. Subitement, Kombo éclata en larmes. Des flots s'écoulèrent de ses yeux, de son nez, baignant ses joues, détrempant ses épaisses rouflaquettes. Il tenta de contenir les eaux de ses mains, pressa ses paupières.

– Putain mais c'est quoi ça encore ? se lamenta-t-il avant de tomber sur les fesses.

Rose, prise de brusques sanglots à son tour, se laissa glisser à ses côtés, les paumes sur le ventre, renâclant bruyamment.

– Je ne sais pas, mais ça fait du bien.

Kombo hocha la tête plusieurs fois en signe d'assentiment, puis posa un bras épais sur les épaules dodues de la truie. Celle-ci renifla, avant de tenter une consolation :

– Tu sais, rien qu'à trente, si vous avez un bon rendement, vous pouvez atteindre les deux mille en deux ans…

– Non, pas les gorilles, on est grands mais nos portées sont petites.

– Tu crois que vos millénaires d'existence vont s'achever comme ça, alors ? Chassés pour faire de la poudre de perlimpinpin, de la viande de brousse et des cendriers en forme de main ?

Kombo plia l'auvent de ses sourcils.

– Les humains sont des monstres. Tous.

Bill sauta sur ses jambes et se rapprocha pour intervenir :

– Ah non, c'est pas vrai, on ne peut pas dire ça, c'est pas vrai. Mon maître est super. Et regardez Martin par exemple…

– Martin est comme les autres, coupa Kombo, péremptoire.

Un grognement sourd gonfla la gorge de Bill :

– Retire.

Kombo se redressa lentement, impatient de tamponner ce bel exutoire.

– Je retire rien du tout.

Tête dans les épaules, canines découvertes, tendu dans son costume mouillé, Bill ne reculait pas, prêt à affronter les cent kilos qui lui faisaient face pour l'honneur de Martin.

– Retire, je te dis. Sinon…

– Sinon quoi ?

– Oh, oh, oh, on redescend en pression, les copains, lança la voix chaude de Cléo qui réapparut au détour d'un olivier centenaire. Je vous rappelle qu'on a un objectif à atteindre. Croyez-moi, Rose, Kombo, c'est en apprenant à connaître les humains que vous remporterez la partie.

– Non, pour gagner la partie, il faut avoir le feu aux fesses, un besoin vital de se battre. Et c'est pas vous, avec votre petit confort de vendus, qui obtiendrez quoi que ce soit, vous n'avez aucun intérêt à vous bouger.

Cléo posa ses yeux ronds et bleus sur la montagne de rage qui lui faisait face.

– Kombo, t'occupe pas de mon intérêt ou de mon confort, t'y connais rien. Vous détestez les humains, on a saisi, mais nous, ils font partie de notre vie et même, des fois, on les aime. J'espère que tu auras l'opportunité de comprendre pourquoi. En attendant, ce qui nous fait bouger, comme tu dis, c'est la promesse de Noé.

Kombo étira ses reins, faisant crisser son costume, et planta ses larges chaussures cirées dans la terre, avant de répondre :

– Ouais, la promesse, c'est ça. Une petite prime, ça motive sûrement. Mais pas autant que l'instinct de survie. Je te parie que Rose et moi, à nous deux on ramène trois fois plus de voix que vous.

– Pari tenu, gronda Bill. On a raté la Chine, mais il reste tous les autres pays, cent soixante-quatorze au total à aller chercher. On se retrouve ce soir pour compter les voix.

Rose, qui était restée au sol et roulait d'un côté à l'autre sans arriver à soulever son gros ventre, parut surprise par la main tendue de Kombo. Elle la saisit et, une fois rétablie, elle se posta à ses côtés pour répondre au défi :

– Pari tenu.

– C'est vrai ? On joue ? s'exclama Bill, ravi.

38.

Couloir du bâtiment Cigales, 12h52

Bill tentait de convaincre le président du Honduras depuis trente bonnes minutes en le suivant partout. Il le trouvait sympa sympa. L'homme marchait maintenant à grands pas dans le couloir, toute sa suite l'avait abandonné et Kennedy se félicitait d'être celui qui demeurait envers et contre tous, comme toujours. Le président poussa une porte sur laquelle luisait une plaque frappée d'une silhouette stylisée. Bill Kennedy entra à sa suite, ce qui parut cette fois surprendre franchement son nouvel ami, et même l'inquiéter. Mais Bill n'eut pas le loisir de s'attarder sur cette dernière sensation car devant lui s'ouvrait une immense pièce carrelée aux mille senteurs. Alignés le long du mur à mi-hauteur, toute une série d'urinoirs blancs brillaient, exhalant chacun son odeur singulière. Bill se précipita et déposa, à la file, une goutte de pipi content dans chacune des vasques. Arrivé en bout de ligne, il se retourna et aperçut la mine déconfite du président. Horrifié, Bill Kennedy réalisa sa gaffe : il lui était passé devant. Il se fendit aussitôt d'une courte révérence pour inviter le président à recouvrir son dernier jet. Après trois longues secondes d'immobilité totale, l'homme laissa un large sourire gagner son visage et s'approcha lui-même de la porcelaine avec bonne humeur.

Bill venait de remporter une voix.

Honduras : 1 voix.

Auditorium, 13h12

Le vieux grisonnant à la paupière tombante et au sourire égrillard n'écoutait pas, Cléo le sentait bien et, indisposée par les ondes moites, elle brûlait déjà de repartir quand elle sentit une main indésirable lui flatter les reins. La diplomatie lui commandait d'accepter l'hommage sans rechigner, mais l'agacement se propagea le long du système nerveux, prêt à faire tinter la cloche du commandement central. Cléo rassembla toute sa volonté pour immobiliser le grelot. L'humain insista. Cléo crispa ses paupières, pensa à la mission, au vote, et soudain, relâchant ses efforts comme on libère une catapulte, elle décocha une triple paire de gifles au malotru. Puis, abandonnant là le ministre balafré et dépeigné, elle s'en alla, sincèrement désolée de ne pas avoir su retenir son geste une fois de plus. Ça faisait quand même le quatrième bonhomme en une heure.

France : 0 voix.

Restaurant Bellevue, 13h42

Rose contemplait ses doigts boudinés, ses pieds plats, ses jambes debout. Depuis qu'elle avait découvert la vocation martyre de son peuple, cette peau de bourreau qui recouvrait son être la démangeait. Seuls le battement des artères et les mouvements des petits dans son ventre, pareils à tous les mouvements de petits dans tous les ventres, la réconciliaient avec son corps. Ils étaient là et, à elle seule, leur promesse valait ces interminables et douloureuses minutes à négocier avec des humains devant ce buffet à volonté où les plateaux de charcuterie disparaissaient plus vite que les feuilles de salade qui les décoraient. Rose avait du mal à ne pas fermer les yeux en parlant, son estomac se révulsait à la vue d'un massacre si détendu. Mais courageusement, toute anxiété ravalée, elle poursuivait sa quête : c'est encore en se nourrissant que les humains l'écoutaient le mieux et les promesses de vote s'accumulaient. Tout en débitant sa troisième fiche d'argumentaire sur la déforestation, Rose aperçut Bill à l'autre bout de la salle qui, les joues pleines et les mains battantes, se goinfrait de tranches de jambon. Relevant la tête, il l'aperçut à son tour et son visage s'éclaira d'un grand sourire bouffi de couenne. Il leva son pouce à l'intention de Rose et, secouant sa grande mèche blanche, il articula :

– C'est super bon.

Malaisie, Nouvelle-Zélande, etc. : 22 voix.

Club-house, 14h18

Installé confortablement dans un large fauteuil en cuir du club-house, Kombo achevait une négociation serrée mais victorieuse avec un homme presque aussi poilu que lui. Après s'être lui-même servi, le président cubain tendit un cigare à Kombo qui, doué en mimétisme, le cala entre ses dents avec le même air satisfait. Il s'agissait manifestement d'un signal d'entente. Pourtant, l'homme se pencha soudain, tendit son poing et fit jaillir une flamme. Terrifié, Kombo ne put retenir une grande claque qui envoya valser le briquet et l'accord dans un même mouvement.

Cuba : 0 voix.

Aile droite de la bibliothèque, 14h20

Dans la salle de travail de nombreux hommes à la cravate dénouée et quelques femmes au chignon défait tapaient rapidement sur leurs ordinateurs portables. Malgré la chaleur au-dehors, l'ambiance ici était à la concentration. Aussi, lorsque Cléo identifia le délégué avec lequel elle avait rendez-vous à l'opposé de la pièce, elle retroussa le bas de sa robe de soie argent, bondit le plus silencieusement possible sur la longue table et traversa les claviers en souplesse pour le rejoindre sans déranger personne. Cette tentative de discrétion se soldant par un tohu-bohu de cris, protestations, tapes, plaintes et lamentations, Cléo dut fuir précipitamment et retraverser les claviers en sens inverse.

Finlande, Ukraine, Yémen, etc. : 0 voix.

Terrasse du restaurant Bellevue, 14h32

Rose s'était éloignée du buffet et avait rejoint six délégués d'Amérique du Sud qui achevaient leur déjeuner en petit comité. Elle échangeait avec eux depuis une demi-heure et tout se déroulait idéalement, si ce n'est qu'elle commençait à avoir faim elle-même. Elle avisa un trognon de pomme qui traînait sur le plateau de son interlocutrice. Un trognon de pomme ! C'était son mets préféré après les épluchures de patate. Elle le désigna d'un index timide :

– Je peux ?

Après une seconde de surprise, la jeune femme hocha la tête et désigna l'ensemble des plateaux riches en restes magnifiques :

– Servez-vous, je vous en prie.

Rose s'exécuta aussitôt, piochant largement çà et là.

– Zéro déchet, déclara la Chilienne en tapant lentement dans ses mains. Madame ne se contente pas de discours, elle agit et montre la voie.

Et alors que ses congénères applaudissaient à leur tour, elle ajouta :

– Voici le seul et vrai humain de demain.

Rose faillit en avaler sa peau de banane de travers.

Chili, Argentine, Pérou : 3 voix.

39.

Derrière son sous-verre, l'atoll de Bora Bora brillait en vert et turquoise. Les yeux plongés dans le souvenir des eaux de son lagon natal, Tahiata laissait les colonnes de chiffres et les plans de réseaux d'assainissement quitter son esprit pour la ramener au confort de sa maison. Elle s'était aménagé un bureau sur toute une moitié du grenier. Perchée au-dessus de l'agitation domestique, elle travaillait dans le calme, mais sans renoncer à la chaleur de sa meute, entourée de cadres photos. Tahiata tordit la masse de ses cheveux noirs pour la compresser sous une pince dorée, toujours trop petite. Fini les couronnes de fleurs, depuis longtemps.

Il y avait plus de vingt ans qu'elle n'était pas retournée en Polynésie et n'y tenait pas. Ainsi une partie du monde restait intacte, dans sa mémoire du moins. Tahiata qui aimait tant la mer ne pouvait même plus parcourir les quelques kilomètres qui la séparaient de la Méditerranée. Au début de leur mariage, Martin et elle avaient pris l'habitude d'y passer leurs week-ends seuls tous les deux, puis avec Ilona, mais une année l'invasion des méduses avait été telle qu'il était devenu impossible de se baigner. Plus tard, les méduses avaient cédé la place aux algues vertes et puis maintenant plus rien. Plus rien du tout. Une eau vide, un sable désert. Une plage de désolation, cernée de pins brûlés.

Heureusement des solutions existaient. Martin existait. Cet homme pouvait tout résoudre.

Tahiata avait en son mari une confiance absolue. Il avait porté à bout de bras des centaines d'espèces et déplacé des montagnes d'inertie pour rassembler ce sommet. Il avait non seulement du génie, mais une volonté de titan. Alors qu'est-ce qu'il s'était mis en tête pour d'un coup se comporter en dindon ? Ces derniers jours, il ne se ressemblait plus.

Pourquoi cette lubie soudaine du « manque d'affirmation » ? Bien sûr, Martin avait toujours été lunaire, vaguement timide et dénué de narcissisme. Ça faisait partie de son charme. Entre autres, se dit Tahiata avec un sourire. Elle appréciait aussi l'œil vif, les cheveux flous, la silhouette mince et virile. Martin était un beau qui s'ignorait, certes, mais ne se cachait pas. En ce moment, il se trompait sur son propre compte, il mélangeait les maux, confondait pleutre et taiseux. À l'ère de la punchline et du jugement direct, il mettait, lui, des mois à se faire une opinion et des heures à décocher une repartie. Il était réglé sur le tempo de la nature, le rythme lent de la réflexion avant éclosion. Il ne trouvait jamais quoi répliquer car il ne savait pas encore quoi penser. Cela n'avait rien à voir avec un tempérament de timoré. Simplement, dans le doute, il se taisait. Le silence comme réponse à tout.

Tahiata avait fini par s'y habituer, n'hésitant pas à le bousculer si nécessaire, se demandant parfois si en plus de s'abstenir de parler il ne s'abstenait pas d'écouter dans le même élan, certain que, dans le fond, cela ne changerait rien à l'affection de ses proches ou à l'admiration de ses pairs.

De quelle profondeur inconnue avait donc pu surgir ce stage sur l'estime de soi si peu en accord avec la rêverie sereine du professeur ? Tahiata cherchait à le dater tout en rangeant ses propres dossiers, quand le nom d'Édouard Soutellin apparut au détour d'un ordre du jour. Elle s'y arrêta un moment, isolant la page sur le bois clair du bureau, défroissant machinalement le coin corné du document. Elle se leva et réfléchit tout en rajustant les manches de son tee-shirt.

Se pouvait-il que l'idée du stage corresponde avec l'annonce de la venue du lobbyiste ? La veille au soir, Martin avait réagi très bizarrement à l'évocation de Soutellin.

L'inconscient de Tahiata fit remonter en surface l'image de son mari avec ses chaussures de marche pleines de boue, deux mois plus tôt. Il revenait d'une promenade dans les bois en compagnie de leur labrador. Martin avait sorti le téléphone de la poche de côté de son pantalon beige, avait lu quelque chose sur l'écran puis s'était assis sur une chaise de la terrasse. Il était resté un long moment sans bouger sous la pergola, avec juste le chien qui continuait de lui tourner autour. Le message, avait-elle appris

plus tard, annonçait au professeur la publication des participants au sommet.

Tahiata en eut soudain la certitude : c'est à cet instant
que le doute s'était installé dans l'ego meuble de Martin.
Elle était là l'eau souterraine qui sapait les fondations.
Édouard Soutellin.

40

Martin referma la carte du menu, oubliant instantanément ce qu'il avait choisi. Sans ses lunettes bleues, il ne
voyait pas grand-chose de toute façon. Il se tracassait un
peu pour Tahiata qui, après une journée chargée, était
descendue de son bureau pour découvrir que Rose avait
vidé le précieux cumulus des deux salles de bains, que
Cléo s'était reposée sur la pile de linge repassé et que
Bill s'était carrément endormi sur leur lit, filant l'air
piteux en la voyant, mais sans prononcer la moindre
excuse. L'épouse de Martin était aussitôt allée trouver
son mari pour lui exprimer le fond de sa pensée quant
aux notions d'annexion du domicile et surcharge de travail domestique. Le professeur s'était empressé de clore
le déferlement par une réservation au restaurant. Pour
cinq personnes seulement, Tahiata n'ayant pas tenu à les
accompagner.

Martin ne pouvait lui donner tort. Si encore ses invités
ne se comportaient en gougnafiers que dans la seule maison Bénétant, pour ensuite se magnifier pendant le sommet et sauver le monde vivant, le professeur leur aurait

volontiers beurré les tartines. Mais en mission, les délégués de l'ONU étaient encore pires, ils avaient multiplié les erreurs, les affronts, les agressions. Coups et blessures sur présidents et ministres, baignade en plein débat, claviers piétinés, rien ne les dérangeait. Seule Rose Cooper, abstraction faite de son hostilité, de ses hurlements inopinés et de l'épisode chinois, se montrait parfois à la hauteur des enjeux.

Mais ça ne suffirait pas. Le traité, en cette dernière semaine de rassemblement des décideurs avant le grand saut, allait s'achever sur un fiasco de COP. Bientôt la planète entière serait Cecil, ce lion superbe, étendu mort en 2015 aux pieds d'un dentiste américain au sourire fat.

Martin devait arrêter de remuer ces images, ces pingouins faméliques debout sur un glaçon, ces orangs-outans sans abri, ces pelleteuses dans l'Amazonie, ces abeilles tombées sans vie sur la terrasse, ce jardin sans oiseaux. Ces chocs l'anesthésiaient quand il fallait bondir. Des portes de sortie existaient encore, il fallait juste organiser le flux dans cette direction au lieu de suivre les moutons en haut de la falaise. Et ça commençait par recadrer ces consultants qui se baladaient dans les réunions en scouts vendeurs de biscuits, à cocher les voix dans leurs petits carnets comme s'ils encaissaient un euro pour la kermesse de fin d'année.

Lorsqu'ils s'étaient retrouvés au mas en fin d'après-midi, les quatre délégués avaient annoncé leurs chiffres tels des animateurs de jeux-concours. Ainsi Rose Cooper, avec trente-trois voix, l'avait largement emporté devant une Cléo Gardner à onze voix, un Kombo John à sept voix et un Bill Kennedy à cinq. C'était bien tout ça, mais ça ne formait pas une majorité et, du propre aveu de Kombo, cela comprenait presque autant de votes contre. Soit une catastrophe.

Le professeur aurait voulu leur dire tout ça, déballer sa rate au milieu de la table, mais il ne trouvait pas les mots. Le scientifique était un convaincu, pas un convaincant.

Le sommelier présenta la bouteille de côtes-de-provence commandée par Martin, lui fit goûter, puis servit Cléo. Il s'apprêtait à survoler Rose, enceinte jusque par-dessus la nappe, quand celle-ci tendit son verre. Il le remplit donc, le nez tordu de réprobation, et planta la bouteille avec fracas à dix centimètres de la future mère et repartit, raide d'exemplarité.

Rose, tout engoncée dans son tailleur-jupe nacré, examina le logo sur l'étiquette : une femme enceinte barrée d'une croix.

— C'est quoi ça ? demanda-t-elle en avalant une large lampée de côtes-de-provence.

— C'est pour signaler que l'alcool nuit à la santé des bébés et...

Rose recracha d'un jet le vin jusque dans l'assiette de Martin. Les yeux écarquillés, les joues rouges, la voix tremblante, elle couina avec force :

— Je leur ai fait mal ? Je les ai tués ? Qu'est-ce que je dois faire ? Qu'est-ce que je peux faire ?

Alors qu'elle s'agitait sur sa chaise, cherchant à se dégager de la table pour se lever et partir elle ne savait où, Bénétant s'empressa de la tranquilliser :

– Non, non, tout va bien Rose, ce que vous avez pris ne peut pas porter à conséquence, rassurez-vous.

Martin se tamponna le visage de sa serviette, séchant les derniers restes de rosé, avant d'ajouter :

– Vous avez tout régurgité, aucun problème.

Rose se rassit, toujours tremblante, et essuya la sueur sur ses tempes et son front.

– Ah, bien. Merci. Merci beaucoup.

Puis, d'un geste ferme, elle écarta la bouteille en direction de Kombo, qui s'en empara avec avidité pour se resservir un deuxième verre à ras bord.

Martin se demanda comment la déléguée pouvait à ce point méconnaître l'alcool. Et pourquoi ne pas profiter de son congé maternité, si les débordements la plongeaient dans ces affres d'anxiété ? Tout, dans leur comportement, était décidément curieux. Peut-être que le professeur devait apprendre à découvrir ces envoyés pour mieux les former.

– C'est votre premier ? demanda-t-il avec un sourire.

– Soixante-troisième, répondit Rose en adressant un regard ébloui à son propre ventre.

« Voilà, bien recadré, ça m'apprendra à poser des questions indiscrètes », se dit Martin. Il obtenait une fois de plus la preuve qu'il n'était pas fait pour étudier les humains. Il plongea donc le nez dans son assiette, qu'il n'osa pas demander au serveur de changer, et, après avoir découpé un bout de pain miraculeusement épargné, il mâcha en silence.

Pendant ce temps, Bill et Cléo vidaient la deuxième bouteille, alors que Kombo dressait haut le bras pour en réclamer une troisième. Et même une quatrième puisqu'il levait deux doigts. Bénétant se demanda si du rosé au pichet n'aurait pas été plus indiqué et soupira, déplorant le niveau de distinction des nouvelles générations de l'ONU.

Martin allait ouvrir la bouche pour préparer le vote du lendemain quand le serveur se décida à venir prendre la commande. Le stylo sur son bloc et le sourire resté en cuisine, il demanda à la cantonade :

— Vous avez fait votre choix ?

— Vrai ? On peut prendre ce qu'on veut ? Trop bien, se réjouit Bill en remuant sur sa chaise.

Kombo, soudain concentré sur la lecture de la carte, posa son doigt sur la première ligne :

— Je vais prendre la salade océane, mais sans les crevettes, ni le saumon, ni le crabe, ni les pommes de terre.

— Juste la laitue ? Vous ne voulez rien d'autre ?

— Non, je suis follivore.

Le serveur aurait aimé ricaner, mais quelque chose dans la carrure du végétarien dut l'en dissuader et il se contenta de noter.

— Les cailles farcies, elles sont vivantes ? s'enquit Cléo.

— Heu… non.

— Ah. Bon. Je me disais aussi. Le poisson alors, tant pis.

Bill ne tenait plus en place et multipliait les tapes sur le bras du jeune homme :

— Moi, moi, moi aussi je vais prendre un truc. Les côtes de porc au… *Kaïïïï* !

Plié en deux, Bill regarda Rose en se frottant le tibia.

— Le poulet ! Je vais prendre le poulet. Mais sans les frites, c'est pas bon, les frites.

« C'est pas bon, les frites. » Cette phrase comme un trait se ficha dans le cerveau de Martin. Qui n'aimait pas les frites ?

Après que Bénétant eut opté pour un tian, pendant que Rose commandait deux douzaines d'escargots, tous les plats aux truffes et uniquement la betterave de la salade paysanne, le serveur regagna l'arrière-salle pour se moquer sans retenue. Kombo, lui, vissa son œil au goulot pour constater l'amère évidence : cette bouteille était encore vide. Il la hissa haut et l'agita à l'intention du sommelier.

Rose mise à part, les délégués étaient tous soûls comme des cochons.

Martin se sentait traversé d'interrogations bizarres, mais refusait de les immobiliser pour analyse. Il se contentait d'observer la tablée comme on assiste à un spectacle de magie : intrigué, mais passif, incapable de trouver le truc.

Kombo parlait fort, écartait les bras, occupant tout l'espace et se frappant bruyamment la poitrine à chaque contrariété. Bill, lui, arborait un sourire plus niais que jamais et regardait Martin sous le nez, son œil faisant l'aller-retour entre le professeur et son assiette. Cléo, elle, pose langoureuse et paupières mi-closes, jouait avec sa nourriture, envoyant d'une pichenette des petits morceaux de poisson partout dans la pièce. Quant à leur conversation, elle était quasi inintelligible, entre-coupée de grognements, borborygmes. On aurait dit des bêtes.

Martin toussa pour récupérer un peu d'attention. Il lui fallait évoquer le raout du lendemain, grand cocktail orga-nisé à la veille du vote de fin de sommet. Sous couvert

de détente, l'événement était, en réalité, la dernière occasion de repêcher des voix. Et pour les délégués, la bataille
s'annonçait encore plus serrée que toutes celles qu'ils
avaient déjà perdues.

— Comparés à ce qui vous attend demain, ces deux
derniers jours n'étaient rien, commença Bénétant.

— Mais non, t'inquiète pas petit, fit Kombo en lui décochant une tape dans le dos qui le projeta dans son assiette.

Après s'être rétabli, le professeur, le souffle coupé,
poursuivit courageusement :

— Non, parce que là, en plus vous aurez des adversaires.
Ils seront nombreux, ambitieux, agressifs, avec des arguments très adaptés à leur clientèle.

— Comment ça ? demanda Rose, toujours sobre et bien
plus attentive que ses camarades. Qui sont ces adversaires ?

— Les lobbyistes. Je vous en avais déjà parlé, eh bien
les voilà. Jusqu'à présent, ils intervenaient dans les couloirs, vous n'avez pas eu à vous mesurer frontalement à
eux, mais prenez la menace au sérieux, ce sont des
coriaces. Le lobby des chasseurs, par exemple, est…

— Des chasseurs ! se réjouit Cléo. Formidable !

Martin s'étrangla, alors qu'elle continuait :

— Moi, j'adore la chasse. Pas trop pour manger, mais
pour jouer c'est top. Ça affûte, vous ne trouvez pas ?

— Non, ah non, pas du tout.

Si son propre camp défendait la chasse, comment
pouvaient-ils espérer s'en sortir ?

— T'inquiète pas pour tes lobbyistes, s'ils t'embêtent,
moi je te protégerai, je les boufferai tous, si tu veux, mon

Martin, fit Bill Kennedy avant de rouler sous la table où il s'endormit instantanément.

Alors que Cléo se laissait glisser de sa chaise pour s'alanguir à ses côtés, la tête posée sur son dos, Kombo poussa un grand soupir et son front s'abattit brutalement sur la table. D'amples ronflements vinrent achever le débat.

Bénétant, désemparé, adressa un signe incertain au serveur.

– Bon, je vais demander l'addition.

– C'est quoi l'addition ? demanda Rose, les mains vides.

41

– Ah, mais non, c'est pas possible, je vais finir par descendre !

Ivre de stress, Noé chiffonnait sa tunique entre ses mains moites. À chaque escadrille d'angelots qui passait dans son dos, il planquait l'écran de son coude, comme un gosse qui ne veut pas qu'on copie sur sa dictée. Noé priait pour que Déesse ait des tonnes de dossiers à traiter sur Mars, Jupiter ou la Lune, parce que, pour l'instant, les résultats obtenus sur Terre n'accédaient pas du tout du tout aux critères de divine satisfaction.

Gabriel, dos tourné au miroir, se tordait le cou et les bras pour se brosser les ailes. Elles étaient resplendissantes, la plume légère et brillante, et l'archange ne put masquer une expression de contentement avant de mettre en garde son ami :

– Attention, c'est interdit ! Si tu descends, tu vas te faire gauler par Déesse. Et si tu te fais gauler… Enfin, moi je ne prendrais pas le risque.

– Oh ça va, elle me fait pas peur, fit Noé en priant pour qu'elle ne l'entende pas.

Bien sûr qu'il ne prendrait pas le risque. Mais ça le démangeait quand même d'aller tous les secouer car, en plus d'échouer dans sa mission, son équipe était à deux doigts de se faire démasquer.

Noé sentait déjà les flammes de Satan lui roussir les sandales.

Muni de ciseaux de cuisine, à quatre pattes au pied de ses lauriers-roses, Martin taillait minutieusement les mauvaises herbes. Il prenait un soin maniaque à façonner son jardin adoré, comme si, un jour, son coin de verdure devait servir de bouture à la planète. Il avait accueilli l'éclosion des premiers bourgeons avec soulagement, cette année encore le printemps avait fonctionné.

Sa fille, assise un peu plus loin, bondit de son transat et vint le rejoindre d'un pas pressé, les couettes sautillantes, son magazine à la main.

— Papa, c'est quoi ça ? fit-elle en désignant une plaque brune au centre de l'image.

Martin s'essuya rapidement les mains sur son jean et saisit le journal puis le retourna pour chercher la date d'impression. Janvier 2011. C'était un vieil exemplaire.

— Du chocolat. Maintenant, ça n'existe plus, mais c'était vraiment très bon.

— Et ça ? demanda-t-elle encore après avoir sauté quelques pages pour retrouver la photo d'une île enchantée.

— Les Maldives. Ça n'existe plus non plus, mais c'était très beau.

43.

Traité de Fontaine – Jour Quatre

À bord de leurs plateaux, les petits-fours circulaient sur l'immense place, happés un à un par des mains rompues à l'exercice apéritif. Ils achevaient leur courte existence sous des dents scandinaves, des mâchoires vietnamiennes, des couronnes canadiennes, aussitôt remplacés par des centaines de frères rangés en colonnes.

Au centre du décor provençal reconstitué s'élevait une fontaine en pierre dont le glouglou incessant rivalisait avec le crissement des semelles sur le sol sablonneux. Aux branches des platanes qui ceignaient la place, des guirlandes d'ampoules multicolores ajoutaient une note de flonflon, égayant l'atmosphère. Sur une estrade de planches montée près du restaurant, un orchestre de six musiciens accordait cordes et trompettes. Après une journée entière consacrée à différentes conférences, l'ambiance était à la détente, même si, chacun le savait, tout se jouait maintenant.

Martin, reclus dans son coin, un gobelet d'eau pétillante à la main, observait le ballet des lobbyistes aux canines astiquées qui passaient rendre leurs hommages aux élus, petits groupes par petits groupes, telles des abeilles butinant au cœur des pétales. Des frelons asiatiques plutôt, venus assécher la moindre pâquerette et repartant les mandibules pleines de pollen doré.

Les quatre délégués étaient disséminés sur la place, remis, Martin l'espérait, de leur formidable gueule de bois. Le professeur les avait sentis anxieux, l'enjeu devait enfin gagner leurs consciences engourdies. Mais était-ce seulement rattrapable ? Bill Kennedy multipliait les ronds de jambe, décochant ses amabilités dans le vide, toujours encombrant, rejeté du groupe, et pourtant toujours revenant, insistant, jusqu'à se laisser finalement chasser avec une mine totalement abattue. Kombo John, lui, s'imposait à chaque apparition. Sa stature hors du commun, son poitrail si large qu'on avait l'impression qu'un océan entier ne lui suffirait pas à respirer, son air de constante mauvaise humeur intimidaient clairement ses interlocuteurs qui n'osaient pas trop discuter ses positions, mais le fuyaient dès que possible. Cléo Gardner et sa splendeur étaient, elles, évidemment très entourées. Pour la plupart, les mâles de la politique accueillaient la jeune femme avec force galanterie, mais s'ils se donnaient des airs passionnés par le moindre mot soufflé par un cerveau aussi pulpeux, on sentait que le discours imprimait moins les neurones que les rétines. Rose Cooper, même si elle semblait totalement inconsciente du pouvoir de son ventre rond, suscitait une bienveillance immédiate sur laquelle elle savait pour le coup parfaitement capitaliser.

– Les drones pollinisateurs prendront le relais...
– Le réchauffement climatique a permis au kakapo de réapparaître sur l'île de la Morue, c'est un cycle rien de plus...
– Si la Méditerranée n'a plus de poissons, on n'aura qu'à vider les aquariums des restaus chinois...
Les mots des lobbyistes, interceptés çà et là, se plantaient dans l'impuissance de Martin comme autant de flèches dans le cuir d'un éléphant. Ce n'était plus à lui de les contredire, il n'en avait plus le droit, lui, le taiseux qui s'était senti pousser trois minutes d'éloquence et en avait fait mauvais usage. Mais comment les délégués allaient-ils, eux, s'en sortir ?

Kombo se déplaçait dans la foule, roulant des épaules, cherchant les têtes à marteler d'arguments. Un homme au costume brillant qui captivait son auditoire attira son attention.

– Regardez, moi, par exemple, j'adore les singes, expliquait l'homme.
Kombo se rapprocha tout à fait et le groupe s'écarta, avec réticence mais rapidité, pour lui ménager de la place.
– Et ce que nous avons fait dans un sens, nous pouvons le faire dans l'autre. Il y a un siècle, on prélevait les gorilles dans la nature pour les intégrer dans les zoos, désormais nous les reproduisons dans des parcs pour les réintroduire dans leurs plaines du Gabon.

Un frisson parcourut le corps du primate, le sang fila dans ses veines, se précipitant comme pour trouver la sortie. Oui, c'était ça, c'était ça que Noé lui avait promis. Avec un tel programme, son groupe pourrait peut-être rejoindre son chef et s'élancer avec lui au sommet des canopées. Martin avait tort : certains lobbyistes connaissaient les solutions.

– Mais ces spécimens seront incapables de s'acclimater. La vie sauvage n'a rien à voir avec la dépendance de la captivité, opposa un jeune homme à lunettes.

« De quoi je me mêle », pensa Kombo qui tourna aussitôt un nez maussade vers l'importun.

– Ah ça, après, l'homme ne peut pas tout, concéda le lobbyiste. Certaines espèces ne sont pas équipées pour durer, on n'y peut rien. Regardez un animal comme le panda, dont on fait toute une histoire : il se nourrit exclusivement de pousses de bambou. Ils sont adorables et je comprends l'attachement des enfants, mais comment voulez-vous qu'ils survivent en étant aussi peu adaptables ? C'est la sélection naturelle.

Kombo se renfrogna. De quelle sélection naturelle parlait ce con ? Les gorilles disparaissaient à cause de la déforestation et du braconnage, la nature n'avait rien à voir là-dedans.

– Ce n'est pas la jungle qui est une jungle, c'est le monde. Et ça depuis la nuit des temps, le Big Bang et l'Évolution, poursuivit le lobbyiste en pérorant à l'intention d'un auditoire qui ne demandait qu'à se laisser convaincre. Oui, les enfants aiment les pandas et les gorilles, mais nous, nous ne sommes plus des enfants, nous pouvons comprendre et, le jour venu, leur expliquer les raisons de l'extinction de ces fragiles mammifères. Ça n'empêchera pas les gamins de rêver en attendant, voyez déjà comme ils s'amusent avec les dinosaures qui ont disparu il y a autrement longtemps !

L'agonie par-dessus la jambe, la fin comme une bonne blague, l'indifférence absolue. La gorge de Kombo se serra un instant, puis la colère commença à gonfler son poitrail et tisonner sa cervelle. D'une voix grave, il intervint :

— Et si tous les animaux disparaissent, on fabriquera des lobbyistes en peluche ?

— Exactement ! répondit le bellâtre en souriant à la plaisanterie. C'est ainsi, il faut avancer et abandonner derrière soi ce qui alourdit. Nous devons préserver notre mode de vie.

— Votre mode de mort.

— Pardon ?

— Ça t'amuse ? Tu t'en fous ? Tu te sens à l'abri, c'est ça ?

Tout en arquant un sourcil indigné par tant de familiarité, le lobbyiste commença à opérer un repli prudent.

— Non, pas du tout, je dis juste...

Front rouge, rouflaquettes dressées, torse bombé tendant le coton de sa chemise à la limite de la rupture, Kombo toisa l'homme de toute sa taille.

— Les gorilles, les ours, les lions, les éléphants... pour l'instant ce sont les beaux qui crèvent, mais bientôt viendra le temps des laids. Alors, l'homme disparaîtra à son tour, il ne restera plus que les rats et les cancrelats, et tous se réuniront dans de jolis costumes brillants pour rire du sort de ces inadaptés d'humains.

Le lobbyiste, bloqué par une chaise, ne pouvait plus reculer. Kombo se rapprocha de lui jusqu'à le toucher, avant de tonner :

— Mais eux au moins ne seront pas responsables du massacre qui a précédé !

Tremblant, l'homme en tomba le cul sur la chaise en plastique.

Bill, qui était venu se coller au groupe, leva le nez et nota à voix haute que ça sentait le pipi.

La foule s'était tue, impressionnée par l'éventail des menaces qui planaient : celle de Kombo, physique et immédiate, celle du discours, proche et concrète. Rose était bien placée pour le savoir : la peur faisait obéir mais n'emportait pas l'enthousiasme. Il fallait plaire pour engranger les votes. Elle devait rattraper le coup et immédiatement. Elle s'agita, passant d'un talon sur l'autre et reniflant bruyamment, à la recherche d'une solution. Ses prunelles mobiles se fixèrent sur Cléo qui était allée se percher sur l'estrade, à la place de l'orchestre déserté. Rose avait remarqué à plusieurs reprises que la silhouette gracile constituait un point de mire naturel, aussi rejoignit-elle son amie : elles ne seraient pas trop de deux pour détourner l'attention.

Rose devait prendre la parole, mais pour dire quoi ? Sa mémoire sélectionna le « Discours enflammé » rédigé par Noé et sa main potelée saisit le micro. Bien campée sur ses escarpins, elle s'éclaircit la gorge alors que, dans son dos, les musiciens remontaient en silence pour se placer derrière leurs instruments. À ses pieds, l'assistance hésitait, partagée entre la fureur de Kombo et la bonhomie de Rose. Celle-ci entonna son plaidoyer d'une voix forte pour que la foule bascule de son côté :

— Mes amis, je vous le dis en vérité, il n'y a pas de fatalité. Ne laissons pas périr l'immensité animale et c'est l'humanité tout entière que nous sauverons ! Rendons la terre aux vers qui l'oxygènent, la mer aux dauphins qui la sillonnent, les forêts aux cerfs qui les peuplent, le ciel aux oiseaux qui l'égayent. Je fais un rêve...

Le son des instruments derrière Rose vint doucement accompagner ses propos. Au fur et à mesure, le volume augmentait et les paroles alors menaient plus loin. L'oratrice sentait le public à l'écoute, qui fusionnait, qui portait avec elle ses mots pleins d'avenir et son ventre plein de promesses. Totalement galvanisée, emplie d'une confiance nouvelle, Rose parlait, parlait, et les notes de musique qui s'agglutinaient entre ses oreilles commencèrent à descendre le long de son échine. Ses fesses se balancèrent d'un côté à l'autre, en rythme, d'abord imperceptiblement, puis de plus en plus franchement. Le jambon droit prit sa liberté, tapant les percussions, et alors les bras s'activèrent et le sourire éclata. Rose n'en croyait pas son corps. C'était quoi cette magie qui lui donnait envie de saisir la main de Kombo qui avait bondi à ses côtés, tanguant du bassin et des épaules, toute colère évacuée ?

— C'est quoi ça ? demanda ce dernier en tendant lui aussi la main, envoûté par le tempo.

Bill leur tournait tout autour en sautillant, fou de gaieté, ses mèches blanches et noires s'élevant et retombant au son des basses. Il répondit, hilare :

– La musique ! La danse ! Trop bien !

Cléo, entre charme et cadence, passait de l'un à l'autre de ses camarades, les enchaînant tous dans une même loge, un même pacte, scellés par la grâce.

Tout autour, la foule des décideurs, emportée par le discours, l'orchestre et le rosé, bruissait maintenant d'optimisme et de bonne volonté. Des « Je vote oui » se répandaient sur la place, suivis du tintement des verres s'entrechoquant. L'air était chaud, la victoire s'annonçait belle. Ce revirement de situation était un spectacle, inespéré et libérateur. Les compagnons se souriaient, souriaient à leur réussite et aux lendemains qui s'éclaircissaient enfin.

Ne voulant pas agacer Bill et Cléo, Rose se pencha vers Kombo, au bras duquel elle virevoltait, pour glisser :

– La musique. Ces humains sont des fumiers, mais ils ont quand même inventé des trucs formidables.

44

– Eh bien voilà, je les reconnais mes poulains !

Rayonnant de fierté, Noé vint brandir sa tablette sous le nez de Gabriel qui se comptait les poils des genoux.

– La vraie qualité d'un enseignement se mesure sur la durée, expliqua le patriarche. Au début, naturellement, on a besoin de prendre ses repères. Mais ensuite, les notions intégrées, savamment mûries, resurgissent au moment propice.

Après une moue appréciatrice, Gabriel se redressa :

– En tout cas, voilà une bonne chose de réglée. Bon, je vais l'annoncer à Déesse.

– Ttttttttttt…, le coupa Noé, il est de mon devoir d'aller présenter moi-même le bilan aux instances hiérarchiques.

– Mais enfin bien sûr que non, c'est moi l'ange annonciateur. Je suis même passé archange le millénaire dernier, je te rappelle.

Alors que Noé s'apprêtait à discuter de l'iniquité de ce système qui ne tenait pas compte des points d'ancienneté dans l'évolution de carrière, un détail sur l'écran attira son attention.

– Mais… mais qu'est-ce qu'elle fait ?

Noé s'empara de la tablette à deux mains, la secouant comme un prunier :

– Mais arrête ça tout de suite !

En plein milieu de l'écran, on distinguait Cléo qui s'était isolée, puis avait prononcé la formule de mutation pour recouvrer sa forme féline. Après quelques secondes en chatte, elle réapparut en humaine, souriante, robe impeccable, puis de nouveau se transforma en chatte. La patte vive et le corps léger, elle s'élança alors à l'assaut du club, arpentant les toits et déroulant les chemins.

Tressautant sous les tapes compatissantes de Gabriel, Noé se désola :

– Mais qu'est-ce que j'ai fait à Bonne Déesse pour mériter ça !

Le patriarche se laissa glisser de lassitude dans un fauteuil. Cléo le Grelot. En entendant les héritiers, il aurait dû se méfier et en choisir une autre. Il inspira, puis se frotta le front, avant de s'adresser à son camarade :

– Bon, tu voulais aller voir Déesse pour l'annonce ?

– Non, non, vas-y, c'est bon.

Noé fixa l'archange un instant avant de lâcher :

– Écoute, on ne va pas s'emballer, on va attendre le vote final avant de La déranger.

45.

Cléo le Grelot courut sans relâche pendant quelques centaines de mètres, savourant la liberté retrouvée d'un corps souple et silencieux, l'hyperconscience de moustaches aiguisées et le contact changeant du sable, de la terre et des herbes sous les coussinets.

Elle se réjouissait d'avoir mémorisé la formule de transformation. Noé avait bien fait de la prononcer à voix haute. Et Gabriel avait encore mieux fait de préciser qu'il suffisait de la réciter intérieurement pour qu'elle fonctionne. Ainsi, même en chatte, Cléo n'avait qu'à penser pour recouvrer l'allure lourde d'une humaine.

C'était la meilleure façon de fêter leur victoire. Même si, sur cette victoire en question, Cléo se montrait instinctivement prudente. Elle savait que les humains ne se révélaient jamais mieux que dans le secret de leur foyer, à l'abri des regards, dépouillés du souci de leur image, seuls face à leurs animaux domestiques. Son discret gabarit retrouvé, elle allait donc jouer à son jeu félin favori : pousser les portes entrouvertes, jeter un œil et ressortir, fureter, explorer, puis se rasseoir sagement sur ce qu'elle savait.

Elle trotta sur la rampe d'un escalier de pierre qui accédait au bâtiment des Cigales et ses cinquante suites. Elle profita d'un haut vase en grès pour grimper sur le toit et renifler aux vasistas. La plupart des occupants se douchaient ou ronflaient un instant avant de sortir dîner. Ils semblaient enjoués, confiants, peut-être prêts à changer le monde, en effet. Seule l'ouverture d'une fenêtre laissait passer à la fois humidité et grincements de dents : l'humain qui se douchait derrière n'était pas heureux. Cléo se laissa tomber en douceur sur le balcon. La baie vitrée dévoilait un siège sur lequel reposait une superbe veste de velours sombre qui, sans que Cléo sache véritablement pourquoi, lui déclencha des fourmis dans les griffes. Le grelot dans sa tête de chat s'agita furieusement et après avoir résisté trois longues secondes, Cléo bondit sur sa proie qu'elle déchiqueta avec félicité, éventrant le velours pour accéder à la doublure de soie, alternant longues lanières et simples trous avec un sens du détail psychotique.

Alerté par le bruit, un homme nu et trempé, sa serviette serrée contre son ventre, surgit de la salle de bains en jurant. Cléo prit aussitôt la fuite, pédalant un instant sur le parquet ciré, avant de sauter sur une console pour esquiver les coups de serviette de l'humain furibond qui manqua glisser à son tour. Elle traversa la surface du meuble en envoyant valser verres, carafe, ordinateur, câbles, vase et parfum puis, pivotant brusquement, elle fila entre les jambes de l'homme qui s'affala sur la table basse avec un hurlement de douleur. Dans un miaulement guerrier, Cléo s'échappa enfin par la baie vitrée et repartit galoper avec ivresse dans le champ d'oliviers.

De course en balade, elle parcourut ainsi le Domaine durant un temps infini. Elle faisait partie de ces chats explorateurs, randonneurs de gouttière. Elle aimait découvrir, repousser les limites de son territoire et retrouver un foyer aimant pour saluer son retour. Tout le sel de l'indépendance était dans la certitude de la choisir, d'être attendu ailleurs, quelque part autour d'un bol de croquettes dans lequel piocher sereinement.

Le trot de Cléo commença à ralentir imperceptiblement, le caractère provisoire du mas Bénétant rattrapait sa conscience. Elle n'y était pas chez elle. Elle ne le serait d'ailleurs plus jamais nulle part si la victoire d'aujourd'hui ne se confirmait pas demain.

Afin de fêter dignement son succès, Rose s'était rendue au spa du club pour un enveloppement aux boues chaudes. Le doux contact de l'argile, la pénombre, cette confiance qui se répandait dans son âme, tout concourait à l'apaisement et repoussait aux confins du cervelet les quotidiens d'anxiété. Lorsque la clochette retentit et que la praticienne vint susurrer que la séance prenait fin, Rose poussa un profond soupir de contentement, puis se leva et se rhabilla.

— Madame, madame, dit la jeune femme un ton très au-dessus du murmure, si vous voulez bien me suivre au rinçage...

— Non, je vous remercie, ce sera parfait comme ça, répondit aimablement Rose avant de sortir sous l'œil désemparé de l'esthéticienne.

Ces humains étaient curieux, sans cesse étonnés de tout.

Une fois dehors, debout sur le pavé blanc de l'allée conduisant au bar, Rose baissa le nez sur son ventre, se demandant ce qui poussait à l'intérieur. Étaient-ce de mignons petits cochons ou d'affreux petits humains ?

Tournant la tête à gauche et à droite pour s'assurer que personne ne la surprendrait, elle qui n'avait jamais eu de mains, osa timidement poser une paume affectueuse sur le relief apparu autour du nombril.

— Je vous aimerai fort comme vous serez, même sans groin, chuchota-t-elle, bienheureuse.

Soutellin avait réuni le petit comité de ses plus fidèles, ses bras droits aux gants d'acier, ses éminences grises aux âmes bien noires.

Le lobbyiste n'avait pas vu venir les quatre délégués des Nations unies qui roulaient pour Bénétant. Un mannequin, un culturiste poilu, un freluquet ahuri et une petite grosse mal fagotée. Il ne s'était pas méfié et il avait eu tort. Un point pour le professeur. Il était temps de jouer la belle.

Produisant un effort surhumain pour conserver une apparence sereine malgré ses bleus aux genoux et le souvenir de sa plus belle veste réduite en lambeaux par un chat errant, Soutellin s'exprima d'une voix calme :

– Vous me trouvez tout ce que vous pouvez sur eux. Ascendants, CV, vie de famille, clubs de sport, classement au bridge, leurs vices, leurs vertus, leurs espoirs, je veux tout savoir.

Le lobbyiste s'adressa plus particulièrement à l'homme blond au catogan de velours rouge qui se tenait à ses côtés. Son champion. Celui qu'il réservait au dernier sprint.

— Terence, tu supervises et tu me prépares une contre-attaque au lance-flammes pour le vote.

48.

Sanglé dans son kimono de combat, Terence se tenait debout devant l'écran de veille qui palpitait comme un cobra charmé. Le plus féroce des mercenaires de Soutellin se brossait lentement les cheveux, faisant cliqueter la gourmette à son poignet, avant de les nouer dans leur ruban de velours rouge. Il adorait cet instant où, tel l'un de ces super-héros qui l'avaient tant fasciné, il revêtait le costume de sa toute-puissance et s'apprêtait à frapper. Comme eux, il agissait masqué : un faux nom et pas de visage, à peine une adresse IP.

Avec son clavier planté au sommet de la plus grande base de données jamais réunies, Terence pouvait tout. Il avait fait élire et réélire les abrutis les plus accomplis, démoli les plus insignifiants de leurs adversaires, dénigré les activistes, ridiculisé les scientifiques et fait chanter tout ce que cette Terre comptait de pécheurs. Là où la corruption échouait, la menace, les fake news et les deepfakes l'emportaient toujours, et à bien moindre coût : il suffisait d'un pool de trente stagiaires en informatique pour répandre n'importe quelle indignation à travers le

Web et faire basculer les votes d'un camp à l'autre avec la constance d'un culbuto.

La baie vitrée grande ouverte sur le balcon laissait entrer les restes de soleil et l'air encore chaud de la Provence se mélangeait au vent frais de la climatisation. Une tondeuse vrombissait dans le lointain, couvrant le zonzon électrique des voiturettes de golf dans les allées du club. Terence inspira.

Aujourd'hui, il avait quatre cibles et il voulait de l'info. Il avait récupéré les noms, photos et empreintes en piratant le serveur de la sécurité du Domaine, il ne lui restait plus qu'à les comparer aux banques de reconnaissance faciale et digitale des clients de Soutellin, à savoir la totalité des géants du numérique, des transports, des fonds de pension et des labos pharmaceutiques qui, tous, avaient déposé les données personnelles de leurs usagers aux pieds du lobbyiste tel un trésor d'or, de myrrhe et d'encens.

Trop facile avec ça.

Terence gonfla ses pectoraux et admira son reflet quelques secondes sur l'écran noir posé sur le haut bar de sa suite. Il appuya sur la barre d'espace pour réveiller la machine, ouvrit une page et tapa le premier nom : Kombo John.

Rien.

Nulle part.

Terence renouvela avec Bill Kennedy. Avec Rose Cooper. Avec Cléo Gardner.

Il circula des heures à travers le Web, sautant de Cloud en Cloud, creusant, fouillant, interrogeant, mais non, toujours rien. Ni sur le Google du tout-venant ni dans les profils protégés, pas de réseau, pas de panier, pas d'association, pas d'avion, pas de naissance, pas de parents.

Bien sûr, les activistes écolos les plus durs pouvaient vivre sous la ligne numérique pendant des années, mais pas à ce point. On avait forcément affaire à de fausses identités. Mais pourquoi ?

Pour tromper qui ?

Qui étaient ces délégués ?

Terence consulta l'horloge des fuseaux horaires posée plus loin sur sa table de chevet. Il aurait préféré une méthode moins frontale, mais il n'avait plus le choix : il allait devoir contacter directement les Nations unies.

Eux sauraient nécessairement qui ils avaient dépêché.

49.

En attendant de passer à table, Rose s'était installée dans le fauteuil à droite de la cheminée, sous l'abat-jour jaune du lampadaire. Un boutis sur les genoux, un coussin calé dans le dos et le contact du tapis moelleux sous ses pieds nus, elle appréciait le confort que les humains savent réserver à leur usage unique. Derrière la baie vitrée, le soleil couchant éclairait le massif du Luberon, baignant la pièce d'une lumière tranquille. Refermant d'un claquement sec l'épais volume de philosophie qu'elle consultait, Rose s'adressa à Kombo qui disposait avec soin la peau de la dernière banane sur la pile des vingt précédentes ornant la table basse.

— Et voilà, conclut-elle. Descartes. Tout est de sa faute.

Tahiata, qui passait dans le salon, dévia de sa route pour saisir à pleines mains les reliquats de fruits et les lâcher d'un bloc sur les genoux de Kombo qui en conçut un vif étonnement. Une fois leur hôtesse repartie du même pas pour préparer le dîner, Kombo, ses larges paumes posées sur son tas de peaux de banane, demanda à Rose :

— Sa faute de quoi ?

– Si on nous traite comme des objets. Avec son « Je pense donc je suis » et la chienlit philosophique qui l'accompagne, il a exclu du vivant tout ce qui, à son sens, n'était pas doté de conscience. Voilà comment il a fondé sa théorie de l'« animal machine » qui autorise tout et n'importe quoi à notre égard : industrialisation de l'élevage ou extermination. « Je pense donc tu crèves. »

Kombo serra les bananes qui chuintèrent sous son poing fermé.

– Et il est où, cet enculé ?

50

Le tintement des couverts répondait aux claquements des mâchoires autour de la longue table en bois sombre. Kombo John déglutit et se gratta le haut du crâne de sa fourchette. Puis, sans sourire, il s'adressa à Tahiata qui lui faisait face :

– T'es encore bien, en fait. C'est avec moi que tu devrais être, je suis beaucoup plus fort.

L'épouse de Martin battit de ses belles paupières en amande et se tourna calmement vers son mari :

– Ils partent quand, tes amis ?

– On va quelque part ? rebondit Bill en lâchant enfin le yaourt qu'il raclait depuis une heure.

Martin, désarçonné, ne savait même plus à qui il n'avait pas envie de répondre. Tahiata avala un dernier morceau de pain, plia sa serviette qu'elle posa sur la table et se leva.

– Bon, je te laisse débarrasser, je vais travailler un peu.

– Oui mais attends, je…, fit Bénétant en dégageant sa jambe du banc pour suivre sa femme dans la cuisine.

– Je sais, je sais, concéda Tahiata. Tu ne diras rien à tes invités, même les plus lourds, tu as un « problème d'affirmation ». C'est pour ça que, moi, je vais manger une glace dans mon bureau pendant que toi, tu feras la vaisselle. À tout à l'heure.

Le mot « glace » vint se loger au creux du cerveau de Martin et commença sa pelote. Peut-être qu'en rafraîchissant les embryons des girafes, sans aller jusqu'à les congeler... Le professeur retourna devant la table où les discussions avaient repris l'air de rien et commença à débarrasser, seul, Bill se contentant de le suivre dans ses allers-retours à la cuisine, promenant toujours la même assiette, bloquant et rebloquant le passage au labrador dont les griffes cliquetaient d'agacement sur le carrelage.

En rentrant du sommet, Martin avait douché les enfants et Tahiata leur avait lu une histoire avant de les coucher. Puis ils avaient dîné avec la délégation, à l'exception de Cléo qui n'avait même pas pris la peine de signaler son absence. Le repas s'était déroulé dans un calme relatif passé l'euphorie due aux bons résultats du jour, même si le comportement des invités avait toujours ce je-ne-sais-quoi d'à la fois étrange et familier sur lequel Martin butait encore. Ça viendrait sans doute mais, pour l'heure, le professeur était claqué et n'aspirait plus qu'à s'affaler sur les coussins devant un bon vieux film.

Kombo, genoux écartés, se chatouillant l'aisselle du bout des doigts, s'était installé dans le fauteuil préféré de Martin. Comme la vase remonte en surface sous un coup de botte, la remarque de Kombo John plus tôt se signala à la mémoire du professeur, accompagnée cette fois de la réaction appropriée.

— Dites-moi j'y repense, ça ne va pas bien d'aller raconter à ma femme qu'elle devrait être avec vous parce que vous êtes le plus fort ?

Kombo John haussa ses épaisses arcades sourcilières sur un œil d'innocent :

— Ben, c'est vrai que je suis le plus fort.

— C'est pas une raison pour le dire.

Ce n'était pas la réponse adéquate, Martin s'était contenté de ce qu'il avait trouvé. Mais il en avait assez à présent de ces manies de cador.

— Et puis, enchaîna-t-il, vous me laissez mon fauteuil, je suis chez moi à la fin.

Kombo, visiblement surpris, demeura immobile un instant, puis, sans un mot, il se leva pour aller s'affaler un mètre plus loin, en plein milieu du canapé. Tous deux calés dans leur mutisme, ils considérèrent la télé encore éteinte avec attention.

Bill se pointa alors, passant et repassant autour du fauteuil, semblant envisager de se faufiler aux côtés de Bénétant. Il renonça finalement pour aller se coller à Kombo sur le canapé pendant que Rose s'asseyait dans le fauteuil opposé. Télécommande à la main, Martin s'apprêtait à lancer le film quand il entendit frapper. Il gagna l'entrée et ouvrit grand la porte derrière laquelle se tenait Cléo. La jeune femme, toujours splendide dans sa robe de soie, le regarda puis fixa le chambranle, le regarda, puis à nouveau le chambranle. Elle n'entrait pas, ne repartait pas.

Martin resta interdit deux longues secondes, avant de tenter un « Bonsoir, vous avez dîné ? ». Il obtint un « Bonsoir, oui merci » en retour, mais toujours pas l'ombre d'un mouvement. Le professeur repartit donc en direction du canapé et la consultante finit par le suivre. Sans prendre la peine de refermer la porte. Avec un naturel confondant, Cléo chassa ensuite Bill pour s'installer à sa place et celui-ci contourna le siège pour gagner la gauche de Kombo. Bénétant, après avoir lui-même refermé la porte en pestant sur le coût de son stage d'affirmation, put enfin appuyer sur LECTURE.

Sur le téléviseur s'affichèrent des plages de rêve comme il en existait encore quelques années auparavant, des bateaux sans moteur et Lino Ventura en costume de capitaine. Les délégués suivaient distraitement le film, engourdis par le repas, quand soudain elle apparut.

Épaisse chevelure blonde, yeux cerclés de khôl, silhouette de rêve, Brigitte Bardot plein écran chantait « Boulevard du Rhum ».

Les délégués la contemplèrent aussitôt avec passion. La chanson s'acheva et, sans un seul instant quitter l'icône de leurs yeux fascinés, ils demandèrent d'une même voix :

– Qui est-ce ?

« Qui est-ce qui ? » se demanda Martin. Qui ne connaissait pas Bardot ? Certes, les consultants étaient américains mais BB avait franchi les frontières. Trop jeunes peut-être ? Mais pas Kombo, ni Rose.

– Vous ne la connaissez pas ?

– Non.

– Sa fondation, ses films, rien ?

– Non.

Peu à peu, dans le labyrinthe du crâne de Bénétant, Bardot et ce qu'elle représentait s'associèrent pour produire un déclic qui déverrouilla toutes les voies, libérant le passage aux infos venues du conscient, de l'inconscient, de la connaissance et du vécu. À la croisée des chemins, une idée totalement saugrenue se mit à germer. La somme de toutes les bizarreries de ces derniers jours aboutissait à un résultat plus étrange encore. « Ta femelle », « soixante-troisième grossesse », « C'est pas bon, les frites ». Ce point d'étrangeté et de familiarité sur lequel Martin achoppait prit subitement corps.

Des animaux.

Les quatre délégués se comportaient exactement comme des animaux.

Les quatre délégués *étaient* des animaux.

C'était ridicule. Et pourtant, par cette seule idée folle, tout désormais prenait sens. Les battements de cœur de Martin s'emballèrent. Tel un enfant qui sait que le Père Noël n'existe pas mais le voit soudain passer au-dessus des toits, le professeur se mit à trembler, à espérer en un monde magique et ses milliers de promesses… Il inspira profondément. Il ne fallait pas se laisser envahir par le rêve, ses rêves, son rêve. C'était une idée stupide. Quand même.

Leur répondre.

En avoir le cœur net.

– C'est Beyoncé.

– Quel beau nom ! fit Kombo alors que ses voisins opinaient de concert.

Ils ne connaissaient pas non plus Beyoncé.

Martin s'avança dans son fauteuil, cou tendu, sourcil frémissant :

— Non, pardon, c'est Obama.

— Fantastique, approuva Rose.

— Napoléon, c'est Napoléon, corrigea encore le professeur.

— Napoléon, chuchota Cléo.

— Napoléon, articula Kombo.

— Napoléon, répéta Bill.

— Napoléon, conclut Rose.

Bénétant bondit de son siège :

— Vous n'êtes pas humains, c'est pas possible ! Vous ne connaissez personne ! Vous êtes des animaux. Je suis sûr que vous êtes des animaux qui parlent.

Les quatre consultants le fixèrent sans piper, une lueur étrange dans le regard. Puis, tous en même temps, ils s'écrièrent :

— Mais non !

— Pas du tout !

— N'importe quoi.

— Mais voyons, mais non, mais non, non, non.

Martin éprouva une seconde de doute. Ils paraissaient tellement stupéfaits qu'il se sentit aussitôt honteux de l'ineptie qu'il venait de prononcer à haute voix. Rose, le visage de nouveau impassible, repartit d'un ton calme :

— Comment pouvez-vous envisager une telle éventualité ? Enfin, regardez-nous, fit-elle en désignant leurs silhouettes.

Martin se tut, troublé malgré tout. Il était incapable de renoncer tout à fait à son illumination, mais sa raison lui appuyait sur la tête et les épaules, le forçant à se rasseoir. Il se tourna de nouveau vers l'écran et tous reprirent le cours du film, englués de malaise.

Bénétant s'était emballé pour rien. Un coup de fatigue, les animaux prenaient peut-être trop de place dans sa vie, il ne pouvait plus réfléchir sans les ramener sur le tapis. Il commanda à son cœur de ralentir la cadence et de retourner à son repos.

Laissant toute sa place à la télé et sa bande-son, le silence se reposa sur l'assemblée soulagée. Une voix chevrotante s'éleva alors doucement depuis le coin du salon :

– T'es dans le couuup ? Tu connaiiiiis Noé ? T'es dans le couuup ? Tu connaiiiis Noé ? Il t'a pas transforméééé ?

51

Les quatre délégués sur le canapé firent mine de ne rien entendre, regard droit, immobilité parfaite. Martin les dévisagea.

Noé. Celui de l'Arche ?

Transformés...

La rondeur rosée de Rose, la grâce de Cléo, la puissance de Kombo, la gaieté de Bill...

Bénétant se leva nonchalamment et abandonna ses compagnons à leur nouvel état de statue. Il grimpa les marches pour gagner le bureau de son épouse et frappa deux coups légers avant d'entrer.

— Tahiata, il se passe un truc incroyable avec nos invités en bas.

— Ils ont débarrassé la table ?

— Non, sans plaisanter, je crois que ce sont des animaux.

Tahiata, le sourire s'élargissant, sans toutefois poser son stylo, acquiesça :

— Je suis bien d'accord avec toi.

– Non, sérieusement Tahiata écoute-moi. Je pense vraiment qu'il s'agit d'animaux sous apparence humaine. Je ne sais pas comment c'est possible, je sais que ça a l'air dingue, mais j'en ai l'intime conviction.

Cette fois, Tahiata daigna lever le nez de sa feuille, comme pour vérifier sur le visage de son mari le taux d'humour, d'alcoolémie ou de santé mentale qui s'affichait.

– Mais enfin Martin, tu entends ce que tu racontes ?

Le professeur évaluait bien l'énormité de la chose mais, curieusement, cette invraisemblance constituait la seule explication logique à tout le reste.

– Je te jure. Ils ne savent pas qui est Bardot !

Tahiata laissa échapper un rire :

– Tu ne vas pas te baser là-dessus quand même ? Question de génération, c'est tout. Tout le monde n'est pas cinéphile ou concerné par la protection animale.

– Ben la protection animale, si, ils seraient censés maîtriser, rappela Martin.

– Eux ? Rien du tout. Je crois bien que l'ONU, comme les autres, s'est fait bouffer par les lobbies et qu'ils ont raclé leurs fonds de couloir pour t'envoyer leurs collaborateurs les plus incompétents. Voilà l'explication.

– Mais enfin, Bardot ! Elle est morte l'an dernier, on n'a parlé que de ça partout pendant des mois, comment veux-tu que quiconque soit passé à côté ? Il y en aurait au moins un sur les quatre au courant, là zéro, rien. Quand je leur ai dit qu'elle s'appelait Beyoncé, Obama et même

Napoléon, ils n'ont pas bronché. Ils n'en connaissaient aucun ! Franchement, quand tu repenses à leur comportement, ça ne t'éclaire pas ?

Tahiata se tut, l'idée cheminait, malgré ses efforts pour la repousser. Mais la solide construction d'ingénieure qui avait bâti son cerveau eut le dernier mot :

— Ils sont bouchés, c'est tout.

Le regard de Martin se fixa sur le pot à crayons qui trônait sur le bureau. La paire de ciseaux plantée dedans lui donnait une idée. Il s'en empara et ressortit de la pièce en marmonnant :

— Je vais te le prouver.

— Non, Martin arrête, qu'est-ce que tu vas faire ?

En redescendant les marches, le professeur interrompit le conciliabule des quatre délégués, qui rallièrent leurs fauteuils précipitamment, reprenant leur allure de statue. Ils se tinrent silencieux et plus rien ne bougea en dehors du perroquet s'agitant pour échapper aux mains de Cléo qui l'étranglait. Après avoir tenté de lui bâillonner le bec, celle-ci, l'œil toujours rivé à l'écran, se décida à relâcher l'oiseau sans quitter son air de digne impassibilité. Coco, les plumes hirsutes, regagna promptement son perchoir en toussant.

À pas feutrés, comme si toute la scène n'avait rien eu d'incongru, Martin se glissa derrière le canapé. Il lui fallait attaquer par surprise, sinon il n'avait aucune chance de réussir. Toute retenue l'avait abandonné, seule la curiosité scientifique l'emportait. Le professeur se

tenait aux portes de ses espoirs les plus merveilleux. Il
était prêt à se battre pour en avoir le cœur net, pour
comprendre et voir s'ouvrir un champ de connaissances
nouvelles. S'il procédait rapidement, en bon véto qu'il
était, il réussirait.

Une brève analyse stratégique confirma ce que la
prudence énonçait d'évidence : mieux valait commencer
par Kombo. Martin approcha discrètement la lame du
dos du géant et coupa net trois centimètres de cheveux
drus. Surpris, Kombo se retourna en rugissant, fouettant
l'air de ses bras lourds dans un mouvement réflexe.
Martin avait anticipé et s'était écarté, il bondit en direction de Cléo, mais celle-ci avait déjà eu le temps de
fuir à l'autre bout du salon. Tant pis, se dit le professeur,
de toute façon elle laissait toujours des cheveux plein
le canapé. Alors qu'il allait attraper Bill, celui-ci lui
présenta spontanément son crâne et Martin coupa une
mèche, déjà concentré sur le dernier objectif : Rose qui,
les yeux révulsés, s'était rencognée au fond du fauteuil
et hurlait à en réveiller les enfants et tout le département.
Entre le besoin d'arrêter la sirène et celui de prélever
son échantillon, Martin, fébrile, rata son coup de ciseaux
et écorcha Rose, dont les hurlements repartirent de plus
belle.

Tahiata, le bébé pleurant dans les bras, Ilona sur les
talons, se tenait au pied de l'escalier et découvrit son
mari, sidérée. Le sang coulait sur le front d'une Rose
paniquée. Martin avisa la lame rougie dans sa main droite
et les mèches serrées dans sa main gauche.

— Je ne voulais pas la blesser, dit-il d'une voix blanche.

« N'empêche, ne put-il se retenir de penser, j'ai de quoi lancer une belle série d'analyses ADN. À plus forte raison avec le sang. »

52.

Édouard Soutellin tournait doucement le large verre au creux de sa main pour faire pleurer le cognac contre les parois. Les jambes croisées dans le Chesterfield de cuir brun, long cigare ostensiblement tenu entre le pouce et l'index alors même qu'il ne fumait pas, le lobbyiste la jouait discussion entre hommes avec le président qui lui faisait face, un modèle du genre. Nouveau venu dans la politique, comète extrémiste ayant fleuri sur la crise des grandes migrations climatiques, le chef d'État se tenait aujourd'hui à la tête d'un des plus grands pays au monde et son rejet du traité serait un argument de poids pour agiter la terreur chez ses frontaliers. Pour l'occasion, Soutellin avait rechaussé sa chevalière armoriée et sorti alcools fins et tabacs rares, usant et abusant de cette connivence des dominants. Son interlocuteur avait cet air plouc des pauvres qui s'habillent en riche, estima Édouard, et maintenant qu'il était parvenu jusque-là, il voudrait à la fois devenir des leurs et tous les flouer. C'était parfait.

Gainé de luxe, le lobbyiste se composa un air grave :

– Les guerres de l'air et de l'eau auront lieu, ce n'est même plus une interrogation. Non, la vraie question, c'est qui, à ce moment-là, aura la capacité financière et militaire de l'emporter. Quelle nation pourra annexer les dernières terres fertiles et être en mesure de survivre ? Je vais vous donner la réponse : celle qui se sera le plus enrichie. Et pour s'enrichir, il n'y a qu'une solution : il faut forer les puits, couper les arbres et exploiter les minerais, toutes ces denrées dont la cote augmente au fur et à mesure de leur rareté. Qui voulez-vous être ? Le premier mort ou le dernier en vie ? Pensez à votre peuple, pensez à vos enfants, ne laissez pas ce traité freiner votre développement au profit de celui des autres pays. Eux ne vous feront pas de cadeaux. Restez les plus forts.

L'homme d'État eut toutes les peines du monde à masquer l'intense satisfaction que lui inspirait ce programme de puissance absolue.

Au grand jeu de la prophétie terrifiante, Soutellin avait trouvé l'argumentaire succédant à celui des scientifiques.

Quelques années plus tôt, en déclarant que la fonte des glaces permettait l'exploration de gisements inaccessibles jusqu'alors, ouvrant ainsi de formidables perspectives économiques, les États-Unis avaient gravé dans un marbre de pierre tombale la devise du nouveau cynisme. Dans ce même élan, le Brésil avait relancé le défrichage massif de l'Amazonie. Tous, plus ou moins consciemment, préparaient une fin du monde où ils occuperaient le haut des tours. Soutellin voulait le penthouse.

53.

Les portières s'étaient refermées dans un *clic* feutré. Le parc dormait et sans doute Martin n'avait-il pas voulu le réveiller. Avant le départ du pick-up, Cléo s'était transformée en chatte et avait bondi furtivement sur la plateforme arrière du véhicule. Ils avaient roulé une demi-heure. Cachée sous une bâche, elle avait savouré l'impromptu de ce départ en maraude.

Elle patienta un instant, attendant que Martin conduise Rose et son tailleur taché de sang dans son labo pour les soins. Quand ils se furent engouffrés dans le long bâtiment, la siamoise sauta à terre, la patte légère pour amortir le choc du sable chaud sur ses coussinets. D'un trot impatient, son pelage argenté brillant sous la lune, elle partit ensuite à la découverte du plus immense bout de nature qu'elle ait jamais connu.

54

Négatifs. Incontestablement négatifs. Les résultats de l'analyse ne recelaient aucune ambiguïté : il s'agissait de sang humain, bêtement humain, du O+ de base. Les illuminations de Martin s'éteignaient, de nouveau l'espoir s'achevait sur le verre neutre d'une plaquette de microscope. Ici, dans le contexte scientifique de son laboratoire suréquipé, le professeur se demandait comment il avait pu laisser s'épanouir en lui une thèse aussi folle. Désespoir, dépression larvée, impuissance, quel mécanisme de défense son cerveau avait-il pu produire pour aboutir à cette effarante chimère ? Oui, les parlementaires de l'ONU avaient des comportements animaliers, comme tous les humains de cette planète, qui se posaient tous en mammifères au cerveau reptilien, loups, moutons, ânes et bœufs à la fois. Martin, qui vivait ces derniers jours comme un caméléon bloqué sur le rouge, n'échappait pas à la règle.

Puissamment éclairées par le spot, les sutures noires brillaient sur le front clair de Rose. Juste en dessous, les prunelles sombres et mobiles luisaient d'un mélange de peur, de haine et d'incompréhension. Martin s'était confondu en tombereaux d'excuses, incapable de justifier son acte par quelque explication logique. À court d'arguments, pétri de honte, il avait fini par se taire et soigner Rose du mieux qu'il pouvait.

Kirsten, qui manifestement passait ses nuits au labo à travailler au sort des girafes, quitta la pièce en emportant le haricot métallique qui contenait pansements et instruments médicaux. Elle revint avec une carafe et des verres, qui masquaient partiellement le I LOVE GRETA floqué sur son tee-shirt que Rose examinait, fascinée. Martin remercia son adjointe et les servit tous en eau. Après avoir lui-même vidé son verre cul sec, il s'adressa à Kirsten d'une voix exténuée :

– On a reçu l'autorisation pour l'insémination interespèces ?

– Non, toujours rien.

– Les follicules de la girafe peralta, ils disent quoi ?

– Ils seront prêts pour la ponction demain, en fin de matinée.

Si on laissait passer ce cycle, c'était un traitement – avec tout ce que ça incluait de fatigue pour l'organisme – gaspillé. D'un autre côté, pratiquer la même insémination que toutes celles qui avaient échoué précédemment relevait du pur gâchis aussi. Ils avaient absolument besoin de cette autorisation pour explorer de nouvelles voies.

– Relance-les demain à la première heure.

– Ce n'est pas ça le problème.

Kirsten eut beau lever le menton et froncer tout le blond de ses sourcils pour signifier son intention d'en découdre et d'imposer ses conclusions, Bénétant poursuivit sur sa lancée :

– Faudra les appeler à huit heures.

– C'est l'implantation le problème. Le processus affaiblit trop l'organisme pour lui permettre de développer ensuite l'embryon.

Martin faisait rouler un stylo entre ses doigts, il réfléchissait aux délais d'autorisation. Il n'avait pas le choix, il fallait jouer avec le temps et précéder de quelques heures la bonne volonté des instances éthiques.

– C'est du métissage qu'il nous faut. Tu lances la ponction et la culture des embryons. Ainsi, ils seront prêts à être implantés au moment du feu vert de l'administration.

Les croisements, c'était la seule chance de survie de ces animaux sauvages aux populations si drastiquement réduites que leur arbre généalogique ne serait bientôt plus qu'un tronc. À peine dix ans auparavant, il n'y avait aucun problème avec la reproduction des girafes, mais aujourd'hui chaque naissance relevait du miracle. Martin, pour sa part, ne croyait qu'au mélange. Quand il repensait à tous les animaux qui avaient enjolivé son enfance, les corniauds s'imposaient toujours en premier. Ils étaient sans conteste les plus futés, les plus attachants. Et parmi eux, Pinpin, son adoré, pointait en tête.

Comme toujours, à l'évocation de son ami d'enfance, une chape de nostalgie tomba sur le plexus du scientifique. Il la souleva pour partager sa foi :

— Enfant, je vivais dans une ferme. Bien sûr, j'adorais tous les animaux : les ânes, les oies, les vaches, les poules... Mais j'aimais particulièrement les cochons, des compagnons intelligents et joyeux. J'ai eu plusieurs copains cochons : un porc de Bigorre, un cul noir limousin... Bref, et c'est là que je voulais en venir, de tous, le plus malin, ça a été le croisé. Un accident d'élevage. Il s'appelait Pinpin.

Kirsten opposa une franche bouderie aux tentatives de diversion du professeur. Mais Rose, qui du bout de l'index effleurait les fils sur son front, consentit à participer de nouveau à la conversation, sans que son œil ne renonce pour autant à son hostilité craintive.

— Vous étiez amis, vraiment ? demanda-t-elle.

— Oui. À la ferme, on n'a pas le droit de donner un nom aux animaux qu'on mange, sinon on s'attache. Mais moi, en cachette, tous les ans, je baptisais le cochon, confirma le professeur avec encore dans la voix cette fierté imbécile qu'il en concevait à l'époque. Et tous les ans, poursuivit-il plus bas, les hommes venaient faire la fête pour la mise à mort de mon copain.

Pinpin. Avant même qu'elles ne s'engagent dans leur canal, Martin fit refluer les larmes. Les scientifiques avaient vite fait de taxer de sensiblerie tout ce qui ne relevait pas de la froideur clinique et Bénétant ne voulait pas prêter le flanc de ses travaux à ce scepticisme de classe.

– Je n'ai jamais pu manger la moindre tranche de sau-
cisson de toute ma vie.

Rose, sans quitter son tabouret, colla brièvement son
nez sur l'épaule du professeur. Le geste était bizarre mais,
curieusement, il fit un bien fou à Bénétant.

55.

Avril 1996, en Sologne

Martin, huit ans, contemplait l'anse mâchouillée du cartable qui gisait dans l'immense cour de la ferme.

– C'est lui ! C'est lui qui a fait ça, j'en suis sûr ! cria l'écolier qui lui faisait face en trépignant.

Édouard, huit ans également, désignait Rocky, l'épagneul qui était venu se réfugier avec un air coupable derrière les jambes de Martin. Le chien de chasse avait, en effet, la manie d'attaquer avec détermination toutes les lanières de cuir qui lui tombaient sous les molaires. Les scratchs des baskets de Martin, entièrement rognés, pouvaient en témoigner.

– Il n'a pas fait exprès, il ne savait pas qu'il était à toi, plaida le garçon, très embêté.

Édouard rougissait sous le double effet de la rage et de son allergie aux nuages d'épandage qui envahissaient la campagne. Les hurlements n'allaient pas tarder. Martin vit alors avec soulagement son père qui passait le grand portail de la ferme. La démarche rapide, dans sa combinaison de coton rêche au bleu délavé, il avançait, le front soucieux mais le sourire franc. Il allait résoudre le problème, Martin en était certain. Vêtu de tweed et de velours, M. Soutellin, le propriétaire du domaine agricole, arrivait à sa suite. De sa belle voix de basse, ce dernier interpella les enfants :

– Eh bien, les garçons, que se passe-t-il ?

– C'est ce chien papa, il a abîmé mon cartable, répondit Édouard. Tue-le.

M. Soutellin hoqueta, le rire gêné.

– Non mon fils, on ne tue pas les chiens comme ça, expliqua-t-il, pédagogue.

D'un ton entendu, il s'adressa au père de Martin :

– Les enfants sont incroyables quand même.

Édouard rongeait son humiliation, calculant la prochaine manœuvre. Son visage soudain s'illumina :

– Lui alors ! fit-il en pointant un index de malheur sur le cochon qui traversait la cour en trottinant pour les rejoindre.

En arrivant, Pinpin glissa son groin sous le coude de Martin. Le garçon serra le bras autour de la vaste encolure.

– Ah lui, oui on peut, reconnut M. Soutellin. Il est même là pour ça. On en profitera pour inviter les bonnes âmes du canton et leur renouveler nos encouragements coutumiers. Vous pourrez vous en occuper pour ce week-end, Bénétant, vous serez aimable ?

Martin jeta un œil affolé à son père.

– Oui, répondit celui-ci en évitant le regard de son fils. Pas de problème, monsieur.

56.

Traité de Fontaine – Jour Cinq

Martin, qui piétinait dans l'entrée, s'était fait tout beau pour ce grand jour de vote. Il s'était même fendu d'une veste et Tahiata lui adressa le sourire admiratif que cela méritait. Elle-même avait passé une robe à manches courtes qu'elle adorait, assortie d'une étole et de longues boucles d'oreilles.

Bill, toujours content de les voir, les contourna deux fois en leur tapant sur les épaules avant de grimper à l'étage. Tahiata suivit le costume de lin blanc du regard.

– Tu ne trouves pas ça bizarre, Martin ? Nos délégués, ils sont toujours habillés pareil.

Les yeux plus ronds qu'un lapereau découvrant un tricycle, son mari la considéra sans répondre.

Non, bien sûr, *ça*, il ne l'avait pas remarqué.

57

Rose était au taquet. Prête comme jamais. Elle s'ébroua rapidement et les gouttelettes vinrent tapisser les carreaux de la salle de bains du sol au plafond. C'était le grand jour, le dernier jour, ils allaient l'emporter et Noé tiendrait sa promesse. Elle ne sentait plus sa blessure et, pour la première fois, l'envie de faire équipe avec un humain, ce Martin, diluait son aversion et son amertume, laissant la place à l'énergie. Le cochon est têtu, le cochon est malin, le cochon vaincra.

Les bouquins de la bibliothèque de Martin opéraient à plein. Et puis la musique et les salles de bains. Après des années sans horizon, des univers entiers s'étaient ouverts à elle en quelques jours à peine : une dignité qui enfin pouvait s'accorder à sa susceptibilité, l'infinie variété des regards posés sur elle, la sensation d'être une et une seule, singulière, plutôt qu'un ventre ou un jambon. Curieusement, ce n'est qu'en devenant unique qu'elle s'était trouvée liée à ses milliers de sœurs, c'est en s'arrachant à elles qu'elle pouvait tordre leurs destins. L'identité, c'était formidable.

Elle était même parvenue ce matin à occuper la douche avant Kombo, qui passait maintenant sous un jet ridiculement petit pour sa large carcasse et soufflait d'impatience en se cognant aux parois de verre.

Rose avisa son reflet dans le miroir. Avec la buée, on ne distinguait rien. Tant mieux, son petit nez en trompette l'horripilait.

Kombo sortit de la cabine et écrasa le tapis de bain de ses pieds tannés. Aussitôt, il n'y eut plus un centimètre carré de libre dans la pièce. C'est l'instant que choisit Bill pour entrer et faire surnombre.

– Tu veux prendre ton bain ? demanda Rose.

Il s'agissait de bien présenter pour le final. Bill écarquilla les yeux et ressortit en vitesse, heurtant le lavabo, les meubles et dérapant dans le couloir.

– Non, non, non, non, non.

Tout le monde se faisait beau, mais Bill, naturellement élégant dans son noir et blanc, n'avait aucun besoin d'en rajouter. Rose peigna soigneusement ses cheveux clairsemés.

– T'as fait exprès de prendre ta douche en premier ? grogna Kombo.

– C'était libre, je me suis permis, botta Rose avec un sourire aussi aimable que satisfait.

– Mmmpf, admit le colosse, faudrait pas que ça devienne une habitude non plus.

Au moment où Rose reposait le peigne, Kombo lui arracha l'objet avec mauvaise humeur.

– Je n'en peux plus de cette apparence glabre, dit-il en coiffant des rouflaquettes plus épaisses qu'une cuisse de mouton. À l'âge que j'ai, le corps humain n'est plus bon à rien, ça craque quand je m'assois, ça claque quand je me relève, c'est grippé, c'est mou, c'est fragile, tu peux pas te gratter contre un arbre sans t'esquinter le cuir, je n'en peux plus de cette peau. Et puis, je ne sais pas ce que tu en penses, mais ils sont compliqués pour des barbares, non ?

Rose, après une seconde de réflexion, acquiesça avec vigueur :

– Mais exactement ! C'est exactement ça ! Ils envahissent, ils massacrent, ils asservissent, mais si tu ne ranges pas tes couverts à droite ou que tu fais pipi au milieu du jardin, ils prennent une mine tout irritée. Ils appellent leurs enfants « mon lapin » et s'envoient un civet dans le même élan. Rien n'est logique chez eux.

– Mais oui ! C'est comme cette histoire de vêtements. Franchement, la température est agréable ici, pourquoi enfiler ce truc, grommela Kombo dont les gros doigts tripatouillaient vainement les fins boutons de sa chemise. Moi en tout cas, je n'arrive pas à leur parler. Soit ils m'énervent, soit ils m'égarent. Je... je doute pas hein, on a fait le plus gros du chemin, mais ce « grand vote », je ne sais pas... ça sent la pluie.

– Non, tout va bien se passer, Kombo, le rassura Rose. Tu vois avec Martin hier, j'ai eu le sentiment malgré tout qu'il existait des passerelles et...

Narines dilatées, Kombo se redressa brusquement et un bouton de chemise gicla jusque dans le lavabo.

– Oh là, à propos de Martin, on n'est pas passés loin !
Je n'ai pas compris son histoire de ciseaux et de cheveux,
mais heureusement, ça a l'air d'avoir calmé ses doutes.

– Oui, complètement, confirma Rose qui essayait de
plier le pavillon de son oreille pour faire joli.

– J'espère que Noé n'a rien vu quand même, pria
Kombo en repoussant les poils de ses poignets à l'intérieur
de la manche.

– C'est surtout Déesse qui n'est pas commode, il paraît.

– Mais quelle idée Cléo a eue de discuter avec le perroquet aussi ? s'étonna Kombo. Elle est complètement
branque, elle fait n'importe quoi, aucun esprit d'équipe.
Je crois que Bill a raison, on ne peut pas faire totalement
confiance aux chats, ils se croient tout permis.

Sans qu'on l'ait entendue arriver, sans disposer du
moindre centimètre pour circuler, Cléo se matérialisa
subitement derrière eux, hautaine. Elle ajusta d'une pichenette du menton l'encolure de sa robe.

– Je me fous totalement de ce que vous pensez, débita-
t-elle d'une voix lente, avant d'opérer un demi-tour dans
un mouchoir de poche.

Kombo, pris en flagrant délit de plantage d'esprit
d'équipe à son tour, baissa la tête et quitta la salle de
bains, le sourcil rivé au sol, la démarche tanguante, en
marmonnant des phrases inaudibles. Rose, pour détendre
l'atmosphère, proposa d'un ton prévenant :

– La douche est libre, si tu veux.

Indifférente, Cléo se passa une paume derrière chaque
oreille.

– C'est bon, merci.

Alors que tous sortaient de la salle de bains, Bill pointa le bout de son long nez en haut des escaliers pour rabattre ses amis vers Martin qui patientait en bas dans l'entrée.

– Alors, comment on fait ? Y a un plan ? On fait quoi ? Qui décide ? s'enquit ensuite Bill en se collant au professeur.

Ce dernier les contempla tous en silence, comme pour leur faire prendre la mesure du moment qu'ils s'apprêtaient à vivre. Il inspira longuement et hocha la tête avant de commencer :

– Le total des promesses obtenues hier dépasse largement la majorité requise pour la mise en place du traité. En général, les votants s'y tiennent, c'est pourquoi normalement aujourd'hui rien ne se discute plus : il s'agit surtout de mettre en valeur le rite et l'instant. On est dans le décorum du vote. On se réunit dans le grand amphithéâtre, devant l'urne électronique, et les représentants de chaque pays ratifient officiellement le traité en signant et en déposant leur bulletin. Néanmoins, il peut y avoir de menues conversations ou des précisions de dernière minute et je pense que Rose, au vu du nombre de voix qu'elle a su recueillir et des résultats obtenus par son discours, doit être le seul et unique porte-parole de notre camp. Vous êtes d'accord ?

Kombo coupa court à d'éventuelles protestations :

– Oui.

– Oui, oui, renchérit Bill.

Cléo était repartie sans qu'on s'en aperçoive, restait Rose pour accepter ou non une telle responsabilité. Bill était bien placé pour savoir que tout le monde n'était pas né pour devenir chef, même provisoirement. Le commandement était une lourde charge, impliquant des risques importants. Bien sûr, la nature avait horreur du vide et il fallait occuper la place lorsqu'elle se libérait, mais à chaque fois que Bill s'était trouvé dans cette position, il avait tremblé, aboyé, mordu. Une fois, la fille de son maître lui avait offert un os magnifique. Ce trophée de roi l'avait soumis à un tel stress que Bill s'était empressé d'aller l'enterrer sans même y goûter, incapable de défendre un trésor aussi beau. Il avait creusé un mètre sous le rosier du jardin. Plus tard, son maître avait découvert la cachette en rentrant du bureau et lui avait collé une trempe mémorable, sûrement méritée. Bill avait bien retenu la leçon, à défaut de la comprendre tout à fait.

– Oui, lâcha Rose dont la poitrine se gonfla d'une fierté qui semblait chaque fois la surprendre elle-même.

– Parfait, fit Martin. On est d'accord : on ne change rien, on ne se fait pas remarquer, on joue profil bas. Le mot d'ordre, c'est zéro risque. Toutes les conditions sont réunies pour remporter la victoire.

58

Tahiata Pica avançait dans les larges couloirs du club afin de rallier les équipes de *Resources*, son entreprise. Au loin, elle aperçut le P-DG et la directrice des business units internationales qui serraient la main d'Édouard Soutellin. À son approche, celui-ci adopta un sourire matois et s'inclina en une révérence destinée non pas à l'honorer – Tahiata n'était pas dupe –, mais à souligner sa condition de femme plutôt que d'ingénieure. Il n'avait certainement pas servi ces simagrées à la directrice des BU.

– Madame Pica, ravi de vous revoir, fit-il d'une voix huilée d'amabilité. Ou peut-être devrais-je dire madame Bénétant, épouse Nobel.

Tahiata demeura interdite une courte seconde, s'en voulant aussitôt de ne pas avoir anticipé cet inévitable coup. Malgré et même grâce à toute l'admiration que lui inspirait Martin, Tahiata avait conservé son nom de jeune fille. Elle ne s'était pas arraché un diplôme des Ponts pour devenir une Mme Qui-Que-Ce-Soit, fût-ce celle d'un génie reconnu. Ainsi là, en un seul mot, elle avait vu son image subitement aspirée par les regards de ses directeurs pour s'agréger à celle de son mari. Tahiata venait de se dissoudre sous ses propres yeux.

– Martin Bénétant est bien mon époux, en effet. Vous avez la passion du renseignement, on dirait.

– Pourquoi, vous cherchiez à le cacher ?

– À le cacher, non.

Soutellin poussa un grand soupir comme soulagé d'avoir évité un impair, avant de reprendre d'une voix froide :

– Vous me rassurez. Votre employeur, ici présent, était donc au courant ?

Tahiata s'abstint à la fois de répondre et de baisser la tête. Le lobbyiste enfonça le clou plus précisément dans le bois dur du système RH des dirigeants.

– Il connaissait le profond conflit d'intérêts entre les ambitions de son groupe et l'activisme de votre mari ? insista-t-il.

– Il n'y a pas conflit mais convergence d'intérêts, selon moi, et cessez de réduire les travaux de Martin Bénétant à une question d'opinion. Quant à mon mariage, il relève de ma vie privée.

– Loin de moi l'idée de réduire ses travaux, ils nous sont trop utiles...

Tahiata commençait à entrevoir clairement les raisons de l'aversion de Martin pour Soutellin. La voix affermie, elle se tourna vers son P-DG :

– De toute façon, le groupe est favorable au traité, n'est-ce pas ? C'est dans notre prochaine campagne.

– Oui, nous communiquerons en ce sens, en effet. Mais dans la prise de décision politique en revanche, nous activons des leviers moins exaltés. En l'état, le traité impose trop de contraintes, trop de taxes, de compensations des émissions. C'est non.

Tahiata retrouvait la logique illustrée par ces séminaires sur le développement durable, affichant haut la transition énergétique, et auxquels les deux cent cinquante participants se rendaient immanquablement dans deux cent cinquante voitures.

– Avec les marchés supplémentaires pourtant, un groupe comme le nôtre s'y retrouvera, plaida l'ingénieure. On n'a rien à perdre.

– La question des entreprises, c'est : qu'auraient-elles à gagner ? rappela Soutellin en amorçant un demi-tour qui enrobait d'un bras prévenant les dirigeants de *Resources* pour les conduire en compagnie de gens de meilleure qualité.

– Laissez-moi vingt-quatre heures, je trouverai, lança Tahiata autant à elle-même qu'à l'intention des dos d'énarques qui s'éloignaient déjà.

59.

Fébrile, Tahiata Pica circulait de couloir en couloir, évitant les banquettes, frôlant les plantes vertes, slalomant à la recherche de son mari. Elle accéléra le pas en l'apercevant, une dizaine de mètres en amont du grand amphithéâtre. Martin se tenait aux côtés de Kombo John et de Bill Kennedy et tous trois patientaient devant l'entrée des toilettes où venaient de s'engouffrer Cléo Gardner et Rose Cooper. Tahiata attira son époux à l'écart.

– Je viens de voir Soutellin, on a eu quelques mots... Bref, il n'avait pas du tout une tête de vaincu, il faut que tu te méfies.

Le professeur sourit à son épouse et lui posa un baiser sur la tempe avant de répondre :

– Mais je me méfie ! J'ai même passé ma vie à me méfier. Ça fait partie des habitudes du bonhomme de ne jamais avoir l'air vaincu, mais cette fois, la raison va l'emporter, tu verras.

– Non, pas forcément. Écoute, Martin, tu ne les connais pas tous ces décideurs, tu ne les fréquentes pas. Crois-moi, ils ne s'écoutent qu'entre eux. Tu es un scientifique, ils reconnaissent votre utilité, mais vous n'êtes jamais que des outils. Ils n'entendent pas vraiment vos arguments. En revanche, Soutellin est issu du sérail et son raisonnement à lui bénéficie d'une attention sans faille.

– Je sais Tahiata, je ne suis pas un perdreau de l'année. C'est notre système : pour parvenir aux manettes, il faut un tempérament en contradiction avec l'intérêt général, donc seuls les égoïstes décident pour tous. Mais bon, une fois le pouvoir atteint, certains doivent bien se laisser rattraper par leur fonction. Ils ne passeront pas à côté de leur chance de marquer l'Histoire.

– Je te trouve optimiste. Tu devrais te tenir prêt. Soutellin se sert notamment de tes recherches pour les convaincre. Il affirme que, depuis ton labo, tu peux reconstruire toute la vie sauvage.

Martin ne démentit pas et Tahiata perçut, derrière l'apparence d'humilité, l'ombre d'autosatisfaction du professeur, le contentement du médecin, avec le souffle de la vie qui gonfle poitrail et chevilles.

– Tu dois leur dire à tous que tes capacités sont limitées, que la plupart de tes FIV échouent. Ces gens doivent le savoir.

Martin se rembrunit. Non seulement elle l'avait vexé, mais elle le mettait en demeure de s'exprimer en public, pour se désavouer de surcroît. Tahiata vit la conscience de son mari se tortiller comme un goujon pour échapper au poing de ses obligations.

– Ce ne sont pas des échecs, mais des étapes. C'est ça la recherche.

– Martin, tu as gâché ta première chance par colère, ne fusille pas celle-là par orgueil. C'est le grand jour, il n'y en aura pas d'autre. C'est Soutellin, c'est ici et c'est maintenant.

Le professeur tira sur la manche de sa veste pour l'ajuster.

– Je n'ai pas droit à la parole de toute façon, ça règle la question, esquiva-t-il. C'est Rose qui s'exprimera aujourd'hui, elle est taillée pour ce genre de mission.

Rose Cooper. Tahiata soupira. Des quatre, ce n'était pas la pire, certes. Si l'on exceptait sa propension à renifler sans retenue. L'ingénieure repensa à l'irruption de son mari dans son bureau la veille. Des animaux qui parlent. Elle considéra Bill Kennedy qui tournait sur lui-même depuis trois minutes déjà pour attraper l'étiquette qui dépassait de l'arrière de son pantalon.

– Tu as obtenu les résultats des analyses ADN de tes amis ? chuchota-t-elle en se penchant vers l'oreille de son mari.

– Oui, ça n'a rien donné, tout est normal. Ce sont de vulgaires humains, répondit celui-ci, vaguement déçu.

Soudain un cri strident s'échappa des toilettes.

– *Crouiiiiiiic !*

Tahiata, Martin, Kombo, Bill se retournèrent tous d'un même élan vers la porte.

– *Crouiiiic ! Crouiiiiic !*

Alors qu'une truie hurlante surgissait des lavabos, ses sabots glissant et dérapant sur le carrelage du couloir, Cléo Gardner la poursuivait en répétant :

– Je suis désolée, je te jure, j'ai pas fait exprès !

60

– Il faut prévenir Noé, il faut prévenir Noé, il faut prévenir Noé, couinait Bill en boucle.

En état de sidération, Martin fixait la truie. Ce cochon dodu était Rose Cooper. Rose Cooper. Le cochon dodu. Mais alors à partir de là... Bénétant contempla Kombo, Cléo, Bill et laissa son âme s'ouvrir à cette confirmation, à cette révélation.

Des animaux qui parlaient...

Et donc des animaux qui expliquaient.

Des animaux qui racontaient et confiaient.

Les réponses aux mille questions que Bénétant se posait depuis qu'il était en âge de s'interroger, tous ses rêves d'enfant en super-héros menant des bataillons de félins, toutes ses ambitions de vétérinaire intervenant au bon endroit au bon moment, tous ses projets de généticien à la recherche du meilleur conditionnement, une vie entière à tâtonner aux côtés d'émotions muettes et d'échanges silencieux : le monde de Martin s'élargissait soudain en panoramique rayonnant.

– Si Noé descend, il va me faire la leçon, objecta Cléo, réticente.

– *Crouic crouic crouic crouic*, grogna la truie qui lui mordait les mollets.

– Rose a raison, tu ne l'auras pas volé, fit Kombo. Qu'est-ce qui t'a pris, bon sang ?

– Mais je ne sais pas ! C'était pas elle que je visais !

– *Crouic.*

– Bon OK. Mais c'était pour rigoler. Pour la détendre, elle était toute traqueuse. Je l'avais fait plein de fois déjà, ça marchait toujours dans l'autre sens ! Là, sur elle, ça s'est bloqué. La formule ne fonctionne plus. Y avait peut-être une date limite.

– Faut prévenir Noé, faut prévenir Noé, faut prévenir Noé, répéta Bill.

Cléo rentra la tête dans son cou, avant d'admettre :

– L'autre fayot a peut-être raison, va falloir appeler Noé.

Bill fit claquer sa mâchoire avec force.

– T'arrêtes de me traiter de fayot maintenant ! Regarde dans quelle panade on est parce que tu ne peux pas t'empêcher de désobéir ! C'était pas compliqué ! On te demandait juste de rester dans un coin et de laisser Rose parler, mais non ! Il a fallu que tu fasses ta maligne, aboya Bill.

– Non mais, où tu vas, toi, Monsieur Loyal, parce que t'es pas le premier à sauter dans les piscines peut-être ?

D'un bond, Kombo s'interposa, déséquilibrant les belligérants :

– C'est bon, les espèces protégées, on arrête les chamailleries à la con. Dans dix minutes, les humains vont décider entre eux d'anéantir ou non mon peuple. Et Rose sera plus là pour nous défendre, fit-il en fronçant de désespoir ses gros sourcils.

Cléo et Bill, rappelés à l'urgence de la situation, se turent aussitôt, penauds, baissant le nez comme des garnements sermonnés en pleine messe d'enterrement. Cléo s'adressa à Rose à ses pieds :

— Comment on fait pour appeler Noé ?

Martin s'électrisa sous une deuxième vague de sidération : Noé, la transformation... Mais Dieu existait alors ?

Un air d'orage gronda dans le lointain.

Le ciel s'assombrit, virant au gris fumée, un éclair zébra le massif du Luberon et le tonnerre fit trembler les vitres du grand hall.

Un véritable déluge s'abattit sur le domaine provençal.

61.

– Oh mais c'est pas vrai qu'il pleut encore ! se lamenta Noé.

Penché sur l'écran, Gabriel regardait l'eau ruisseler à pleins tonneaux sur Fontaine.

– Ah là, t'es bon pour la saucée. Mais y a pas le choix, faut descendre, tu ne peux pas laisser une truie au milieu du couloir.

Les orteils déjà recroquevillés dans ses sandales, Noé se mâcha l'intérieur de la joue, à la recherche manifeste d'une échappatoire. Comme si une brillante idée le réchauffait soudain, il posa sa main sur l'avant-bras de Gabriel.

– Attends, tu ne veux pas y aller toi, plutôt ? L'eau ça glisse sur les plumes, tu ne sentiras rien. Et moi, je reste ici, je supervise, je prends de la hauteur, tu vois ?

– Je n'ai pas l'accréditation pour la formule.

– Mais elle non plus, elle ne l'avait pas ! se récria Noé, encore frémissant d'indignation en désignant Cléo.

Gabriel opina du chef un grand coup, claquant des plumes pour accentuer l'effet.

– Oui, et t'as vu le résultat. Je ne voudrais pas être à sa place quand Déesse s'en apercevra.

– Ni à la mienne, remarqua Noé, amer.

– Ça, c'est sûr.

Noé, sourcils circonflexes, se tourna vers cet ami qui manquait singulièrement de tact. Gabriel, vaguement embêté, haussa les ailes pour s'excuser. Noé devait néanmoins se rendre à l'évidence : si le divin courroux lui tombait sur le pif, il allait ramasser sévère. Fallait colmater les brèches.

Le patriarche soupira :

– Allez, c'est bon, j'ai compris. J'y vais.

D'un geste dédaigneux, il saisit sa robe pour opérer un demi-tour.

– Et si encore on avait des cirés au lieu de ces toges à la con !

62

– Non, non, non, protesta Noé en s'épongeant le front
de l'ourlet de sa robe.

Apparu brusquement au milieu du couloir, le patriarche
avait manqué renverser Kombo. Depuis, il surveillait les
alentours d'un regard inquiet, espérant ne pas trop se
faire remarquer, ce qui, dans cet accoutrement, n'était
pas chose aisée. D'une main impérieuse, il fit définitive-
ment taire les imprécations de ses protégés.

– Silence, je vous prie. Je suis descendu exprès, alors
on réessaye, mais je ne préviens pas Déesse. On y va :
« Par décret du 13 mai et sur arrêté exceptionnel, Déesse
autorise pour, et seulement pour, l'Opération Dodo la
transformation de l'animal ici désigné », répéta-t-il en
pointant Rose qui, le groin levé, se tenait toujours prête
et attentive.

Rien ne se produisit. Ni au troisième, ni au quatrième,
ni au trentième essai. Noé dut se rendre à l'évidence,
la liaison magique était coupée. Déesse seule pouvait la
rétablir. L'idée d'ailleurs qu'Elle ait stoppé volontairement
les effets de la formule effleura soudain Noé qui sentit

la sueur couler le long de son dos. Il allait encore devoir solliciter un de ces entretiens où Elle savait déjà tout et ne le recevait que pour le semoncer. Mais il n'avait pas le choix.

– C'est bon, je vais réclamer une audience, soupira-t-il.

– Y en a pour long ? demanda Bill.

– Y en a pour ce qu'Elle décide ! rétorqua le patriarche, excédé. Et puis, ça dépend aussi du monde devant la permanence.

– On fait quoi, nous, en attendant ? questionna Kombo.

Noé se tourna vers les deux humains, Martin Bénétant et son épouse, qui n'avaient pas quitté leurs têtes d'ahuris depuis son arrivée. Aucune aide n'était à espérer de ce côté-là pour l'instant. Il était beau l'Élu, tiens.

– Vous y allez sans TR438, vous temporisez, vous préservez les acquis. Vous ne dites rien. Je fais aussi vite que je peux pour la retransformer. En attendant, il faudrait la cacher quelque part.

– Mais ce n'est pas possible, on n'y arrivera jamais sans elle ! s'exclama Kombo, paniqué.

– Mais si, mais si, voyons, protesta Noé, sans y croire une seconde.

Le capitaine de l'Arche les contempla tous, avec leur air de confiance envolée à deux minutes de l'instant crucial. En effet, il allait devoir faire vite, très vite.

63.

Alors que Noé disparaissait, les couloirs menant à l'amphithéâtre s'emplirent du brouhaha des votants ayant revêtu leurs plus beaux costumes, leurs plus élégants tailleurs. La question de Dieu, de Déesse même, venait de s'abattre sur la cervelle de Martin, s'ajoutant à la question de l'élimination de leur championne trente secondes avant la séance. Il y avait là de quoi occuper l'espace de raisonnement du professeur pour des mois entiers avant de produire la première pièce de puzzle.

Martin se frappa les pectoraux de la main pour se réveiller. Des mois, il n'avait pas. Une idée, il n'avait pas non plus. Mais l'absolue nécessité d'agir, elle, était bien engagée. Si les animaux pouvaient penser en humains, alors il pouvait bien, lui, réagir en animal. Stimuli. Réflexe. Décision.

– Tahiata, fit-il, tu t'occupes de Rose. Trouve comment la cacher, de préférence dans un coin d'où elle puisse assister au déroulement du vote, au cas où Noé la retransformerait à temps pour qu'elle intervienne. Cléo, Bill, Kombo, vous me suivez dans le grand bain, je vais vous montrer un peu comment marchent les humains, ça vous permettra d'adapter vos réponses.

Comme des tortues en plein courant pacifique, tous quatre s'élancèrent dans le flot des décideurs.

– Les humains, ça fonctionne comme les animaux. Regardez là-bas, à l'entrée de la salle : instinctivement les délégués s'écartent et contrarient le flux pour laisser passer un alpha, en l'occurrence le Premier ministre indien. Dans la plaine, ils céderaient leur place au point d'eau.

– Ils sont tout rabougris vos dos argentés, remarqua Kombo avec une moue vaguement méprisante.

– Pas toujours, mais chez les humains, c'est surtout une question d'attitude faut reconnaître. Soyez avec eux aussi attentifs que vous le seriez avec...

Martin chercha et finit par trouver :

– ... avec Kombo.

– À noter aussi que les humains quand ils montrent les dents, eux, c'est qu'ils sont contents : ils sourient, ajouta Bill à la manière du visiteur qui commente systématiquement l'exposé du guide.

– Exact, approuva Martin. Et on peut les fixer dans les yeux sans qu'ils l'interprètent comme un défi, ils y voient souvent même de la franchise.

Bénétant, absorbé par son équipe et sa fonction d'intermédiaire, en oubliait sa mise au ban, omettant de raser les murs. Il fouillait la foule du regard pour épingler les plus beaux spécimens et usait du « ils » comme si lui-même n'appartenait pas à l'espèce.

– Là, à droite, près du bar, pointa-t-il, heureux de sa découverte, vous voyez l'homme qui palabre et coupe la parole à tout le monde ? C'est une bonne tête de paon. Vous avez aussi les fourmis, dit-il en désignant les staffs affairés, tous unis dans les mêmes vestes grises. Et bien sûr les moutons, avec plus ou moins de laine sur le dos. Suivez bien le mouvement de leur groupe, le positionnement de leurs épaules. Dans le cadre d'un vote, ce sont eux qui décident de tout, alors anticipez.

Au fur et à mesure qu'ils s'approchaient de l'amphithéâtre, la cohue s'épaississait. Entre les décideurs et leurs équipes, les lobbyistes et les industriels invités, on atteignait les mille personnes et, bien que largement ouvertes, les portes d'accès à la salle créaient des effets d'entonnoir que les protocoles tacites venaient encore encombrer.

Bénétant, à la tête de ses délégués, tendait ses antennes pour percevoir l'humeur des votants, s'assurer que le « oui » demeurait au goût du jour. Alors qu'un semblant de confiance le gagnait peu à peu, un homme le saisit par le bras, agitant une liasse de feuilles sous ses yeux :

– Excusez-moi, professeur, mais c'est quoi ça ? demanda-t-il en pointant une phalange tordue par l'arthrite sur un alinéa du document. « Réintroduction du moustique en Camargue, de l'ours dans les Pyrénées, du loup dans le Gévaudan… », c'est complètement inconscient ! Il y a des gens qui vivent là-bas et des éleveurs aussi.

Martin se demanda si, fort à propos, il n'avait pas justement affaire à l'un d'eux.

– On ne peut pas supprimer un élément d'un écosystème sans le déséquilibrer tout entier, répondit le professeur à toute vitesse pour ne pas se couper de ses amis. Il n'y a pas que les Africains qui doivent faire de la place aux lions, en Europe aussi les espèces ont disparu.

– Non mais attendez, alors on relance la nature mais on ne peut plus se balader en forêt ! Ça sert à quoi ?

Le professeur tira sur son bras pour le dégager de l'emprise de l'homme. Celui-ci l'incommodait, s'emparant sans façon de neurones qui auraient été mieux employés ailleurs : la cloche sonnait, la séance allait débuter, il allait devoir se séparer de Kombo, Bill et Cléo, et il avait encore tant à leur apprendre... Au fond, il s'était juste fait plaisir avec ses analogies et il aurait dû se concentrer sur des données plus stratégiques. Son interlocuteur, ayant perdu le bras, brandit plus haut ses papiers sous le nez de Bénétant au moment où celui-ci découvrait la silhouette de Soutellin qui avançait droit sur lui.

– Écoutez, lâcha Martin, on interdit la chasse, comme ça les promeneurs ne prennent plus de plombs dans le dos et on rééquilibre les statistiques en termes d'accidents. On a même une grosse grosse marge, si vous voulez mon avis. Maintenant, excusez-moi, conclut-il en effectuant un pas de côté pour se débarrasser de la conversation.

Froissé par ce manque patent de considération, l'homme s'éloigna en marmonnant :

– Je ne sais plus trop si je vais voter...

Soutellin se rapprochait et Martin se pencha rapidement vers ses trois compagnons :

– Vous siégerez sur l'estrade, vous devez entrer par la porte rouge au bout du couloir. Ne vous inquiétez pas, tout se passera bien, j'en suis sûr. Je serai dans la salle, je vais essayer de repérer Tahiata et Rose. À tout à l'heure. Bonne chance.

Tout sourire, mais l'œil plus glacé que les dernières banquises de l'Arctique, Édouard Soutellin se posta à trente centimètres de Bénétant, mordant délibérément sur sa zone de confort.

– Salut professeur, j'ai rencontré ton épouse, tu sais. Elle est mignonne.

Martin appela à lui la force d'un Kombo et la majesté d'une Cléo pour répondre à la fois sans délai, sans émotion et sans se laisser impressionner par cette condescendance du sang.

– Passe ton chemin, Édouard. Tu n'es pas la première cloche à sonner, la séance démarre. Il faut que j'y aille.

Soutellin aplanit le mince ruban de la Légion d'honneur au revers de sa veste et reprit le fil de sa phrase :

– Ta femme l'ignore encore, mais quand il a découvert vos liens, le P-DG de *Resources* a décidé de la licencier.

Bénétant accusa le coup. Le sourire de Soutellin s'élargit encore sur un émail rutilant.

– Décidément, mon pauvre Martin, tu ne portes pas bonheur à ceux que tu aimes. Je ne voudrais pas te coller la pression, ajouta-t-il en posant une main pesante sur son épaule, mais j'espère que tu ne tiens pas trop à ton traité non plus, ni à tes nouveaux amis.

Un étau vieux comme l'enfance vint s'emparer du plexus du professeur pour le serrer à faire grincer les côtes. La cloche sonna le dernier rappel et Soutellin repartit, le pas nonchalant, recoiffant sa mèche déjà impeccable.

Mais qu'est-ce que cette crapule planquait encore dans sa cartouchière ? se demanda Martin avec angoisse.

64.

Cléo Gardner, Bill Kennedy et Kombo John pénétrèrent dans le grand amphithéâtre tels des boxeurs dans Madison Square Garden. Concentrés, déterminés, prêts à jouer leur vie, mais soulagés de pouvoir se taire. Dans son costume marron et sa chemise tendue, Kombo imposait sa stature, alors qu'à l'inverse Bill, en veste blanche et pantalon taille haute, n'incarnait que finesse et fluidité. Cléo, cheveux, bagues et chaussures noires contrastant avec le gris de sa robe longue, fermait la marche du trio d'exception, l'absence des rondeurs de Rose brisant l'harmonie du défilé. Ils montèrent sur la scène, à droite de l'urne encadrée par des huissiers, alors qu'à gauche, assis le long d'une grande table, s'alignaient cinq chefs d'État représentant les cinq continents. Après un regard sur l'immense assemblée constituée d'équipes debout et de présidents attablés, les trois envoyés des Nations unies, défenseurs officiels du traité, s'assirent à leur tour. Martin, pupilles dilatées, les contemplait depuis une extrémité de la salle, l'espoir coincé au milieu de la gorge. Tahiata avait attendu que tout le monde soit rentré pour caler Rose dans un recoin, un placard réservé d'ordinaire à la régie et masqué par une lourde tenture grenat. Cheveux noirs rejetés en arrière, bras croisés sur sa robe, Tahiata s'était postée devant le rideau pour en protéger l'accès. Elle se tenait droite et solidement ancrée au sol, comme à son habitude, ignorant que sa carrière exemplaire venait de s'achever par un licenciement éclair.

La plus galonnée des huissières, une rousse avec de grandes boucles d'oreilles vertes, prit la parole :

– Mesdames, messieurs, nous allons procéder aujourd'hui au vote du Traité de Fontaine. Si, avant que la séance ne débute, certains d'entre vous souhaitent prononcer quelques mots, ils sont les bienvenus sur cette estrade.

D'un menton interrogateur, elle invita l'assemblée, puis les occupants de l'estrade, à intervenir. Les chefs d'État à gauche de l'urne déclinèrent poliment chacun leur tour. Lorsque le regard de l'assermentée atteignit Kombo, ce dernier se tétanisa en une mimique de refus sans équivoque et Cléo opposa carrément son dos, mais Bill, incapable de résister au sourire d'un humain, hocha la tête pour faire plaisir à la dame. Celle-ci sourit plus largement et énonça d'une voix affermie par sa fonction officielle :

– Levez-vous.

À ces mots, Bill se dressa.

– Assis, fit Kombo.

Bill se rassit aussitôt.

L'huissière, perplexe, désigna le pupitre et chuchota à l'intention de Bill :

– Ici.

En moins d'une seconde, Bill se matérialisa devant le lutrin. Kombo et Cléo le dévisagèrent, les yeux arrondis de frayeur. Bill tournait la tête, allant du micro à ses amis, de ses amis au micro. Il commençait à comprendre qu'il était censé parler et son sourd gémissement atteignit les enceintes pour se répandre dans la salle où jamais personne n'avait vu trac si sincèrement exprimé. Kennedy cherchait des mots. Quand il aperçut Martin, il planta ses yeux dans les siens.

Le professeur le vit alors fouiller son cerveau avec la même ardeur que mettait son labrador à localiser sa balle à pouet. Après quatre secondes qui parurent une éternité, Bill agita brièvement les hanches. Il avait trouvé un truc à raconter. Martin pria pour que ce soit court.

– Bonjour, bonjour, bonjour, bonjour, fit Bill en pré-ambule, s'adressant aux quatre coins de l'amphithéâtre. Alors voilà, hier j'étudiais l'écran géant du décompte des espèces et je m'interrogeais sur le manque de vigilance de l'humanité. Quand on tient à quelque chose, on le surveille. Moi, quand j'ai un bout de jardin, chaque jour je compte les brins d'herbe, je recense les odeurs, je quadrille. Comment est-il possible que vous...

Cléo toussa fortement, se racla la gorge et éructa un « nous » en forme de boule de poils.

– ... que nous, reprit Bill, imperturbable, n'ayons pas réagi plus tôt ? J'ai demandé son avis à l'homme qui se trouvait à mes côtés, le très très beau Martin Bénétant. Voici, mot pour mot, ce qu'il m'a répondu : « C'est l'his-toire de la grenouille dans la casserole. Si tu plonges une grenouille dans de l'eau bouillante, elle saute aussitôt pour en ressortir. En revanche, si tu la poses dans de l'eau froide et que tu allumes le gaz, la grenouille reste jusqu'à cuisson complète. L'humain est une grenouille. Quand c'est progressif, il ne voit rien venir et reste tranquillement le cul sur la flamme. Sur le terrain, les éthologues ont crié au feu, mais le reste de la population n'a pas compris. Au début, les espèces qui disparaissaient nous étaient inconnues, rongeurs d'Amazonie, scarabées des steppes, insectes par milliards, couleuvre rose à pois bleus d'un quelconque marais, oh là là oui, c'est terrible, tiens je reprendrais bien du pâté. Et puis, un jour, ce sont les girafes, les gorilles, les mésanges, nos frères, nos sœurs, nos imagiers, nos peluches, nos dessins animés. Mais, là encore, progression : on regrette la fin du rhinocéros blanc en 2018, mais il reste encore des gris, ça va. Plus de dauphin de Chine, mais celui à dos lisse persiste, ça va. Et soudain non. Il n'y en a plus d'autres, c'est fini. Fini les koalas, fini les baleines et je nous donne pas trois mois avant de pleurer sur "Le lion est mort ce soir". »

Bill, les deux mains posées sur le pupitre, leva le nez en une profonde inspiration avant de conclure avec ferveur :

– Alors, jusqu'où on va ? Moi, je vous le dis : tous ensemble, dès maintenant, on saute de la casserole. Grâce à vous, nos représentants, nos chefs, ajouta-t-il, de la dévotion plein la voix.

Bénétant sentit la salle pétrie d'émotion, totalement investie par la Postérité qui s'offrait à elle, par l'Histoire à sa portée. Exactement ce qu'il fallait. Bill avait hurlé à la lune, à la mort, à la hauteur de la mission qu'on lui avait confiée.

– Merci jeune homme, mais tout cela, c'est de la poésie de bistrot, coupa Édouard Soutellin depuis le centre de la salle. De la propagande surtout, pour lutter contre le Progrès que nous incarnons. Vous cherchez à nous effrayer, mais rien de scientifique n'étaye vos propos dignes de ces adolescentes activistes qui pullulent un peu partout.

– Des scientifiques qui étayent mes propos, il y en a eu des centaines depuis des décennies. De toutes les filières, de toutes les obédiences, jusqu'au prix Nobel, jusqu'au meilleur de tous les chercheurs, de tous les hommes, encore une fois le professeur Martin...

– Bénétant, oui, vous semblez fan. Mais nous l'avons vu à l'œuvre lors de ce sommet et nous connaissons la subtilité de son argumentation : de l'invective pure et simple. Enfin, passons sur ce triste épisode. Comme tant de ses collègues, il joue les Cassandre, affole les populations et prédit mille catastrophes pour attirer l'attention, faire mousser ses recherches, obtenir des crédits. Ne parlons-nous pas de la faune aujourd'hui ? Son domaine d'expertise ? Et vous le voudriez objectif ? Neutre ? Attention, je ne cherche pas à dénigrer ses travaux, je sais tout le talent de notre Nobel, mais justement qu'il s'occupe des animaux et nous laisse, nous, agir pour les humains.

– Mais les deux sont liés. S'ils s'éteignent, nous subirons le même sort, rétorqua Bill. Même s'il est regrettable que ce soit le seul argument qui porte.

Kombo, Cléo et Martin écoutaient Bill, ébahis par son investissement. Il était littéralement transcendé, en mesure de répondre – et même plus – de défendre Martin Bénétant qui, lui, une fois encore, n'avait d'autre choix que de se taire, sous les attaques d'Édouard Soutellin. Le professeur en avait assez, des années plus tard, de toujours craindre autant cet homme capable en un mot de lui infliger les plus grandes peines et de supprimer, d'un coup d'un seul, tout un univers. Toute une planète peut-être.

Il fallait parler, hausser la voix, quitte à admettre les échecs de certains travaux pour mieux consolider l'avenir, Tahiata avait raison. Martin s'apprêtait à prendre la parole pour soutenir Bill, quand une voix de stentor résonna depuis le fond de l'amphithéâtre :

– Écoutez tous !

L'assemblée entière se retourna sur l'homme blond au catogan de velours rouge et au ton de prédicateur.

– Ces délégués qui prétendent vous dicter la conduite à tenir, ces parlementaires qui vous font la morale pour vous pousser à voter comme ils l'entendent, savez-vous seulement qui ils sont ?

« Oh, non, pensa Martin, pourvu qu'ils ne le sachent pas, non. »

65.

Frémissant d'impatience, Noé martelait le sol de sa sandale dans l'antichambre de Déesse. Cinq personnes le précédaient dans la file d'attente. Il ne pourrait jamais poireauter tout ce temps : en bas, au moindre problème, seule TR438 serait en mesure de réagir sainement. Noé allait devoir doubler tout le monde.

Il pencha la tête pour identifier les solliciteurs d'audience. Avec cette manie de la robe blanche, tous les saints s'habillaient pareil, on n'arrivait plus à les distinguer, alors de dos évidemment... Qui allait-il pouvoir dépasser ? Il reconnut saint Laurent, en charge de la pauvreté, et saint Michel, attaché aux guerres. Que des urgences, la poisse. Bon, il y avait aussi sainte Rita, des causes désespérées, qui devait encore réclamer le remplacement d'un décodeur quelconque, et saint Antoine de Padoue, qui gérait les objets perdus.

— Désolé, les amis, fit Noé en rabattant les plis de sa toge pour faciliter sa manœuvre, si vous permettez, je passe devant, priorité catastrophe planétaire en cours.

– Non mais oh ! Tu te crois où pépère ? se rebella sainte Rita en enchaînant les pas chassés pour bloquer le passage. Mais c'est pas vrai que t'es encore trempé ! fit-elle en s'éloignant brusquement au contact de la manche de Noé. T'as la barbe qui goutte, tu vas en foutre partout, saint Marc va être furieux.

Noé essora rapidement sa barbe, il en mettait plein le carrelage. Saint Antoine de Padoue s'écarta, agitant une paire de lunettes bleues qu'il tenait à la main :

– Moi, je me trimballe ça depuis quatre jours, ça peut attendre encore un peu.

Noé le remercia, sans se départir de son inquiétude pour autant : une bonne heure gagnée, mais est-ce que cela suffirait ?

66.

– Rien, vous ne savez rien d'eux, ni personne ! poursuivit l'homme aux cheveux brillants retenus par un catogan. Ils disent appartenir aux Nations unies mais là-bas
aucun employé ne les a jamais croisés. Ce sont des scientifiques ? Mais pas une faculté au monde ne leur a jamais
accordé le moindre diplôme. Ils n'ont pas d'adresse, pas
d'état civil... Des imposteurs, voilà vos conseilleurs ! Des
mercenaires et des escrocs !

Martin se pétrifia. Ainsi Noé avait débarqué les animaux
sous forme humaine, en infiltrés, mais sans leur avoir assuré
la plus petite couverture ! Ce lobbyiste avait dû faire des
recherches et il n'avait rencontré que le vide. Il devait les
prendre pour des espions à la solde d'une quelconque fondation verte, des eco-warriors, voire des terroristes. Son
discours allait totalement discréditer Kombo, Cléo et Bill.
Martin se tourna vers ses amis sur l'estrade, qui ne
comprenaient même pas de quoi on les accusait.

Alors que la suspicion s'emparait de la salle, le cœur
de Bill s'emballa, lui, d'un puissant amour. Il n'avait

pas même eu besoin de le voir avant de savoir, de le reconnaître, homme parmi les hommes, protecteur, père, ami, chef, source de toutes choses, son maître ! C'était son maître avec sa belle chevelure blonde attachée en queue-de-cheval, sa chemise qui devait fleurer bon la transpiration de son poitrail, ses gourmettes au tintement si doux aux oreilles de Bill. Terence. Enfin, il le retrouvait.

Éperdu de joie et de reconnaissance, Bill saisit le micro :

– Oui, oui, il a raison, personne ne sait !

– Mais enfin, mais pas du tout, souffla la voix de Kombo apparu à ses côtés. Il n'a pas raison du tout, tais-toi.

Bill se tourna vers son compagnon :

– Mais si, tu peux pas comprendre. S'il le dit, c'est que c'est vrai. Il a toujours raison.

– Mais pas du tout, protesta Kombo qui perdait pied. Pourquoi tu dis ça ?

Cléo se faufila jusqu'à eux.

– Enfin Bill, arrête, qu'est-ce qui te prend ?

– C'est mon maître, révéla le dalmatien, des larmes plein les yeux.

– Oh putain ! fit la chatte, soudain paniquée.

Alors que Bill se rapprochait du micro, elle se précipita pour tirer sur le pied et tous deux se le disputèrent par-dessus le pupitre.

Terence, au fond de la salle, semblait désarçonné par les reparties de Bill. Il ne pouvait pas imaginer avoir affaire à un chien, *son* chien. Comment aurait-il pu le reconnaître ? Terence n'avait pas envisagé ce genre de réaction et il hésitait sur la conduite à tenir. L'assemblée attendait, comme suspendue à ses lèvres.

– Ces... ces imposteurs vous trompent, asséna-t-il avec plus de perplexité que de conviction.

Bill s'agita derrière le pupitre. Son maître devait ressentir ce lien si fort qui les unissait, mais sans trouver d'explication. Il était déstabilisé ! Bill brûlait de lui dire qui il était, qui il était vraiment, son ami le plus fidèle. Il voulait tant être reconnu.

– Mais maître, c'est moi, Bill ! Ton Bill ! Je...

Le poids de Kombo s'abattit sur sa tête. Bâillonné, cloué au sol, Bill essaya encore de crier sans y parvenir. La foule des moutons avait poussé des exclamations de surprise et toutes les têtes étaient désormais tournées vers lui, il suffisait que son maître lui dise dans quel sens japper et, pour le servir, Bill pourrait redessiner les contours du troupeau. Terence serait fier de voir ce qu'il était devenu, ce que son chien pouvait encore pour lui. Il serait fier et heureux de le reprendre à ses côtés. Bill se tortilla de tous ses membres pour échapper à la prise de Kombo et héler Terence à nouveau, mais au moment où il récupérait de l'air, un brouhaha emplit la salle. Le troupeau se scindait en une multitude de rangs, créant des vagues qui se percutaient, se mélangeaient, se reformaient. Les ministres s'éjectaient de leurs chaises, se marchaient les uns sur les autres, se réfugiant sur les tables, dans les coins. Bill ne voyait plus son maître, transporté par la houle.

Des dizaines de voix, sur toute la gamme des aigus, s'élevaient dans les airs :

— Un cochon ! Un cochon est entré dans l'amphithéâtre !

— Il est énorme ! Il charge !

— Évacuez, évacuez…

— Comment est-il entré ? D'où il vient ?

— C'est insensé !

— Au secours, un cheval !

— Un cheval ? Quel cheval ? C'est un cochon ça. C'est même une truie si vous voulez mon avis, aïïïïe, ça va pas !

— Au secours, des chevaux !

— Mais faites-le taire, il panique tout le monde !

— Attention elle mord !

Cléo tapa dans le dos de Kombo, toujours couché sur Bill, pour l'avertir :

— C'est Rose ! Elle vient de débouler dans la salle pour faire diversion. Vite ! Il faut qu'on file !

— Mais non, on ne fuit pas ! Pourquoi veux-tu filer ?

Cléo était déjà partie. Kombo se redressa un peu, libérant la tête de Bill qui la haussa, tirant fort sur son cou pour chercher son maître dans le chaos. Il ne le vit pas mais aperçut Martin, hagard, qui bredouillait à l'intention d'on ne savait qui :

— J'ai raté les FIV. Sur les girafes, ça ne marche pas. On ne peut pas s'en remettre à la science.

Rose tournait et virait dans l'amphithéâtre, sa queue en tire-bouchon gigotant au bout de son gros corps. Les humains avaient d'abord crié sur son passage, mais maintenant ils essayaient de l'attraper et c'est elle qui se mit à vagir. Les mains glissaient sur sa peau lisse, elle était trop large pour se laisser embrasser. Des hommes saisirent un rideau et l'arrachèrent pour la capturer, la truie piétina l'étoffe, déséquilibrant ses attaquants, mais rapidement d'autres vinrent les suppléer et encercler la bête. Entravée, Rose ne pouvait plus bouger que le licol.

Bill crut que son maître s'était évaporé, mais dans le flot de l'étrange corrida, il aperçut sa queue-de-cheval blonde. Terence coupait la fuite à Rose. Le flou se fit autour. La scène n'existait plus pour Bill hors cet homme qu'il avait tant aimé et qui allait partir, soulevant l'arrière de la truie dans la tenture. Il disparaissait encore une fois. Désespéré, écrasé par le poids de Kombo qui le réduisait à l'immobilité, Bill interpella son maître à travers l'amphithéâtre :

– Reviens ! Ne me laisse plus ! Je t'aime !

Terence le fixa de loin, l'air vaguement effrayé, alors que ses voisins, sous la rougeur de l'effort, laissaient éclore un petit sourire.

Ils ne comprenaient pas, personne ne comprenait.

– S'il te plaît, je ne ferai plus de bêtises, je te promets ! Attends-moi !

Mais le maître disparut, avalé par la porte et le flux.

Bill, fou de douleur, ne voyait plus rien. Sa vie entière venait de se dérober.

Dans l'amphithéâtre peuplé de corps agités sans contours, peu à peu des traits se précisèrent pourtant et Bill distingua une silhouette qui surnageait, se révélant à lui avec une nouvelle netteté. C'était Martin, debout, bousculé par la foule, le visage tendu vers Rose qu'il tentait désespérément de rejoindre. Il battait des poings, escaladait des tables, criait à toutes les oreilles, encaissait les coups et franchissait les barrages avec l'énergie d'un taureau aveugle.

— Mais poussez-vous, bon sang ! Ils vont la tuer ! Ils vont la tuer et la manger !

67.

Après la salle, les couloirs aussi se vidèrent progressivement comme un torrent quitterait son lit, abandonnant sur la grève un Martin essoré, esquinté. Au loin, le professeur aperçut le patron de Tahiata discutant avec un Soutellin triomphant, puis encore un peu plus loin, Kombo posté au pied de l'écran, ses grands bras ballant le long du corps.

Vingt et un gorilles annonçait le décompte, quinze de moins que la veille.

Kombo s'écroula sur le flanc, sans un râle.

68

– Il m'avait attaché au banc pour que je l'attende pendant ses affaires de maître et là je me suis retrouvé chez Noé.

La nuit était tombée sur le mas et les épaules de ses occupants. Tahiata, dans son bureau, fondue dans le halo de sa lampe d'architecte, travaillait comme une forcenée malgré l'annonce de son éviction. Les enfants dormaient, ignorants et bienheureux.

En dépit de toutes ses recherches, Martin n'était pas parvenu à libérer, ni même à localiser Rose. Cléo, quant à elle, s'était évanouie une fois encore. Restaient Kombo et Martin, accablés, en chemise froissée, cheveux dépeignés, des griffures plein les bras, des bosses sur le front, affalés sur le canapé du salon, et Bill qui ressassait sa douleur. Martin comprenait mieux maintenant ce qui s'était joué dans l'amphithéâtre entre lui et Terence, le lobbyiste.

Bill, yeux plissés, parut passer par plusieurs phases de réflexion pour aboutir soudain :

– Mais c'est ça ! C'est ça ! Noé m'a enlevé, et quand mon maître est revenu me prendre, forcément il n'a pas pu me trouver. Tout est de la faute de Noé ! fit-il avant de grogner. Où il est lui, que je le chope ?

– Non, Bill, non. Noé n'y est pour rien, tempéra Martin qui cherchait la bonne taille de pincettes. Ton maître ne voulait pas vraiment revenir.

– Bien sûr que si, comment tu voulais qu'il me récupère sinon ?

– Il ne voulait pas te récupérer, Bill.

– Qu'est-ce que tu racontes, ça n'a pas de sens, Martin, répliqua le dalmatien.

– Ton maître t'a abandonné, finit par lâcher le professeur.

– Impossible, c'est impossible. Il ne m'aurait jamais fait ça, je suis le meilleur ami de cet homme.

– Sans doute ne traite-t-il pas ses autres amis autrement, mais crois-moi, Bill, il t'a abandonné.

Martin entourait de précautions une vérité trop inenvisageable pour l'âme d'un tendre tel que Bill. Il n'y avait pas d'explications valables, Martin lui-même n'en avait jamais trouvé.

– Ton maître était un connard, intervint Kombo. Un sombre, sinistre salaud, comme tous les humains de cette planète.

Le professeur tiqua. Il commençait à se lasser du dénigrement systématique. L'humanité n'avait pas produit que des bouses. Mais le désespoir de Kombo rendait l'atmosphère peu propice à la contradiction. Les épaules basses, il balançait lentement sa lourde tête sans doute envahie de gorilles affamés, pourchassés, abattus, réduits au plus petit nombre, serrés les uns contre les autres dans un dernier recoin de forêt à guetter l'inexorable hallali. Il était l'un d'eux, mais sans les connaître, un cousin trop éloigné. Kombo avait tout perdu ce soir et le moins que Martin pouvait faire était de le laisser vider son sac.

Mais Bill, lui, devait savoir que d'autres voies s'offraient à sa fidélité.

— Certains maîtres en valent la peine et de nombreux chiens vivent heureux en leur compagnie.

— C'est ça, t'as pas choisi le bon. Bientôt, ça va être de ta faute, ironisa Kombo John en se redressant peu à peu.

— Non, ne me fais pas dire ce que je n'ai pas dit, soupira Martin.

Kombo releva ses poings pour les laisser reposer sur le bord du canapé.

— Mais pourquoi vous faites ça ?

Instinctivement, le professeur opta pour l'esquive. Il n'avait aucune justification à opposer au drame du gorille.

— Parce qu'on est les plus forts.

— T'as vu comme t'es gaulé ? Sérieusement, pourquoi vous faites ça ?

Kombo s'interrogeait vraiment. Aussi Bénétant déballa sa morne réponse :

— L'argent. Enfin, l'argent de quelques-uns. Le besoin d'avancer, de conquérir. Nous sommes des milliards à nourrir, vêtir et divertir. On pourrait s'organiser autrement, mais ça rapporte plus de prendre dans la nature et de l'exploiter. Donc, on la repousse, on vous envahit et, quand on en aura fini avec vos territoires, on rebroussera chemin pour se les redisputer entre nous.

Et ce serait la guerre pour fuir les sols arides et annexer les dernières herbes. Ça réglerait au moins les problèmes de démographie, c'est sûr.

Chaque année, Martin guettait les rapports du GIEC sur le climat et convertissait les projections en l'âge qu'auraient ses filles à ce moment-là : 2050, vingt ans ; 2070, quarante ans... C'était tout près. Ses enfants mal préparées, élevées dans une paix et une abondance dont elles ne prendraient conscience qu'une fois qu'elles en seraient privées. Martin allait mourir en les laissant sur une terre de silex. Il aurait préféré engendrer deux bonnes grosses brutes sanguinaires, ses angoisses seraient plus supportables.

Leur seule chance, la seule chance de l'animal comme du monde moderne, c'était ce traité dont le vote avait éclaté en panique générale. Reporté à quand ?

– Mais c'est qui ces « quelques-uns » ? interrogea Kombo, prêt à les écraser en purée d'abats.

– Comités de direction, lobbyistes, dictateurs, millionnaires variés...

– Y a qu'à les changer, proposa le primate, pragmatique.

– Ce n'est pas si simple, opposa le professeur que l'économie, la géopolitique et la révolution ennuyaient à parts égales.

– Faut croire que Bill n'est pas le seul à se choisir des maîtres à la con.

Martin sourit. De fait. Le chant des cigales sur son téléphone interrompit leur conversation. Le numéro de poste de Kirsten au labo s'affichait. Le professeur décrocha et la voix forte de sa nouvelle adjointe lui frappa l'oreille :

— Pour le croisement des races, la réponse des hautes instances vient d'arriver. C'est non.

L'espace d'une seconde, Bénétant se demanda si cette journée allait finir un jour. Si toute solution allait cesser de finir entravée, anéantie par des hordes d'empêcheurs butés. Martin n'en pouvait plus. Kirsten n'ajouta rien. Au téléphone, on ne savait trop de quoi les silences étaient faits, mais sans doute celui-ci contenait-il autant de tristesse d'un bout à l'autre des ondes. Pour une fois le professeur envisagea une méthode qui n'était pas la sienne. Ironie du sort, il fallait que ce soit celle d'une « fille de », et têtue de surcroît, bosseuse aussi, intelligente et passionnée. Bénétant s'était attendu à un bras de fer et découvrait finalement un bras droit. Il inspira.

— On s'en fout. Tu lances quand même la reproduction croisée. Et tu testes ton protocole, sans anesthésie. Vois avec Éloi pour qu'il rassemble les équipes, vous avez le champ libre.

— Bien. Merci.

— C'est moi, lâcha le professeur avant de raccrocher.

Il posa son appareil et leva le menton.

— C'était ton zoo ? grogna Kombo avec de nouveau son air de chercher la bagarre.

L'abattement n'allait pas tarder à céder la place à l'agressivité.

— Oui, admit Martin avec méfiance.

— Noé dit que tu te prends pour Déesse, que ta réponse à la vie sauvage, ce sont des pipettes et des cages.

En effet, le professeur ne voyait pas d'autre issue. De l'animalité en conserve. Mais l'époque n'était pas à cracher sur les solutions, aussi maigres soient-elles.

– Au moins, j'essaie.

Martin commençait à en avoir assez d'endosser la culpabilité des autres.

– Et puis, ça suffit à la fin, là, l'Humanité, les Salauds... Ça ne te dit sûrement rien mais des femmes comme Dian Fossey ou Jane Goodall ont consacré leur existence entière aux grands singes. Dian a même été tuée pour ça. Tout comme Wayne Lotter, Esmond Martin, Emilsen Manyoma... Des centaines de défenseurs de l'environnement sont assassinés chaque année parce qu'ils s'opposent aux braconniers, aux industries agroalimentaires, aux exploitations minières, à la corruption. Alors ça va bien maintenant, tu risquerais ta vie, toi, pour une autre espèce ? Tu te sacrifierais pour un éléphant, un oiseau ou un humain ?

– Un oiseau peut-être, mais un humain sûrement pas, bougonna Kombo.

Martin secoua la tête de dépit. Décidément, ce premier contact avec des animaux qui parlent ne ressemblait pas du tout à ce qu'il avait imaginé enfant.

69

L'immense suite baignait dans une lumière feutrée. Assis au large bureau de laque qui le suivait dans chacun de ses déplacements, le président chinois entamait la boîte de chocolats qu'Édouard Soutellin venait de lui offrir en accompagnement d'une mallette emplie de devises.

Après trois coups discrets, le directeur de cabinet pénétra dans la pièce et vint se placer derrière le président pour lui glisser quelques mots à l'oreille. Sans renoncer à son air de sphinx, le chef d'État fit signe à l'homme d'allumer la télé. Sur le grand écran aux belles couleurs, la nouvelle s'étalait en bande fluo :

LE DERNIER PANDA GÉANT EST MORT.

Les trois hommes suivirent le reportage quelques minutes, sans commentaires, avant d'éteindre.

Le président semblait en état de choc. Des milliers d'émotions parcoururent son visage d'ordinaire impassible, puis de nouveau plus rien, comme un nuage de sauterelles survole le désert et disparaît. Le chef d'État marqua une pause, se pencha pour récupérer la mallette de devises à ses pieds et la tendit à Édouard Soutellin. Puis, après une hésitation plus longue encore, il referma la boîte de chocolats et la lui jeta au visage.

70

Dans son corps de félin, Cléo avait arpenté chaque centimètre de salle et de couloir pour retrouver Rose. Elle avait imaginé des dizaines de tactiques pour amadouer des gardes, détourner l'attention de féroces geôliers, craquer des codes ou combattre une armée, mais en arrivant près des cuisines, elle avait perçu la présence de Rose enfermée seule et sans surveillance dans un bête cellier à côté de la chambre froide.

Cléo avait revêtu sa forme humaine et ouvert le loquet. La truie s'était précipitée pour se coller dans ses jambes et les deux amies, dans un immense soulagement, étaient restées quelques secondes serrées l'une contre l'autre. Après quoi, elles s'étaient rapidement éloignées de cet environnement de fours et de hachoirs pour retrouver l'abri des buissons du jardin que l'humidité nocturne raffraîchissait à peine.

– « Par décret du 13 mai et sur arrêté exceptionnel, Déesse autorise pour, et seulement pour, l'Opération Dodo la transformation de l'animal ici désigné. »

De son groin levé, Rose pointait l'échec de Cléo. La formule ne fonctionnait toujours pas sur la cochonne. Noé n'avait pas encore été reçu par Déesse. Ou Elle avait refusé d'accéder à sa demande. Dans les deux cas, il fallait d'urgence trouver un refuge à la truie.

— Bon, se résolut Cléo après trois nouvelles tentatives. Tu vas rester cachée là, le temps que je déniche un camion pour te ramener chez Martin. Tu ne bouges pas.

— *Crouic ?*

— Ben, c'est moi qui vais le conduire, pourquoi ? répondit Cléo en arrondissant ses yeux bleus.

Puis, recouvrant sa mince silhouette de siamoise, elle fila à travers le Domaine.

71

– J'attends.

Au ton, Noé sentit que Déesse n'allait pas attendre longtemps. Il avait enfin obtenu son audience, l'heure des explications était venue. Noé hésita sur la forme, pêchant et repiochant dans la besace à justifications qui occupait une bonne moitié de sa conscience, mais rien de solide n'émergeait et il allait devoir assumer platement la totalité du désastre.

– J'ai merdé.

Sourcil levé, Déesse continuait de le fixer en silence avec cet air de Jugement dernier qui terrorisait jusqu'au dernier suppôt de Satan. Manifestement, Elle espérait qu'il développe un peu.

– La transformation de TR438 a provoqué un...

– Ah, et je t'en prie n'essaie pas de te justifier ! coupa Déesse. En dessous de tout, tu as été en dessous de tout ! À ce rythme-là, les couillons d'en bas vont m'assécher la Terre comme un pruneau flétri et toi tu espères t'en sortir avec deux bredouillis de contrition ? Je ne suis que miséricorde mais faut quand même pas déconner !

— Oui je sais, je sais, pardon Ma Déesse…

— Oh et puis arrête avec tes Ma Déesse ceci, Ma Déesse cela, tu m'agaces. Bon, reprit-Elle en tapotant son bureau de ses doigts déliés. Je vais retransformer TR438. Et toi, tu vas prier sévère pour que ça mène quelque part.

Noé hocha la tête à s'en déboîter la nuque, avant de hisser un index timide.

— Sans vouloir abuser de Votre munificence, est-ce qu'un petit trucage des votes, peut-être…

— Non. Non. Ils doivent décider et s'engager en toute conscience, le libre arbitre, ce n'est pas pour les chiens.

— Mais pourquoi ? Il suffirait d'un rien et on recommence tout depuis le début, insista le patriarche, dépassé par l'ampleur de la tâche qui s'annonçait.

Déesse se frotta les yeux des deux mains. Toute colère l'avait quittée, Son beau visage ne reflétait plus que tristesse et lassitude. Le divin regard traversa Noé pour aller se perdre dans une galaxie emplie d'étoiles qui naissaient et mouraient.

— Parce que, si jamais Je n'existe pas, ils ne peuvent compter que sur eux-mêmes.

72

Furieux contre le président chinois retourné en moins de deux par la perte de son dernier ourson chéri, Soutellin regagna le couloir, sortit du bâtiment et se dirigea vers le secteur golf où il logeait avec ses équipes.

Les allées étaient vides, les fenêtres éteintes et la nature autour bruissait de ses mille sons insupportables. Les scientifiques avaient beau nous emmerder avec leurs prophéties à la noix, il restait encore suffisamment de crapauds dans les étangs pour vous polluer le sommeil.

Deux pipistrelles, au radar sans doute défaillant, frôlèrent le lobbyiste qui sursauta comme un enfant, aussitôt vexé de sa propre faiblesse. Serrant fort son portable dans sa main, Soutellin cherchait une contre-attaque et il alluma la torche, autant pour effrayer les bestioles que pour compenser ces réverbères écolos qui n'éclairaient rien.

Dans un premier temps, il n'en crut pas ses yeux.

Au loin, à l'extrême limite du halo, au bord des fourrés, était apparue la silhouette massive d'un cochon. Les chauves-souris, les grenouilles, les chats, d'accord, mais un cochon ? Qu'est-ce qu'un cochon pouvait faire dans un resort de luxe ? Soutellin percuta subitement : il s'agissait sans doute de la bête qui avait semé le chaos au milieu du vote, à l'instant où Terence allait mettre à terre ces merdeux de l'ONU. Soutellin eut à peine le temps de penser : « Foutu cochon » que la silhouette rondouillarde se métamorphosait, sous ses yeux exorbités, en une femme enceinte, courte sur pattes, et vêtue d'un tailleur rose Chanel dans un état lamentable.

Rose Cooper. La soi-disant déléguée des Nations unies.

La révélation chemina en bulldozer dans la logique tortueuse du lobbyiste. Elle écrasa l'incrédulité, le refus, le ricanement, le doute pour laisser le champ entier ouvert à la vérité.

Rose Cooper était une truie.

Incroyable mais indiscutable : elle se tenait là, à quelques mètres de lui.

Et les autres alors, où étaient-ils ? Mais surtout : *qui* étaient-ils ?

Car si Cooper était un animal, alors ses trois collègues, sur lesquels on n'avait pas plus de données personnelles, l'étaient sûrement aussi.

John, Gardner, Kennedy. Des animaux.

Impossible. Pourtant…

Pourtant dès lors, tout se tenait : l'absence d'informations sur leur parcours, leurs réactions inattendues lors des colloques, cette incapacité inexplicable de Soutellin à les cerner, les manipuler. Ils n'étaient pas humains, tout simplement, et, dans un certain sens, cela rasséréna le lobbyiste.

Elle était donc là, l'explication : des animaux.

La stupéfaction s'abattait par vagues sur Édouard Soutellin, le ressac dévoilant des milliers d'interrogations comme autant de petits cailloux ronds.

Mais comment ? Par quelle magie ? Qui pouvait accomplir ce prodige ? Bénétant bien sûr. Le supra Nobel. Décidément, la science n'avait pas de limites, le génie de cet homme était plus puissant que la Nature elle-même. Alors que Soutellin ne pouvait s'empêcher d'accorder une pensée admirative aux prouesses de ce fils de paysan qu'était Martin Bénétant, une idée s'insinua tel un crotale dans les méandres de son cerveau. Une seule solution à tous ses problèmes se placarda soudain pleins feux dans son crâne. La cruauté étira un fin sourire sur le visage d'Édouard. Que ce soit du point de vue de la morale, de la tradition, de la loi ou du divertissement, Soutellin pouvait s'accorder désormais tous les droits. Les animaux étaient là pour ça.

Le lobbyiste se retira à l'abri d'un tronc et fit défiler son répertoire jusqu'au numéro du président de l'association des chasseurs de trophées.

— Allô, Charlie ? J'ai un safari de toute première classe à vous proposer. On peut se retrouver dans un endroit discret ?

73

Édouard Soutellin n'était pas tout à fait certain qu'un banc au bord du lac était le lieu de rencontre le plus discret pour deux hommes de pouvoir à vingt-trois heures trente, mais Charlie avait ses marottes de retraité de la CIA amoureux de son culte hollywoodien.

– Voilà les photos, annonça Soutellin en glissant une enveloppe kraft le long de l'assise. Ils sont quatre. Je ne sais pas comment le professeur Bénétant a procédé à la mutation, mais vous pouvez me faire confiance, je ne suis pas homme à plaisanter...

– Jamais, approuva Charlie.

– Jamais, confirma Soutellin avec une pointe de vexation.

Il remonta le col de sa veste et se retint de gratter les dizaines de piqûres de moustique qui le démangeaient et déformaient son visage. Il reprit les explications qu'il avait entamées plus tôt :

– Il s'agit donc de quatre animaux, fruits d'une expérience scientifique inédite et révolutionnaire. Une fois que vous les aurez abattus, leurs trophées viendront enrichir votre collection de pièces absolument exceptionnelles. Nul ne pourra plus jamais l'égaler. Quoi qu'il arrive par la suite, vous aurez eu les premiers mutants.

Charlie, qui avait déjà été soigneusement appâté au téléphone, ne se tenait plus d'impatience. Soutellin perçut nettement le fracas de la déglutition dans la vieille gorge du chasseur. Une bulle de bave vint éclore à la commissure de ses lèvres et son regard brilla d'une telle convoitise que le lobbyiste trembla un instant pour sa vertu.

— Où est-ce que je peux les trouver ?

Édouard recula sous l'assaut de postillons, luttant de toutes ses forces pour ne pas attraper son mouchoir et son gel hydroalcoolique.

— Terence, mon bras droit, s'est renseigné. Ils logent dans le mas du professeur, mais attention ! Il me faut l'assurance de votre plus extrême prudence. Bénétant ne doit s'apercevoir de rien. Vous devez abattre vos quatre cibles sans laisser la moindre trace, rien qui puisse relier leur disparition à quiconque de nos équipes. Ces animaux ne possèdent pas d'identité et je ne pense pas que Bénétant ait obtenu la moindre autorisation des comités d'éthique pour des manipulations aussi explosives. Si nous nous contentons de supprimer les bêtes, rien ne peut nous arriver, le traité échouera et nous aurons tout gagné. Mes hommes seront là pour soutenir les vôtres, mais avant, j'ai besoin de savoir : puis-je compter sur votre entière discrétion ?

Charlie rassembla tout son paternalisme dans une moue offensée :

– Mais enfin Édouard ! Je suis un ancien de la CIA, je vous rappelle.

Un frisson d'appréhension fusa à vitesse électrique le long de l'échine de Soutellin et vint se loger au creux de son estomac. Là, il sécréta paisiblement son premier litre d'acide.

74

— Ils arrivent pour nous tuer ! alerta Cléo en pénétrant en trombe dans le mas.

Rose suivait dans son tailleur chiffonné, ses cheveux fins moussant sur son crâne.

— Oh Rose, je suis tellement soulagé, lâcha Martin en lui prenant le bras.

Kombo, lui, la serra contre son large poitrail, l'entourant de ses longs bras velus.

— Je suis content de te revoir, mon amie.

— T'es là, t'es là, t'es là ! chanta Bill en bousculant tout le monde avec l'entrain d'un danseur de pogo.

— Eh oh, les gars ! Vous entendez ? intervint Cléo. Ils arrivent pour nous tuer, j'ai dit ! Les bisous, on verra plus tard. Quand je suis repassée chercher Rose, j'ai surpris Soutellin au téléphone, je me suis planquée et je l'ai suivi. Il l'avait vue se transformer, il avait compris et il a convaincu ses copains chasseurs de nous abattre.

Kombo se tourna avec impatience vers Cléo qui leur miaulait sa panique aux oreilles.

— Quoi, qu'est-ce que tu racontes ?

Alors que Cléo reprenait son histoire depuis la libération de Rose jusqu'à la rencontre au bord du lac, Martin mesurait épouvanté la portée de ce qu'elle leur apprenait : Soutellin savait. Soutellin envoyait des tueurs.

Non, c'était une ordure, mais il n'irait pas jusqu'au meurtre.

Mais des animaux, ce n'était pas un meurtre, c'était de la chasse, de l'abattage. Un jeu pour lui.

Non, quand même, il ne pourrait pas embarquer dans cette illusion une armée d'assassins.

— On se calme, Cléo. Ce qu'ils vont voir, ce sont des humains. Ils n'iront pas jusqu'à tuer.

— Dian Fossey, Wayne Lotter…, commença à réciter Kombo.

La tête de Martin s'enflamma sous l'évidence et propagea la panique le long de ses artères. Candeur et naïveté froissées en boule au fond de sa poche, il débita ses questions sur un rythme mitraillette :

— C'était à quelle heure ? Ils vont être combien ? Ils seront prêts quand ?

— Ah quand même, on se réveille ! s'exclama Cléo le cou dressé d'orgueil, pupilles dilatées par le danger. Ils seront nombreux. Le chasseur annonçait déjà une trentaine et Soutellin a prévu d'ajouter du monde.

— Merde, merde, merde, merde, merde. Les enfants, faut évacuer les enfants, réagit Martin en grimpant aussitôt à l'étage.

Ainsi Kombo allait-il les rencontrer, ces braconniers. À des milliers de kilomètres de ses frères harcelés, il devenait cible, lui aussi. Sauf que lui savait, lui était prévenu, empli de rage et de force. Et de vice aussi, puisque, ici-bas, tout s'apprenait. Le gorille sentait la guerre monter depuis la terre, gagner ses pieds, ses jambes et sa poitrine. Il déplia ses longs bras, les écarta et chacun de ses poings vint frapper ses pectoraux pour galvaniser ses compagnons.

– Qu'ils viennent, on les attend. Je suis le dernier des dos argentés, ils ne m'auront pas comme ça. Je vais les écraser, les jeter du haut de la falaise, leur briser tous les membres et leur broyer la tête entre deux cailloux, déclara-t-il, hérissant chaque poil de ses rouflaquettes.

On sentit durant un instant de flottement que chacun dans le salon envisageait sérieusement la chose et que la plupart la jugeaient même carrément séduisante.

Rose renifla et se racla la gorge. Les mains sur son ventre, elle intervint d'une voix plus incertaine :

– Il faudrait surtout verrouiller les portes, les volets… Ou peut-être qu'on pourrait partir avec les enfants, ajouta-t-elle en voyant Tahiata saisir les clés de la voiture.

Martin, après avoir ouvert la porte et jeté un coup d'œil au-dehors, prit un enfant sous chaque bras pour aller les installer dans leurs sièges auto. Quand il revint, une certaine tension avait libéré sa mâchoire.

– Non, moi, je suis d'accord avec Kombo, gronda Bill, la lèvre supérieure découvrant ses longues canines. On va se battre. Si on accompagne les enfants, on les met en danger. Il faut protéger leur fuite, au contraire. Les chasseurs nous trouveront de toute façon, que ce soit ici cette nuit ou demain lors du sommet. Autant les affronter.

Cléo les fixa tous de ses yeux ronds et bleus, ces puits sans fond aux eaux claires, brassant des pensées mystérieuses.

– Bon, moi, je file, fit-elle.

En un quart de seconde, elle avait passé la porte à son tour. Bill la regarda partir, dépité.

– Non mais vas-y, Cléo, fais pas ton chat !

75

– Et là, je lui ai dit direct à Soutellin, tu me connais, je ne fais pas dans le détail : « Moi, j'ai bossé trente ans à la CIA, alors si ça t'arrange de buter quatre salopards pour l'avenir du pays, tu me dis, pas de problème, je t'en bute quinze et gardez la monnaie. » Il jouait les effarouchés, mais moi je te promets, si au milieu on claque Bénétant, c'est cadeau. Les scientifiques, c'est pas comme les rhinocéros, on n'en manque pas, ha ha ha ! aboya Charlie en claquant sa patte boudinée dans le dos de Felipe.

– Ha ha ha, fit ce dernier dans un rire où pointait une nuance d'inquiétude. Mais je ne comprends pas, comment ça, ce sont des animaux, pas des humains ? Ça vient d'où cette histoire, c'est du vaudou ?

Sur les murs de la suite, les têtes empaillées de panthères, de grizzlis, de cerfs aux grands bois, figés dans leurs vies sauvages pour rentrer dans un cadre, suivaient les préparatifs de leurs yeux vitreux. Charlie, président de l'Association internationale de chasse sportive et de loisir, lobby redoutable et grand compte de l'agence de Soutellin, avait apporté ses plus beaux trophées, spécialement pour le sommet, tout défi d'un tout-puissant.

– Oh, Felipe, tu vas pas nous faire ta chochotte, hein ? On s'en fout des histoires de bonne femme, c'est de la connerie tout ça. Tout ce que je sais, safari ou chasse à l'homme, c'est qu'on a une mission. Si on veut défendre nos intérêts et pas laisser toutes ces couilles molles nous pomper avec leurs réglementations, c'est maintenant ou jamais. Me dis pas qu'avec tes plantations de café, t'as jamais buté un ou deux activistes qui t'emmerdaient ?

– Si, bien sûr, mais là, en plein sommet...

– Oh ! T'es avec nous, Felipe, ou t'es pas avec nous ?

Charlie avait convoqué ses meilleurs éléments, les troupes sur lesquelles il pouvait s'appuyer les yeux fermés, unités de fervents aux fantasmes paramilitaires et à l'organisation hiérarchique solide. Il avait aussi invité ses bons amis, en profitant pour travailler ses relations publiques et commerciales.

– Oui, oui, je suis avec vous, répondit Felipe en tirant nerveusement sur sa barbe de trappeur de Rio.

– Bien. Enfile ça alors, fit Charlie en lui tendant une tenue camouflage de l'armée. On attend Soutellin et ses hommes et on y va.

Tout autour, joie et impatience gonflaient l'atmosphère et scellaient les amitiés. Les hommes pleins de fusils ajustaient leurs gros ceinturons gorgés de cartouches à grand renfort de rires gras et conquérants. On allait bien se marrer.

76

– Hé ! Qui c'est ceux-là, ça va pas bien ? Mais qu'est-ce qu'ils font ?

Noé penché sur son écran venait de recevoir une notification de saint Michel, secteur guerre-exactions-ego délirants, signalant l'appareillage des chasseurs et s'était aussitôt connecté au direct.

– Tu vois bien ce qu'ils font : la fête, répondit Gabriel d'une voix lasse après avoir saisi l'écran à son tour.

Noé se redressa, regarda à droite, à gauche, comme pour trouver une solution, une colombe d'Esprit saint à choper au vol, n'importe quoi. Mais le nuage était vide.

– Faut leur envoyer du renfort. Rends-moi ça, fit-il à l'archange en lui arrachant la tablette.

Tout en pianotant allegro, Noé commentait pour lui-même :

– Il n'y aura pas la formation, mais on n'en est plus là... Langage... Conscience... Envoi... Et voilà.

Deux minutes plus tard, une nouvelle fenêtre s'ouvrait sur un homme aux joues rondes, aux cheveux et barbe ras et roux. Planté face à une jeune ministre au visage écarlate et aux oreilles couvertes par des écouteurs, il tendit une main aux doigts courts : « Salut, moi, c'est Bouboule, et toi ? »

Gabriel pivota brusquement vers Noé :

– Mais pourquoi t'as envoyé un hamster ? Qu'est-ce que tu veux qu'ils foutent avec un hamster ?

Noé, en nage, tapa sur sa tablette qui refusait d'ouvrir la moindre fenêtre supplémentaire :

– Ça va, ça va, je me suis planté ! Ça arrive. Viens pas me stresser en plus...

Noé frotta l'écran, secoua l'engin tant qu'il put, sans succès : quand il tapait « Grizzli », c'est « Hamster » qui s'affichait.

– Oh et puis merde, j'y arrive pas.

Il marqua un temps face à l'image qui dézoomait sur le vaste club de sport du Domaine.

– Je me suis trompé de coin en plus, fit-il, écœuré, en laissant pendre sa tablette au bout de son bras.

Après dix longues secondes, il se décida à la relever pour recalculer les coordonnées alors que, dans le cadre, un Bouboule mécontent invectivait la jeune femme qui l'ignorait royalement, obéissant à la cadence de son tapis de course : « Oh ! Je te parle ! C'est pas parce que ta roue est plate qu'il faut te la péter hein ! »

77

Cléo, à la surprise de Tahiata, s'était incrustée sur le siège passager pendant quelques kilomètres avant de demander à être déposée à l'embranchement du chemin pour finir à pied.

Au même embranchement, elle était tombée sur Bouboule, apparu brutalement, qui lui avait demandé si elle était bien Martin Bénétant. Elle l'avait reniflé et une irrépressible envie de le bouffer tout cru l'avait aussitôt saisie.

— Toi, c'est Noé qui t'envoie. Attends, laisse-moi deviner... Un oiseau roux...

— Un hamster.

La tête de Cléo avait reculé sur son cou.

— Un hamster ? Mais qu'est-ce qu'il veut qu'on fasse avec un hamster ? Il t'a envoyé pour quoi ?

Bouboule, offensé, avait plissé son nez rose sur ses moustaches noires et sa barbe rousse.

— Pour aider.

— Pour aider ? Un hamster ? Ça mesure combien ça, dix centimètres ?

Bouboule avait ouvert grand la bouche pour prendre de l'air, faisant briller ses deux longues incisives dans la nuit.

– Oh doucement ! C'est vachement utile les petits !

– Oui, mais à condition d'être nombreux.

– Les petits, c'est toujours nombreux.

– Pfff… tu parles. Bon ben, suis-moi, avait lâché Cléo, entamant sa marche sans l'attendre.

Bouboule, déjà semé, lui avait emboîté le pas de ses courtes jambes, s'égosillant pour plaider sa cause :

– Les insectes, les vers de terre, les abeilles… sans eux plus de nature, plus de saisons ! Aux petits animaux, Déesse a donné de grandes responsabilités, avait-il ajouté en levant un doigt griffu et sentencieux. Et sans cette multitude invisible, fini les…

– Ah non non non, on se tait maintenant, avait coupé Cléo en se retournant brusquement. Les vers de terre, super, mais moi je suis un chat. Et les chats, ça aime marcher dans le calme et croquer les têtes de souris, compris ?

– Hamsters, les têtes de hamsters. Et puis les chats, c'est pas bien gros non plus, avait grommelé Bouboule avant de se résoudre à la suivre sans plus moufter.

Cléo avait déplié le plan froissé récupéré chez Martin et l'avait aplani pour l'étudier. Quand Kombo avait parlé de se battre, elle avait eu une idée, mais elle ne savait pas du tout si c'était réalisable. Il fallait attaquer zone par zone et vite.

Au terme d'une heure de périple, Cléo se tenait maintenant dans sa robe élégante, au pied d'un superbe pin parasol, à deux mètres d'un Bouboule haletant de fatigue.

Tout avait fonctionné comme elle l'espérait. Après avoir longuement détaillé le terrain et les opportunités qu'il offrait, elle avait palabré avec chacun des habitants, convainquant les chefs, rameutant les solitaires, distribuant missions et consignes avec un sens de la diplomatie qu'elle ne se connaissait pas il y a quelques jours encore, et un esprit d'équipe que Bill comme Kombo lui contestaient, fort injustement.

Alors qu'elle savourait le travail accompli, les paupières mi-closes sur son autosatisfaction, Bouboule reprit son souffle, donc la parole :

— Moi, je m'occupe du patron, c'est ça ? vérifia-t-il, à la fois surpris et bouffi de fierté.

— Absolument, confirma Cléo sur un ton d'hypocrisie décomplexée.

La probabilité pour qu'un homme comme Soutellin se jette dans une quelconque bataille était de l'ordre de zéro, Cléo ne prenait donc aucun risque et, au contraire, se débarrassait du rongeur tout en le flattant.

— Mais, pour faire tout ça, tu vas devoir retransformer tous les envoyés de Noé en animaux, alors ?

— Oui, répondit Cléo qui ne voyait pas le problème.

Bouboule enfonça les mains dans les poches de sa salopette de velours camel.

— Et ça marche à chaque fois ?

— Mais bien sûr !

Noé avait beau interdire d'utiliser la formule, Martin avait beau dire que seule leur enveloppe humaine pourrait infléchir les armes des chasseurs, Cléo pensait que leur meilleure chance se jouerait en animaux.

Tant qu'à mourir, autant que ce soit dans sa peau de bête.

— Et comment on repart, au fait ? demanda Bouboule, les mains toujours dans les poches, pivotant des épaules pour apprécier les vastes étendues alentour.

Sous le crâne de Cléo, le grelot tinta. Pour s'amuser, elle donna quelques claques à Bouboule, le bousculant dans un sens et dans l'autre, le serrant fort puis le relâchant, avant de partir en courant :

— Viens, j'ai une idée !

Martin soulevait la fonte avec énergie, espérant que le réveil du muscle éperonnerait la combativité et avec elle peut-être une ébauche de stratégie. Le départ des enfants, que Tahiata avait évacués, ses dossiers sous le bras, avait diminué le flot de panique qui avait envahi le scientifique et l'adrénaline cheminait désormais pour un meilleur usage. N'empêche, aucun plan ne se dessinait, les neurones de Bénétant ne s'étaient jamais ordonnés pour la bataille et ils partaient aujourd'hui dans tous les sens, peinant à se dresser en colonnes belliqueuses. C'est pourquoi le professeur se trouvait là, sur son banc, appelant le biceps à l'aide du cerveau.

Bill débarqua dans la pièce :

– T'as des armes ? Je ne les trouve pas.

– Non, ahana Martin sous ses haltères, bien sûr que non, je n'ai pas d'armes.

– Ah bon, s'étonna Bill dont l'ancien maître s'enorgueillissait d'un large arsenal.

– Enfin si, corrigea Bénétant, j'ai mon fusil à fléchettes hypodermiques pour endormir à distance.

Les projectiles surmontés d'un pompon, afin de se repérer de loin, manquaient singulièrement de rigueur militaire, mais le professeur n'avait pas mieux.

Kombo se posta à son tour dans l'encadrement de la porte et avisa Martin. Il pencha la tête de côté :

— C'est quoi ça ?

— Des haltères, souffla le professeur.

— Ça sert à quoi ?

— À se muscler.

— Hin hin, fit le gorille, surpris lui-même par le son qui surgissait de sa gorge. Ha ha. Ha ha ha ha ha.

— Qu'est-ce qui t'arrive ? demanda Bill.

— Rien, rien, répondit Kombo sans quitter la frêle silhouette du scientifique des yeux. Ha ha ha. Je découvre le rire. Ha ha ha ha ha.

Bénétant, se renfrognant, finit par lâcher ses haltères et se redresser.

— Bon, puisqu'on ne peut pas être tranquille deux minutes dans cette maison, allons-y. Suivez-moi, on va élaborer une stratégie de défense.

Bill, la tête bien droite, colla aussitôt au train du professeur. Frottant ses yeux pleins de larmes et sans cesser de rire, Kombo leur emboîta le pas en direction du salon.

Rose, crayon à la main, fixait la feuille sur laquelle elle avait dessiné le plan du mas en se rongeant les sangs. Elle sursauta en les entendant entrer. Puis sursauta de nouveau quand Cléo réapparut.

— Me revoilà, fit cette dernière en frôlant murs et canapé.

— Je croyais que tu nous avais abandonnés, se réjouit Bill.

Cléo replaça ses mèches noires derrière une oreille, puis l'autre, et s'avança pour boxer l'œil de Bill du bout des doigts.

— Mais non voyons, pourquoi ?

— Bah heu...

Bill, clignant des paupières sous les tapes, cherchait manifestement une réponse susceptible d'expliquer ses craintes sans relancer les querelles ancestrales. Comme il ne trouvait pas, il renonça et, esquivant les coups, il fit le tour du canapé en trottinant. Rose, toujours tremblotante, repoussa sa feuille et son crayon loin sur la table basse comme pour évacuer la menace.

— J'ai beau réfléchir, je ne vois pas comment on va réussir à s'en tirer contre une cinquantaine d'hommes armés jusqu'aux dents. On est juste cinq, là, avec nos petites pattes...

Cléo décocha le fameux sourire énigmatique du félin millénaire et s'approcha de Rose.

— Mais qui te dit qu'on n'est que cinq ?

Rose se tourna subitement vers elle, pleine d'espoir, et aperçut Bouboule posté à ses côtés. Il se tenait droit, la silhouette dodue, l'œil alerte et les moustaches vindicatives, en commandant de légion qui renifle d'où vient le vent.

— C'est vous ? s'emballa Rose, vous venez nous aider ? Qui êtes-vous ?

Cléo répondit avant même qu'il ait ouvert la bouche :

– C'est Bouboule, un hamster envoyé par Noé.

L'espoir de Rose marqua le pas.

– Un hamster, mais qu'est-ce qu'il veut qu'on fasse avec un hams...

– Oui, bon, on a compris, coupa Cléo. Il aime pas trop les remarques en plus.

Bouboule, vexé comme un pou, les mains accrochées aux bretelles de sa salopette, fixait maintenant Rose d'un air mauvais, indifférent au nez que Bill venait de lui coller dans l'oreille. Cléo enchaîna, alors que Martin et Kombo se rapprochaient, saluant le nouveau venu d'un hochement de tête, et s'asseyaient sur le canapé, pressés d'entendre ce qu'elle avait à raconter.

– Tu as du nouveau ? demanda le professeur.

– Mieux, j'ai un plan, frima-t-elle sans se formaliser de toutes les mines sceptiques qui l'entouraient soudain.

Pendant que Cléo exposait les grandes lignes de son projet à ses amis, Bouboule se dirigea vers le perchoir du perroquet et vida la mangeoire débordante de graines dans ses poches. Il avisa ensuite la corbeille de fruits sur le comptoir de la cuisine et s'empressa de lui infliger le même sort, tentant de caler les amandes qui dépassaient dans ses joues étonnamment peu élastiques. Quand il regagna le canapé, les gencives agacées par le contact rugueux des coques, il s'aperçut qu'un silence de mort avait figé le groupe.

– Mais c'est très dangereux ça, se décida à lâcher Rose au bout d'un moment.

— T'es dingue, on va tous se faire descendre, abonda Bill aussitôt.

— Ah ben oui, c'est une possibilité qu'on ne peut pas écarter, admit Cléo en remuant la tête d'excitation.

Kombo, d'un élan de l'épaule, se rua sur Cléo qu'il serra dans ses énormes bras, la décollant du sol :

— Elle me plaît beaucoup, ton idée. Je te suis.

Cléo poussa des mains et tira du cou pour se dégager de l'étreinte, fila à l'autre bout du salon, puis revint aussitôt à un mètre de Kombo.

— Merci, j'étais sûre que je pourrais compter sur toi, fit-elle en pivotant légèrement vers le fauteuil où s'était assis Bill.

Celui-ci sauta sur ses jambes.

— Oui, bien sûr, moi aussi je viens. Si Martin est d'accord.

Tout le monde se tourna alors vers le professeur, assis sur le tapis, qui semblait la proie de réflexions intenses, ses doigts pianotant sur le rebord de la table basse.

— Trop dangereux. Trop dangereux pour tous. Et à la fois...

Puis, comme s'il réagissait soudain, il demanda à Cléo :

— Mais comment vous êtes revenus au fait ? C'est à trente bornes.

— En voiture ! Avec ta copine !

— Quelle copine ?

— Celle avec la blouse, là.

Avec la blouse, avec la blouse... Le professeur ne connaissait que ça, des gens dans des blouses. Quoique, encore au boulot, à cette heure-là...

— Kirsten ?

— Voilà.

— Mais qu'est-ce que tu lui as dit ?

— La vérité, c'était plus simple, répondit Cléo avant de diriger ses yeux ronds vers un bruit fantôme pour ne plus s'intéresser qu'à ça.

Martin suivit du regard le même bruit fantôme, le temps d'appréhender le contenu d'un mot comme « vérité » dans la bouche de Cléo.

— Mais quelle vérité ? reprit-il, soudain inquiet.

— Bah, lâcha Cléo, je lui ai dit qu'on était une chatte et un hamster et qu'on avait besoin de rejoindre en urgence nos copains gorille, truie et chien avant de se faire abattre. Au début, elle ne m'a pas crue et puis, au bout d'un moment, elle a trouvé que décidément tu étais prodigieux, le plus grand génie de ce siècle, enfin un truc dans le genre, et puis, au bout d'un autre moment encore, elle s'est étonnée pour des histoires de girafes qui auraient dû être plus simples à reproduire qu'un chat à transformer. Bref, je ne sais plus trop, honnêtement, parce que le sapin en mousse n'arrêtait pas de s'agiter sur le rétroviseur, ça m'énervait et j'essayais de l'arracher, quand...

— Mais elle est où, là, Kirsten ?

— Ben dehors ! C'est chez toi, je ne savais pas si elle avait le droit d'entrer, moi. Je l'ai laissée sur ton paillasson. Comme Bouboule d'ailleurs, mais lui, il s'est pas gêné pour entrer quand même, les rats ça ne respecte rien.

Martin se leva d'un bond pour aller ouvrir la porte à sa collègue qui se tenait sagement debout derrière, la mine circonspecte mais la queue-de-cheval intacte. Après s'être répandu en salutations et excuses, le professeur, suivi de Kirsten, revint dans le salon au moment où Rose, la pupille subitement éclairée, s'arrachait à son mutisme anxieux.

– Pourquoi on ne se place pas sous la protection de l'armée ? Elle est partout sur le Domaine, j'en ai vu dans ta réserve aussi... Ça fait partie de leurs fonctions, non ? demanda-t-elle.

Martin la fixa en se mordant la lèvre. Ce serait le plus raisonnable, en effet, et, malgré les accointances de certains gradés avec le lobby des chasseurs, Bénétant y avait songé. Mais le plan de Cléo lui avait donné une nouvelle idée, une issue qui s'affichait en flèche lumineuse et à laquelle il avait du mal à résister.

– C'est vrai Rose. Mais là, on a une chance non seulement de sauver vos vies, mais aussi de remporter le sommet. Et ça, c'est une sacrée opportunité. Le problème, c'est que l'armée ne doit absolument pas intervenir. Concrètement, il faudrait même qu'elle dégage le terrain et je ne vois pas trop comment...

– Ah ça, moi, je sais, intervint Kirsten. Ça me prendra trois minutes, ajouta-t-elle comme s'il s'agissait de préparer des tisanes.

Sans même chercher à en apprendre davantage, Martin hocha la tête, confiant dans les ressources de son adjointe qui, de toute évidence, savait s'accrocher à ses objectifs jusqu'à ce que ça cède.

— Bien, fit-il en zippant son sweat gris jusqu'à son cou. Maintenant, pour que ça marche, je vais devoir te demander encore autre chose, Cléo.

79

La voix affolée de Kirsten résonna dans le labo avant de venir s'engouffrer dans le micro du téléphone.

— Oui papa, je sais, il est tard, mais j'ai besoin de ton aide. J'ai fait une grosse grosse boulette. Je crois que ce n'était pas une bonne idée de me faire embaucher chez Bénétant... Non, pire. J'étais près de la sortie du parc, deux tigres ont surgi et j'ai eu tellement peur que j'ai ouvert la grille au lieu de la fermer. Ils se sont échappés. Deux fauves. Énormes.

Après plusieurs hoquets de stress et différents jurons, le père de Kirsten finit par recouvrer son ton protecteur coutumier :

— Ça va aller, ça va aller, ne t'inquiète pas. Laisse-moi réfléchir un peu...

— Ils ont une puce GPS, on peut suivre leur parcours : ils se sont enfuis vers le massif. Ce qu'il faudrait, c'est que les gardes de la réserve partent immédiatement à leur recherche, ce sont les seuls suffisamment qualifiés pour les bêtes sauvages. Moi, je n'ai pas ce pouvoir mais toi, tu peux déplacer l'unité n'est-ce pas ?

– Oui, évidemment que je peux. Je passe un coup de fil à leur commandement.

– Merci papa. Mais sous le sceau du secret, hein ? Il ne faut surtout pas qu'on sache que j'ai fait ça, et encore moins que tu as passé ce coup de fil. Ça pourrait me coûter très cher.

En cela, Kirsten savait énoncer l'absolue vérité. Elle fut d'ailleurs soulagée d'entendre son père fournir sa réponse de rigueur :

– Oui, oui, j'ai l'habitude de m'arranger, ne t'en fais pas. Va te coucher tranquille, bonsoir ma fille.

– Bonsoir papa. On se voit toujours lundi ? Avec maman, vous préférez du rouge ou du blanc ?

La sphère bleue scintillait au sommet du grand mât, narguant le bas peuple de toute sa hauteur. Ce nouveau vol allait-il porter ses fruits ?

Cléo avait retransformé chacun de ses amis en animal. Rose, Kombo et Bill avaient ensuite filé droit sur leurs objectifs, disparaissant dans la nuit et les branchages, pendant que Bouboule et Cléo étaient demeurés là, au pied du poteau, à se demander comment ils allaient bien pouvoir s'acquitter de la mission confiée par Martin.

Cou tendu, moustaches dressées, Cléo guettait le retour du grand oiseau. L'aigle réapparut et plana en majesté quelques minutes avant de larguer une superbe fiente qui passa à ras de la sphère pour venir s'écraser six mètres plus bas sur l'œil de Cléo. « Raté ! » se dit la chatte. Le rapace, toutes ailes déployées, décrivit alors un large cercle dans le ciel, ajustant sa trajectoire pour une nouvelle tentative. « Encore raté ! » pensa Cléo quand le deuxième lâché atterrit pile sur son oreille. L'oiseau superbe repiqua sans attendre sur sa cible. « Et raté de nouveau ! » rugit intérieurement Cléo, touchée à la patte alors même qu'elle s'était décalée.

Elle allait finir par le bouffer, ce piaf. C'était bien royal les aigles, mais pour tapisser une caméra, ça ne valait rien. Cléo aurait préféré de la bonne mouette ou du pigeon parisien, d'authentiques pros de la fiente Canadair. Là, avec cette méthode, ça ne marcherait jamais. Les oiseaux étaient une mauvaise idée.

Si on ne pouvait pas atteindre la sphère par les airs, il fallait donc procéder par la terre. Et faire vite, Cléo n'avait plus le temps maintenant.

Six mètres de poteau lisse, elle ne pourrait jamais s'accrocher. Elle réfléchit, la queue hérissée par le stress. Une girafe. Voilà ce qu'il lui fallait : une girafe. Elle courut en direction de l'enclos et en revint quelques minutes plus tard, galopant aux côtés de Légende, la superbe femelle peralta, Bouboule à la traîne, mais toujours dans leur sillage.

Arrivée au pied du mât, elle désigna de la boue à l'ongulé qui l'aspira puis éleva ensuite son long cou en direction de la caméra. Trop court. La girafe étira sa langue bleue sur quarante centimètres, mais c'était encore trop juste. Cléo bouillait. Sans prévenir, elle grimpa le long de Légende jusque sur ses naseaux contre lesquels elle cala ses coussinets. Tendue sur ses pattes arrière, elle tenta à son tour d'accéder à la boule brillante. Rien, ça se jouait à rien, à peine quelques centimètres, mais c'était encore insuffisant. Le temps pressait. « C'est rageant », pensa la siamoise au moment où un hamster plein de boue lui agrippait les poils du dos et escaladait sa tête pour plaquer ses grosses joues de rongeur contre la caméra, maculant cette dernière d'eau terreuse.

Une fois la lentille parfaitement occultée, Bouboule laissa retomber sa fourrure ébouriffée sur le museau de Cléo et colla son œil au sien. « Alors, ça se joue pas à dix centimètres des fois ? Hein ? Merci qui ? Merci Bouboule. »

81.

Les lunettes infrarouges gênaient Charlie dans sa progression, il ne voyait rien, mais il ne pouvait se résoudre
à les remonter sur son front comme de vulgaires solaires :
il n'était pas là pour jouer les touristes mais les commandos. Les couteaux à dépecer passés dans son ceinturon cognaient l'os de sa hanche qui en devenait
douloureux. Le ceinturon était un peu trop court maintenant, mais Charlie y tenait : il l'avait fait tanner dans
la peau du dernier alligator des Everglades, un tir qui
lui avait coûté mille dollars de bakchich au guide de la
réserve et lui avait rapporté cent mille dollars lors de la
revente de la bête sur le Dark Web. D'habitude, Charlie
déléguait le braconnage des espèces interdites à ses mercenaires pour limiter les risques, mais là, le dernier,
c'était une occasion à ne pas gâcher, il l'avait abattu
lui-même. Charlie était ravi aussi de sa combinaison de
combat : fabriquée dans ces nouvelles matières haute
technologie, elle valait une fortune, mais était à la fois
souple, confortable et isolait bien du vent coulis qui
refroidissait son cou frileux.

Sur son aile droite et son aile gauche, le patron de l'association des chasseurs vit se déployer l'ensemble de ses troupes et ressentit cette joie pure de l'enfant écrasant son premier crapaud. L'affût, les proies, les armes et le surnombre, toutes les conditions d'une nuit merveilleuse s'ouvraient à l'ancien de la CIA.

Les alentours du mas de Martin Bénétant étaient silencieux, on ne percevait que le bruissement des corps se déplaçant à couvert. Une seule fenêtre, à l'étage, laissait filtrer une lumière douce, sans doute la lampe de chevet pour une page de lecture avant de s'endormir. Charlie ricana : le professeur n'aurait pas le temps de finir son chapitre.

Même si la cible prioritaire n'était pas le scientifique, mais les envoyés de l'ONU. Les animaux mutants. Faire d'une pierre deux coups : rapporter des pièces rarissimes et tuer le traité. Défendre ainsi chaque pouce de son pré carré, chacun de ses droits. Il n'avait toujours existé que deux camps : ceux qui prennent les armes et ceux qui prennent les balles. Charlie appartenait au premier depuis des générations et ce n'était pas quatre bestioles qui allaient faire basculer quoi que ce soit.

Il fallait les repérer, les encercler. Les abattre. Les empailler dans leur peau d'humain.

Charlie fit signe à deux de ses hommes et à Terence de le suivre à l'arrière de la maison. Alors qu'ils évoluaient pliés en deux, en file indienne, un crissement de pneus sur le gravier attira leur attention. Avec ces putains de moteurs électriques, ils n'avaient pas entendu le pick-up démarrer et le véhicule s'éloignait déjà, pratiquement hors de portée. D'un mouvement rageur, Charlie réajusta ses lunettes infrarouges pour évaluer l'habitacle : un conducteur et quatre silhouettes.

Ils s'échappaient − tous.

Quelqu'un les avait prévenus. Il fallait se replier d'urgence vers les 4X4.

− Changement de plan ! Tous les commandos à leurs véhicules ! Il faut rattraper le pick-up !

Ainsi les fuyards voulaient passer de l'assaut à la chasse à courre. Pas de problème.

Charlie prit appui sur la portière et dut s'y reprendre à deux fois pour hisser tout le contenu de sa combinaison sur le siège. Il démarra dans un vrombissement de moteur libérateur.

La terrible armada ronfla à sa suite.

Une seule route partait du mas Bénétant. Il leur fut facile de repérer au loin la lueur rouge des feux stop et de se lancer à sa poursuite.

Bénétant se tenait sûrement au volant et, comme à son habitude, il devait paniquer car la voiture ralentit pour finalement accélérer et tenter de les distancer. Mais son véhicule n'était pas assez puissant, les deux mille chevaux de ses poursuivants gagnèrent impitoyablement du terrain, cow-boys de l'Ouest, cavaliers de l'Apocalypse, hordes civilisatrices à l'assaut d'une dernière flammèche de résistance − Charlie se sentait l'âme du plus beau des conquistadors.

Tiiiit. Tiiiiit. Tiiiit.

Putain d'alarme. Charlie avait oublié sa ceinture de sécurité. Pour l'attraper par-dessus son épaule, il lâcha le volant un instant et la voiture fit un écart qui déclencha le *tuuut* du contrôle de trajectoire. Charlie abandonna aussitôt sa ceinture pour braquer à gauche, ce qui réveilla le *tin tin tin* du rétroviseur central qu'il avait omis de consulter et le *ding ding* du régulateur de vitesse. Pour recouvrer son sang-froid mis à mal par les décibels qui l'assaillaient, Charlie crispa les paupières. La sirène anti-endormissement en profita illico pour ajouter son *biiip* à la symphonie délirante. L'estomac noué de stress, le chasseur maudit entre ses dents toute cette technologie pour mémé qui aurait forcé Bullitt à piloter avec un casque antibruit et ralentit un instant pour ramener le silence dans l'habitacle et calmer le niveau d'alerte de son pacemaker.

Charlie faillit en perdre de vue la voiture de Bénétant qui s'éloignait, mais heureusement il reconnut la route empruntée par le professeur. Comme un petit se réfugie dans les bras de sa mère, comme un mauvais soldat rallie sa base plutôt que d'en éloigner la menace, Bénétant roulait droit vers son laboratoire. Charlie accommoda son regard, en veillant à bien garder les yeux ouverts, et accéléra. Quelques mètres en amont, le système de sécurité reconnut le pick-up et déclencha l'ouverture. Les poursuivants accélérèrent pour entrer dans son sillage.

Quand Charlie vit les hautes grilles du parc s'écarter à l'approche de son 4X4, une vague d'émotion le submergea. Cette réserve accueillait les derniers spécimens d'espèces rarissimes, une mine de trésors dont nul autre chasseur ne pouvait s'offrir l'accès. C'était l'abondance suprême à portée de fusil.

Les portes du Paradis s'ouvraient devant lui.

82

Lorsque Charlie distingua la silhouette sombre du professeur quittant le véhicule et s'enfuyant, sans qu'aucune autre des quatre ombres bouge dans l'habitacle, il comprit qu'il avait poursuivi un leurre. Mais son orgueil et sa cupidité étaient trop grands pour laisser au mot « piège » la place de s'épanouir.

Il stoppa son 4X4 dans un puissant crissement de freins, saisit sa Winchester, sauta de son véhicule et claqua la portière avec impatience. Dans son dos, des dizaines de larges pneus crantés crissèrent à leur tour sur l'allée, les moteurs se coupèrent un à un et quarante portières claquèrent en écho à celle du chef, des appels de phares avec *bip* de fermeture suivirent aussitôt. On entendit encore des ceintures de cartouches s'ajuster, des fusils cliqueter et des zips glisser. Puis le silence se fit, ample comme une savane endormie. Un vent léger apporta le parfum des herbes, des arbres, des étangs et du crottin. Les chasseurs, émerveillés, contemplèrent le ciel chargé d'étoiles en serrant fort les crosses de leurs armes.

– Ne faites feu qu'en ultime recours, lorsque vous apercevrez nos cibles : deux hommes et deux femmes, vous avez les photos. Attention, il y a peut-être des gardes. Nous avons pénétré une réserve interdite, il ne faut pas les alerter en multipliant les tirs inutilement, commanda Charlie, déjà oublieux du vacarme de ses troupes et désireux de conserver pour lui seul les privilèges de la chasse. Nous allons constituer plusieurs pools et quadriller la zone.

Une dizaine d'équipes se répartit ainsi dans la forêt traversée de lianes. Chaque unité de trois chasseurs progressait en triangle, à pas prudents, le canon pointé, l'attention fébrile. Des cris de singes se répondaient dans la nuit qui les enveloppait.

Parvenu aux abords d'un cours d'eau qui sinuait au milieu des arbres, le premier groupe ralentit en entendant des froissements de feuilles. Ils s'arrêtèrent tout à fait pour écouter. Les chiens de fusil tournoyèrent, cherchant la provenance des sons.

Kombo, perché dans la canopée, soufflait bruyamment de ses narines écartées. Il avait récupéré son corps de gorille, sa souplesse, sa puissance, son agilité. En arrivant dans le parc, Cléo les avait tous retransformés, puis elle avait délivré à chacun ses instructions. À Kombo, Rose et Bill désormais de filer leur partition.

Le primate, depuis ses cimes, observait le canon des armes au-dessous. Tout allait se jouer sur une seconde, sur une balle, sur sa capacité à déclencher la terreur et la faire résonner dans toute une jungle. Il inspira jusqu'à dilater ses poumons et se laissa choir de tout son poids à deux mètres du nez des chasseurs. Au moment où ses larges pieds touchaient la terre meuble, il libéra un rugissement d'apocalypse. Devant lui, comme ailleurs, les chasseurs, effrayés, levèrent leurs armes.

Au même instant, une nuée de petits singes saïmiris, chacun largement rompu au vol sur touriste, tombèrent des arbres, partout dans la forêt, et s'emparèrent des fusils avant de s'égailler dans les frondaisons pour se les disputer. En un instant, tous les chasseurs furent désarmés et tous les singes eurent disparu. Seuls demeuraient quelques atèles noirs, suspendus à des branches par leur longue queue, montant et descendant tels des yoyos à la barbe des hommes pour le simple bonheur de leur coller des gifles.

Kombo, galvanisé par son succès, soulagé par l'absence de détonation, déchargea sa joie nouvelle, comme sa violence accumulée, sur l'unité qui lui faisait face. Il saisit les trois humains par leurs bras, leurs jambes, leur cou, il les tordit, les plia, les empila, les emboîta, avec plus d'ardeur encore qu'Ilona manipulant ses Duplo. Sa mission n'était pas encore achevée, mais il s'autorisait une pause plaisir.

D'abord sonnés par le vol de leurs armes, les autres chasseurs disséminés dans la jungle se reprirent, gonflés d'invectives, et se précipitèrent en avant, la fierté aiguillonnée, confiants dans les couteaux à lame épaisse qui garnissaient leurs ceinturons. Ils étaient prêts à en découdre et à récupérer leurs biens, quitte à en oublier leurs quatre cibles au passage.

Édouard Soutellin, après avoir emprunté l'une des nombreuses Jeep de Charlie pour ne pas risquer qu'on identifie sa propre voiture, avait suivi de loin le chasseur et sa petite armée. Il n'était pas là pour accomplir les basses besognes mais pour en encaisser les bénéfices. Il aurait donc pu, comme à son habitude, rester planqué dans sa suite pendant que le sang salissait d'autres mains, mais l'intelligence de Charlie n'était pas de celles auxquelles on délègue sereinement ses intérêts. Même si quelques-uns de ses lobbyistes, dont le précieux Terence, accompagnaient l'ancien de la CIA, Soutellin avait estimé qu'un contrôle visuel direct s'imposait.

Garé à l'écart, près des bâtiments du parc, Édouard était demeuré dans l'habitacle et avait regardé les commandos se déployer avec un vague dédain, espérant juste qu'ils ne feraient pas de quartier. Il savait que personne ne viendrait réclamer les quatre cadavres, qui ne possédaient ni identités d'humains ni matricules d'animaux. Pas de vie, pas de mort, pas de traces.

Malgré l'épaisseur des vitres, Soutellin avait perçu comme un hurlement, mais ça s'était calmé. Et puis de nouveau des cris de chouettes, de hiboux, de coyotes, de singes – Édouard n'aurait su distinguer vraiment – parvenaient jusqu'à lui, rebondissaient contre la carrosserie et revenaient, insistants, se rapprochant. Le lobbyiste vérifia nerveusement le verrouillage centralisé. C'est alors qu'il avisa la bâche huilée qui servait de toit. Soutenue par des arceaux et fixée par des crochets chromés, elle laissait une mince ouverture qui dessinait de gros points cousus sur le haut du pare-brise, une succession d'espaces. Ce n'était rien, à peine trois centimètres de large à chaque fois, mais ça n'était pas hermétiquement fermé. Une Jeep de safari.

Soutellin pouvait apercevoir un minuscule rai de lune à travers les trous. Il essuya la goutte de sueur qui venait de perler sur sa tempe. Trois centimètres. Tout petits. Rien ne pouvait passer. Il était en sécurité dans ce véhicule.

Au fur et à mesure de la marche de l'unité numéro deux, la forêt s'éclaircissait et les épaules des commandos se relâchaient. Le craquement sec d'une brindille sous un corps lourd les retendit brutalement. Trois paires de lunettes infrarouges se braquèrent d'un même mouvement vers l'origine du bruit et découvrirent dans leur viseur la silhouette massive et rose d'une truie gestante, incongrue au milieu des bois. Un rire de soulagement s'éleva, comme une aria pleine de légèreté dans la douceur de la nuit. Les hommes brandissaient déjà leurs couteaux crantés, prêts à savourer des rillettes, quand un éclat de lune se réverbéra soudain sur une défense courbée. Un sanglier. Des sangliers. Une dizaine de sangliers prêts à charger camouflaient leurs poils sombres contre les écorces. L'unité entreprit un demi-tour précipité et s'élança à pleine vitesse, les visages griffés par les branches, les pieds butant contre les racines. Pris de panique, les types filaient plein sud, conduisant la harde en direction de l'unité numéro trois, qui les voyant fuir ainsi devant un cochon eut à peine le temps d'amorcer une vanne qu'elle finissait assommée, piétinée par quarante sabots passés sans même lui prêter attention.

Rose savait où rabattre les chasseurs qu'ils n'auraient pas déjà renversés. Elle conduisait sa chasse à courre, sans cor, ni trompette, ni scrupules.

L'équipe numéro quatre menée par Charlie avançait, elle, les yeux papillonnant d'envie, la lame impatiente, se délectant tel un Panzer au jardin d'Éden. Bien sûr, les chasseurs gardaient à l'esprit leur objectif et les quatre magnifiques trophées qu'il représentait, mais ils n'étaient pas contre deux ou trois descentes de lit comme mises en bouche. Leurs vœux soudain s'exaucèrent : dans le talus à leur droite, un jeune okapi à poils noirs et fauves, certainement le seul mâle de sa lignée, prenait la fuite à leur approche. Ils démarrèrent aussi sec, droit devant, et le poursuivirent sur une centaine de mètres, mais l'animal était trop rapide. Sans fusil, la nature les distançait. Alors que le dépit gâtait l'élan de leur course, ils aperçurent un panda roux particulièrement rare. Surpris, ce dernier fila aussi vite qu'il le put sur ses courtes pattes, mais les hommes obliquèrent à ses trousses. Le petit ailuridé planta ses griffes dans la terre pour escalader la côte et se laissa dégringoler sur l'autre versant.

Charlie et son groupe déboulèrent à sa suite, glissant sur la pente boueuse jusqu'à ralentir enfin sur un sol plus plat. Le panda roux avait disparu.

Charlie pivota et les dizaines de chasseurs autour de lui firent de même. Le jour commençait à se lever et les silhouettes se détachaient sur la végétation. Ils étaient tous là. Toutes les unités. Les hommes comprirent alors qu'ils étaient dans une cuvette et, d'un seul mouvement, tournèrent leurs regards vers la crête.

Au sommet, aux côtés d'une chatte siamoise, la musculature souple de grands félins se découpait sur le ciel rose. Lionnes, lions, panthères et tigres, tous rugissaient leurs années de zoo et de cirque, leur solitude de survivants. Leurs crocs acérés, et jusqu'alors inutiles, brillaient dans les premiers rayons du soleil. Ils auraient de la viande vive au petit déjeuner. Surplombant le flanc opposé, deux éléphants, dont l'un tenait un panda roux sur sa trompe, frottaient la terre de leurs énormes pieds.

Peu à peu apparurent à leurs côtés les sangliers de Rose, les singes de Kombo, mais aussi des tapirs, des kangourous, des ours, des girafes, des porcs-épics, tandis qu'un escadron d'aigles et de vautours, leurs serres grandes ouvertes, survolait le cratère.

Les humains saisirent leurs couteaux. Les animaux dévalèrent la pente. La bataille débuta, corps à corps, lames à griffes. Martin, embusqué, camouflé, serra son fusil à fléchettes hypodermiques, luttant contre son envie de transpercer les chasseurs, ces pantoches de soldats ne menant que des guerres sans risques. Mais il n'était là qu'en ultime recours, il ne devait surtout pas tirer, ni se montrer. Sous sa casquette de végétation, il respirait avec gêne, la gorge serrée à l'idée qu'un seul animal ne soit blessé. Il admirait le travail de Cléo qui, dans sa folie, avait su convaincre chaque espèce, tablant sur l'envie d'action et la soif de revanche qui avaient embrasé toute la jungle. Le professeur tentait de discerner Édouard Soutellin dans la masse, brûlant de lui décocher un pompon en travers de la gorge. Où se cachait-il ? Que manigançait-il pour la suite ? Comment avait-il osé leur envoyer des tueurs ?

Soutellin se détourna quelques instants de la bâche ajourée pour guetter les bruits de la réserve. Des éclats étranges lui parvenaient, des barrissements, des cris, des rugissements poussés au loin. Et puis un son plus sourd, plus proche, comme un souffle de vent sur un tapis de feuilles mortes. Édouard se redressa pour scruter le sol à travers le pare-brise. Les centaines de feuilles mortes glissaient, luisaient, on aurait dit des rats. Au premier *ploc*, Soutellin releva les yeux sur les trous dans la bâche d'où les rongeurs tombaient un à un, dix à dix, des hamsters dont un rondouillard, puis des cobayes, des fouines, des mangoustes et des visons aux dents pointues qui grimpèrent le long des fauteuils et vinrent le revêtir tel un manteau, l'engloutissant sous leur masse suffocante.

Hurlant de terreur, Soutellin agitait les bras, recrachait les souris. Sa main finit par attraper la poignée de la portière et l'actionner. Il se laissa tomber sur le sol puis partit en courant, détachant les griffes des animaux crochetées dans sa chemise, dans sa chair. La houle des rongeurs coula de la voiture à sa suite et le prit en chasse le long de l'allée centrale. Alors que Soutellin doublait les serres, les mangoustes aperçurent un nid de cobras endormis dans leur vivarium. Elles bifurquèrent pour assaillir la vitre et cracher aux crochets de leurs ennemis séculaires. La colonne entière des rongeurs les suivit comme des moutons, l'espace de quelques secondes seulement, mais qui furent suffisantes à Soutellin pour gagner les bâtiments du labo et se hisser sur le toit en trois mouvements d'escalade dont il ne se serait pas cru capable. Hors de vue, il put reprendre un semblant de souffle et de dignité.

Acculé en compagnie de Charlie et d'une dizaine de ses chasseurs, Terence sentit dans son dos l'humidité de l'étang qui lui coupait toute retraite. Il inspirait lentement, l'œil en alerte, à la recherche d'une issue, rassuré par la force des hommes à ses côtés. Soudain, à sa gauche, Charlie s'évapora. Quittant les félins des yeux, Terence tourna rapidement la tête, fouettant l'air de son catogan. Aucune trace. Que s'était-il passé ? Un claquement de mâchoire résonna et Terence comprit subitement. L'étang. L'eau noire de l'étang, les berges boueuses. Une longue traînée. Terence la suivit du regard et découvrit brillant dans l'ombre des arbustes la pupille d'or fendu d'un alligator au cuir immobile. À sa droite, puis tout autour de l'étang, la vase se mit à onduler doucement, révélant les corps lisses et épais des anacondas. Terence retint un cri d'effroi et se précipita en avant, grimpant la pente, évitant les félins, coupant par les bois et se projetant dans la clairière, droit dans la gueule des loups.

Il roula à terre avant de se rétablir prestement. Encerclé par les canidés qui se rapprochaient tête basse, oreilles pointées, roulant des épaules au-dessus de leurs hautes pattes, Terence sentit toutes les peurs ancestrales lui remonter le long de l'échine. Mais alors qu'il s'apprêtait à hurler, il aperçut la silhouette gracile d'un dalmatien qui se détachait de la meute. Une bouffée de soulagement desserra la gorge de l'homme qui recouvra son ton de commandement naturel :

– Bill ! Viens là, bon chien !

Alors que les loups s'immobilisaient un instant, le dalmatien eut un premier battement de queue réflexe, qu'il réprima avant de se mettre à gronder. À sa suite, les loups reprirent leur approche.

– Voyons Bill, c'est moi, ton maître. Gentil chien, fit Terence, tentant vainement de l'amadouer, avant de reprendre une voix mâle : Pas bouger.

Bill bondit et planta ses crocs dans le mollet droit de Terence. Celui-ci en glapit autant de douleur que de surprise et, rageur, il menaça :

– Je vais te foutre une putain de raclée...

Bill, les canines fermement plantées, secoua la tête, renversant son maître qui se mit à crier dans le désordre :

– Couché ! Au pied ! Ça suffit ! Couché ! Pas bouger !

En retour, Bill pinçait, mordait jambes, fesses et bras avec une frénésie libératrice. Terence se débattit, frappant à l'aveuglette, avant d'abdiquer, la tête roulant au sol :

– Oh mais quel con, ce chien...

Dans la cuvette, la bataille faiblissait, faute de combattants. Les animaux blessaient, assommaient, paralysaient, mais ne tuaient pas. Les ours balançaient les corps, les éléphants piétinaient des bras et les fourmiliers auscultaient des lobbyistes qui plus jamais ne souffriraient de vers intestinaux. Une fois à terre, les hommes ne se relevaient plus, afin de ne pas déclencher d'attaques supplémentaires, et, dans cette immobilité prudente, ils sentaient des liens se nouer autour de leurs membres. Les chimpanzés, habiles, déployaient des mètres de cordelettes.

– Où est Soutellin ? demanda Martin qui comptait les chasseurs saucissonnés ramenés sur le terre-plein central, en face des bâtiments.

Maintenant qu'ils étaient en dehors de la jungle, le professeur, secondé par Kirsten sortie du labo pour aider au paquetage, avait pu endormir les plus récalcitrants. La plupart des chasseurs avaient ainsi un pompon de fléchette hypodermique fiché dans le fessier, se balançant mollement au vent, telle une étiquette de traçabilité.

L'aube avait fait place au jour et autour d'eux le rose des bruyères mangeait le vert des collines. Rose, qui avait recouvré sa forme humaine, souleva quelques têtes pour vérifier :

– Je ne le vois pas.

Kombo, qui avait lui conservé sa stature de dos argenté, sillonna les environs pendant quelques minutes et revint en secouant son crâne en pain de sucre : rien de son côté non plus. Bill, toujours en dalmatien et occupé à agacer de morsures les tibias d'un Terence en larmes, ne dévia pas son regard, mais Cléo, retournée à son allure de femme fatale, confirma :

– Pas de traces.

Couché sur le toit plat, Soutellin sourit. Personne ne le trouverait ici, il pourrait attendre tranquillement que tout le monde soit parti pour récupérer la voiture dont il avait conservé la clé et rentrer au Domaine afin d'organiser sa défense. Son attaque plutôt. En toute discrétion.

– Il est làààà ! Il est làààà ! Il est làààà ! cria le perroquet, volant fièrement au-dessus du toit. Coco est dans le couuuup ! Coco est dans le couuuup !

Passé une seconde de sidération, Soutellin, fulminant, se précipita à l'arrière du toit et dégringola plus qu'il ne descendit pour gagner la Jeep. Il courut une cinquantaine de mètres et, la portière se déverrouillant à son approche, il put pénétrer sans attendre dans le véhicule. Il appuya sur START et s'apprêtait à opérer un demi-tour vers la sortie quand il aperçut la silhouette de Martin qui le cherchait quelques mètres plus loin. Le professeur ne l'avait pas encore découvert et se tenait près des arbres, seul, à la lisière de la forêt. Le lobbyiste sentit alors un afflux étrange circuler dans son sang, son cerveau se vida de ses algorithmes, la diplomatie évacua les synapses, une rage animale s'empara de son pied droit et appuya sur l'accélérateur. C'était bon comme sensation.

Bénétant, de dos, ne vit rien venir.

Kombo, sur le côté, aperçut la voiture, le pare-buffle, et Martin au même instant. Il ne prit pas le temps de réfléchir et lança ses deux cent quarante kilos à pleine vitesse. Évitant les roues au dernier moment, le primate bondit sur le capot, absorbant l'impact comme il le put, puis, se dressant de toute sa hauteur, il leva les bras et abattit les poings de toutes ses forces sur le pare-brise qui en souffla mille étoiles sur sa fourrure, ensanglantant ses mains et son poitrail. Kombo démonta le volant d'un geste, saisit Soutellin par le col de sa chemise à manches longues et l'éjecta de l'habitacle avant de le faire tournoyer dans l'espace un peu plus longtemps que nécessaire. Il l'envoya ensuite valser contre un chêne. Puis il épuisa ses nerfs sur la voiture qui avait failli leur coûter la vie. Quand il en eut fini avec la calandre, la Jeep avait le volume d'une Twingo électrique.

Cela s'était déroulé tellement vite que Martin avait tout raté, mais tout compris. Les poils collés par le sang, Kombo restait sur ses quatre membres, ses larges naseaux soufflant des mistrals pour récupérer. Martin plongea un regard plein de gratitude dans les prunelles dorées du gorille qui venait de lui sauver la peau. Tanguant sur ses pattes, Kombo s'approcha et leva une main plus large qu'un fauteuil en cuir pour lui écraser la tête avec bonhomie. Le professeur en sentit ses vertèbres cervicales se tasser de bonheur.

La bataille était gagnée.

Restait la guerre à remporter.

83

Bénétant regardait Soutellin prendre appui contre l'arbre pour se relever. Il se pinçait les narines avec une grimace et il tira une lingette de sa poche pour moucher du sang. Il la jeta par terre et se recoiffa de la main. Puis, sans se départir de son éternel sourire, malgré ses pommettes qui gonflaient et le réseau d'estafilades déchirant veste et chemise, Soutellin se dirigea en vainqueur vers le professeur.

– Mon pauvre Martin, lança-t-il, tu n'as pas idée de ce que ce cirque va te coûter : agression, coups et blessures... Cette fois, je vais te mettre à genoux.

Martin, qui percevait dans son dos le bruit mat des corps de chasseurs ligotés que Kombo envoyait valser sans ménagement à l'arrière du pick-up, voyait très bien ce que Soutellin entendait par là. Un bilan comme celui de cette nuit pouvait envoyer le professeur en prison pour les quinze prochaines années et anéantir sa carrière en un coup de gazette magique. Le lobbyiste jubilait presque d'avoir poussé Martin dans de tels retranchements. D'une certaine façon, il avait gagné, pensait-il, et sa morgue avait cet air de menace qui assombrissait les printemps à la ferme. Bénétant s'approcha calmement.

– De quoi tu me parles Édouard, là ? Tu connais notre monde n'est-ce pas, il est planté de caméras de surveillance et ce parc n'échappe pas à la règle. Alors, je vais t'expliquer, moi, ce que j'ai. J'ai les images d'un commando qui pénètre en toute illégalité dans une réserve d'État hautement protégée, armé de fusils et de couteaux, et qui tente de braconner tous les animaux qu'il croise. Après, ces animaux se défendent, ces chasseurs étaient des incapables, ils se sont fait laminer, tant pis pour eux.

– Ces bêtes étaient dirigées et dressées à l'attaque par quatre humains : les défenseurs du traité. C'est même toi qui les as transformées, sans aucune autorisation et au mépris de toutes les instances bio-éthiques. Pour cela aussi on pourrait te retirer tes titres et ton droit d'exercer.

– Là, tu t'embrouilles, Édouard. Je n'ai jamais transformé personne et tu ne trouveras rien dans mon labo, ni nulle part ailleurs. Mais je serais très curieux de t'entendre défendre cette thèse devant un public. De là à penser que les animaux t'obsèdent…

– Il y avait au moins un humain.

– Aucun.

– Toi, tu n'es pas un humain peut-être ? La caméra, là, elle ne te voit pas ? sourit Soutellin en désignant le haut mât dominant la route du labo.

– Ah non, celle-là, elle est couverte de fientes et de boue. Ça arrive dans les parcs.

Soutellin haussa les sourcils, comme d'autres, plus vulgaires, auraient haussé les épaules.

– Et qu'est-ce que tu cherches à obtenir, Martin ? Tu veux que je fasse réembaucher ta femme, c'est ça ?

Martin, ne laissant aucun courant traverser le calme de ses eaux, poursuivit sur sa lancée :

– Ne t'occupe pas de mon épouse, elle saura parfaitement s'en sortir sans toi. Non, écoute-moi, voilà ce qui va se passer. Toi, tu vas convaincre tous tes clients, tes amis, tes corrompus de voter pour le Traité de Fontaine et de respecter ses engagements. Tu peux même te la jouer grand seigneur : « J'ai révisé chaque alinéa, c'est l'avenir, incarnons le monde nouveau », etc., je m'en moque, mais ne t'oppose pas au « oui ». Et, de mon côté, je garde ma vidéo et vous échappez à dix ans de taule.

Soutellin se composa une moue de mépris, nuancée d'un soupçon de regret presque amical. Ses mains, portées par des gestes réflexes, ajustèrent le col de sa chemise en lambeaux.

– Un maître-chanteur, c'est ça que tu es devenu ?

– Non, un requin. Je ne voudrais pas qu'ils disparaissent.

– Crache ! Crache, je te dis ! ordonna Bill qui, comme ses compagnons, avait maintenant revêtu forme humaine.

Mâchoire serrée sur son trophée, l'alligator opposait un silence farouche. Bill le toisa, évaluant sa capacité de manœuvre.

– Bon. Tu peux garder la jambe, mais tu nous rends le reste.

Manifestement satisfait du marché, le reptile replongea en ses eaux troubles, emportant une cuisse et abandonnant sur la berge le reste de la carcasse de Charlie.

Martin fusilla ses alliés du regard.

– On avait dit pas de victimes !

En retour, Kombo le fixa d'un œil impavide.

– Je sais. C'est affreux.

Traité de Fontaine – Jour Six – Le Vote, seconde session

À l'exception de Charlie, que sa très jeune veuve pleura une trentaine de minutes face aux caméras avant d'aller retrouver ses copines et le Dom Pérignon, tous les membres des commandos et des lobbies furent ramenés sains et saufs. Un peu abîmés, pas mal traumatisés, mais conscients des images vidéo qui planaient sur leur liberté, ils suivirent Édouard Soutellin et défendirent ardemment le traité de Fontaine dont le vote fut reporté au samedi, dans le même amphithéâtre, vidé de ses tables et de ses chaises réduites en copeaux par la panique générale de la veille.

Convaincue par les dossiers et saisie par l'urgence, la grande majorité des chefs d'État vota un « oui » franc et massif. Des émissaires partirent aussitôt aux quatre coins du monde, pour une application instantanée de tous les décrets. On allait pouvoir alerter les médias. Mais avant, il restait la victoire à savourer seuls, entre les hauts murs du Domaine de Fontaine-de-Vaucluse :

– Vivat !!!!

Les cris de liesse éclatèrent dans la salle, les présidents se serrèrent les pognes, les scientifiques se claquèrent des bises, juristes, assistants, ministres se prirent dans les bras et se soulevèrent du sol. L'heure était historique, demain tous découperaient les journaux pour la postérité.

En quelques minutes, un buffet fut installé et les bouchons de champagne giclèrent dans les airs comme sur un podium de Formule 1. Étourdi par le pétillement de la mousse et la valse des corps autour de lui, sonné par le miracle accompli, Martin, debout, pleurait comme un veau au milieu de l'amphithéâtre. Trois ans de travail récompensés et des décennies d'espoir redessinées. Tahiata l'enlaça, l'embrassa, versa sa larme de concert puis se fondit dans la foule à la recherche de ses propres objectifs. Alors que le professeur, heureux et désorienté, croisait le bel or des prunelles de Kombo, ses pleurs reprirent de plus belle et déclenchèrent ceux du colosse qui inonda sa chemise en un seul instant et bondit à la rencontre du scientifique pour le hisser dans les airs de ses deux mains, tel un poupon, et le secouer avec allégresse. Martin, ainsi perché et ridicule, riait de bon cœur, sourd aux « Ouais, vas-y Nobel !!! » qui explosaient autour de lui.

Une jeune femme sautant en tous sens, hystérique, prit Rose contre sa poitrine et la fit tournoyer brièvement avant de la reposer. Une fois son équilibre retrouvé, Rose s'écarta un temps puis considéra la jeune femme et son sweat affichant la photo de cette superbe actrice blonde sur une Harley Davidson.

– Oh moi aussi j'adore Napoléon ! s'extasia Rose Cooper.

Le sourire de la jeune femme se déforma en un rictus incertain, mais se recomposa aussitôt lorsqu'elle découvrit le tee-shirt de Rose où des lettres rouges sur fond blanc proclamaient : FUCK DESCARTES.

– Magnifique ! s'écria la jeune femme. Je veux le même !

Décidée à pactiser avec l'adversaire qui n'était pas toujours un ennemi, Rose ôta son tee-shirt avec spontanéité pour le tendre sans gêne à la jeune humaine qui en retrouva son rictus embarrassé. Après une hésitation, elle se cacha discrètement dans un coin pour enlever son propre sweat et procéder à l'échange. Elle tendit la belle Napoléon à Rose qui s'en empara avec empressement pour l'étirer comme elle put sur son ventre rebondi.

Bill Kennedy lapait un cocktail avec frénésie, saluant tous ses voisins de sa main gauche qu'il agitait gaiement. Bouboule, frétillant de la barbe et des joues, s'approcha pour lui tapoter l'épaule :

– C'est Dédé ! fit-il en désignant le président des États-Unis.

– Hein ? demanda Bill en approchant son oreille.

– Le mec orange, là-bas, qui fait la gueule, il est coiffé avec Dédé, mon copain cochon d'Inde !

Malgré son aversion pour la foule, Cléo s'engagea dans l'assistance pour aller frotter une épaule affectueuse contre

Martin et enchaîner d'une tête chaleureuse sur Kombo. Ils lui frictionnèrent le dos en retour, souriant à la fraternité. Le politique français à la paupière lourde qui se trouvait à deux pas en profita pour, lui aussi, plaquer une main grivoise, mais il fut de nouveau interrompu par une double gifle de Cléo. Alors que, ulcéré, il se tournait vers Kombo, celui-ci l'assomma d'un poing négligent sur le haut du crâne. Bill accourut, piétinant le malheureux sans y prendre garde, et sautilla autour de ses amis, incluant dans le groupe Kirsten qui s'approchait.

– C'est génial, hein, c'est super ? dit-il. On se marre, hein, c'est génial ?

– C'est super, confirmèrent-ils tous les quatre.

Après quelques secondes de silence et de plein contentement, Cléo s'adressa à Martin :

– Et s'ils ne respectent pas le traité ?

Martin conserva son sourire, survolant l'assemblée d'un regard flou. Bien sûr, il y avait toujours un risque, les promesses non tenues, les engagements contournés, les décrets abrogés, les pays désolidarisés. Mais des mesures de précaution, alourdies de menaces et sanctions, avaient été cette fois portées au texte, confiées aux organismes militaires et financiers internationaux. L'espoir était permis. Les prises de conscience citoyennes se confirmaient chaque année et le bal des petits avait poussé le vote des grands, toujours à la remorque. La bascule verte se ferait. Martin aperçut de nouveau son épouse dans un angle de la salle qui avait coincé son ex-P-DG entre les feux croisés de sa ténacité et de sa détermination. Plusieurs forces étaient à l'œuvre aujourd'hui, mais elles auraient besoin de toutes les volontés pour les soutenir et endiguer les désastres.

— S'ils ne le respectent pas, ce sera une autre histoire, évidemment.

– Victoire ! clama Noé en jaillissant de son fauteuil.

Gabriel jaillit à l'unisson et serra son ami dans ses ailes.

– On a gagné ! On est les plus forts ! se réjouit l'archange avant d'ajouter, satisfait : Heureusement que j'étais là.

Après un premier sursaut d'indignation, Noé considéra son comparse un instant.

– C'est vrai, admit-il en souriant.

Il lui présenta sa paume et Gabriel y claqua le bout des plumes.

Tahiata Pica planta le dossier de présentation pour la création d'une Hyper fondation internationale de recherche, développement et application dans les mains du P-DG de *Resources*, leader mondial de l'eau et du traitement des déchets.

Le directeur survola le document quelques minutes.

– Ça sonne bien. C'est un peu long, mais je trouverai un acronyme, j'adore ça. Je me demande juste pourquoi les plus grands groupes de la planète libéreraient chaque année…

Il fronça les paupières afin de déchiffrer les petites lignes.

– … 10 % net du chiffre d'affaires pour l'injecter dans un plan de R&D commun. Autant le faire chacun de son côté.

– Non, si la moitié réfléchit aux batteries au lithium pendant que l'autre moitié ne peut plus l'extraire, on tourne en rond. Les chercheurs doivent travailler ensemble, de façon transversale, pour que des solutions viables – et donc commercialisables – soient mises en œuvre de façon

immédiate. Il faudra un gros pôle juridique et diplomatique pour la gestion des brevets, mais on peut s'entendre.

— On peut, mais quel intérêt ? demanda le P-DG en
trempant le bord des lèvres dans sa coupe de champagne.

— Financier d'abord : les bonnes innovations génèrent
de la richesse et de la croissance. L'image ensuite : ce
traité va de toute façon nous taxer, donc n'ayons pas l'air
de subir, mais au contraire de devancer. Ainsi, on nettoie
la réputation des entreprises auprès de la société civile,
c'est-à-dire de nos clients comme de nos collaborateurs
ou des électeurs des édiles qui signent nos contrats.

— L'image...

— C'est ni plus ni moins ce qu'a fait Bill Gates en son
temps en réunissant les milliardaires sous l'égide de sa
fondation contre la pauvreté.

Le P-DG souriait, déjà curieux et quasiment convaincu,
mais désireux de se faire prier. Il savourait ses bulles à
petites gorgées, intéressé par l'idée qui, en ce jour de
liesse, fleurait l'air du temps.

— Dix pour cent, c'est énorme. Les actionnaires ne
vont pas beaucoup aimer les dirigeants...

— OK, alors parlons d'amour, coupa Tahiata qui n'était
pas du genre à perdre son temps en minauderies. Vous
le ferez pour que vos enfants survivent à leur trentaine.
Vous le ferez aussi pour répondre à la seule vraie question de tout être humain sur son lit de mort : « Quel est
mon bilan ? J'ai eu des choix à faire chaque jour, combien
compteront ? À quoi et à qui j'ai servi ? »

— Oui, sur mes vieux jours, il est vrai que...

– Non, non, non. Je ne parle pas de votre dernier jour de centenaire. Je vous parle de votre lit de mort dans six mois quand l'un des milliers de cancers que l'industrie a fabriqués vous aura accroché les viscères. Dans six mois, juste avant de mourir, vous voulez quelle gravure sur votre tombe ?

Le P-DG avait verdi. Il lorgna sur sa coupe avec la sensation d'avoir bu un vulgaire mousseux, amer et abrasif. Il releva les yeux sur Tahiata Pica qui souriait pour adoucir le propos, mais plantait droit les prunelles dans les siennes. Il lui tendit son verre pour mieux saisir le dossier des deux mains.

– Très bien. Merci pour votre collaboration Tahiata, je retourne au buffet, fit-il avant d'emprunter la diagonale qui le conduisait aux petits-fours et au club très restreint de ses homologues du CAC 40.

Épilogue (1)

Tahiata rinça la dernière tétine et la mit à égoutter sur l'arbre à biberons qui trônait à droite de l'évier. Elle s'essuya les mains sur un torchon tout en jetant un œil machinal aux clichés tapissant le frigo, sous leurs grosses lettres aimantées. Il s'agissait des tirages de la séance photo pour des magazines du monde entier après la signature du traité de Fontaine.

Sur l'un d'eux on ne voyait que le visage déformé en gros plan de Bill qui était allé coller son nez à l'objectif. Sur la plupart des autres, l'image était occupée par la carrure de Kombo John qui déployait au maximum ses épaules et ratatinait Martin, Rose Cooper, et Bill Kennedy dans un coin de l'image. Martin, qui tentait de se composer un air digne et docte de professeur, malgré le gros coude dans son œil, n'en était que plus touchant. De Cléo Gardner, sans cesse sur le départ, on apercevait parfois un bout, oreille, dos ou pouce. À côté, une pleine page de *Science & Vie* montrait Martin et Kirsten en blouse devant un girafon nouveau-né.

La série de photos sur l'autre paroi du frigo laissait Tahiata un peu plus amère. Rayonnante de fierté, elle y posait avec les membres de l'industrie ayant rejoint la fondation qu'elle avait initiée. Mais au moment de la parution, l'addition des miracles de la technologie et du narcissisme des dirigeants l'avait purement et simplement effacée de l'image.

Tahiata reposa le torchon, il était temps de prendre sa douche. Elle grimpa l'escalier, emprunta le couloir de l'étage et ouvrit la porte de la salle de bains. Cléo, allongée dans la baignoire pleine de mousse, tourna vers elle des yeux ronds outrés. Tahiata claqua la porte.

— Non mais, moi je veux bien les adopter puisqu'ils insistent, mais faut arrêter les transformations ! Et puis pourquoi on est tombés sur le seul chat qui aime l'eau ?

Malgré le labrador et son nouveau copain dalmatien qui se disputaient le privilège de lui bousculer les genoux, Martin parvint à ajuster la barrette hérisson dans les cheveux de sa fille cadette, pendant que l'aînée remontait le zip de son sweat favori. À l'exception de Bouboule qui avait tenu à rester dans sa cage éternellement ouverte, afin de courir ses six kilomètres de roue, tout le monde se faisait bien beau aujourd'hui pour la tournée des nurseries. Le professeur recula d'un pas pour apprécier le tableau dans le large miroir de l'entrée. Ils étaient parfaits. L'ouverture de la porte provoqua l'éjection instantanée des deux chiens vers le jardin. Cléo, transmutée en chatte, le pelage brillant et les coussinets alertes, se faufila dehors à son tour. Tahiata, les cheveux encore mouillés et l'humeur incertaine, dévala les escaliers à sa suite. Pile à l'heure. Martin saisit le cosy du bébé, on pouvait embarquer dans le pick-up, direction le labo.

Kirsten qui, à touches discrètes mais tenaces, avait effacé sa condition de pistonnée pour une vraie place de vrai numéro deux, fit glisser avec précaution le haut battant de bois menant à l'enclos des girafes. Sur la paille, le girafon endormi reposait, paisible et superbe. Martin, Tahiata, leurs filles, Bill et Cléo, tous s'avancèrent en silence, retenant leur souffle. Depuis sa nacelle, le bébé brandit sa girafe en caoutchouc à la tête encore un peu aplatie par son redoutable jeu de gencives et l'agita avec joie en signe de reconnaissance. Ilona se tourna alors vers son père, qui cligna des yeux pour acquiescer. À pas feutrés, l'aînée des Pica-Bénétant s'approcha encore du girafon et déposa doucement à ses sabots un poupon joufflu. Ainsi, chaque espèce aurait son hochet à mâchouiller.

Toute la famille rejoignit ensuite l'espace des bâtiments administratifs. Un appartement avait été aménagé dans l'aile ouest. Martin toqua à la porte. Rose, souriante, le nez retroussé et les cheveux en pagaille, toujours vêtue d'un pyjama à onze heures trente, ouvrit en grand et les invita à entrer dans un salon où rien ne semblait plus à sa place. Des bodys et des langes envahissaient les accoudoirs du canapé, des piles de linge et de livres s'élevaient un peu partout, un volume de Dolto calait une table bancale sur laquelle une coupelle présentait des pelures de patate en guise de biscuits apéritifs. Bill et Cléo, comme chien et chat, filèrent explorer la pièce et se frotter aux jambes de leur amie qui leur rendit des bourrades d'affection. Rose repartit ensuite s'asseoir dans son fauteuil, attrapa un bébé dans chaque bras et commença à les bercer alors que ses pieds balançaient tour à tour les occupants des trois transats posés sur le tapis. Elle chuchota à la cantonade :

– Comment ça va ?

Martin sourit et murmura en retour :

– Bien et toi ?

Les yeux cernés mais le visage heureux, Rose contemplait ses quintuplés miraculeusement et très provisoirement assoupis. Elle avait consacré ses derniers jours de grossesse à la lecture de quantité de manuels, pesant le pour et le contre de chaque situation. L'espérance de vie comparée de l'humain et du cochon avait emporté sa décision : les femmes disposaient de soixante années d'existence supplémentaires, ce qui n'était pas encore assez pour tout l'amour que Rose avait à rattraper. Ainsi, ses enfants naîtraient dans cette cosse de tyran qui était désormais la sienne. À la maternité, choyée, entourée, aidée, félicitée, en voyant ses bébés ainsi soignés et dorlotés par des dizaines d'humains en blouse qui se relayaient jour et nuit, elle n'avait d'abord pas trop compris ce qui se passait. Un premier sentiment de révolte avait même failli éclore : comment justifier une telle différence de traitement ? Mais Rose avait fermé le clapet des revendications et s'était doucement abandonnée à un bonheur trop vaste pour tenir dans un débat d'opinion. Elle avait materné à tour de bras sans plus se poser de questions. Cette humanité-là n'avait pas de prix.

Épilogue (2)

Deux tropiques plus bas, le souvenir de ses amis gardé au chaud sous son pelage de grand primate, Kombo dominait la plaine gabonaise. Le cœur plein de liberté, la poitrine gonflée de chlorophylle, la conscience éprise de solidarité, le dos argenté entendait désormais régner en gorille juste et magnanime.

Alors qu'une pluie bienfaitrice s'abattait sur les feuillages, il aperçut le plus vieux singe du groupe qui avançait péniblement à la recherche d'un abri. Kombo roula sur le côté pour d'un geste large lui céder sa place sous les branches d'okoumé.

À peine installé dans son refuge, le vieux gorille se boursoufla d'orgueil et battit son poitrail de ses poings pour annoncer le renouvellement des cadres dans la forêt.

Kombo dodelina de son gros crâne, puis, dans un soupir, il récupéra sa place en administrant une beigne magistrale au mutin.

Fallait pas non plus le prendre pour un bonobo.

Épilogue (3)

Deux tropiques plus haut que ce gorille dont il ne voulait rien savoir, Soutellin purgeait sa chute. Son revirement sur le traité de Fontaine avait été accueilli comme une faillite personnelle par ses amis de l'industrie et, l'entre-soi n'étant pas long à redessiner ses contours, Soutellin pataugeait désormais au-delà du cercle, condamné au lobbyisme vert, gaspillant ses jours en compagnie d'activistes sapés comme des tas de compost.

Après une nouvelle nuit sans sommeil, à se tourner et se retourner sur son matelas en crin bio-certifié-à-la-noix, Édouard rabattit sa couverture en laine qui gratte sur ses épaules et parvint enfin à s'assoupir.

– Cocoricooooo ! Cocoricoooo ! Cocoricoooo ! Debout fumier ! Debout fumier !

Réveillé en sursaut, Soutellin plaqua ses mains sur ses oreilles, maudissant ce putain de perroquet qui venait jour et nuit voleter sous ses fenêtres en imitant le chant du coq et la voix de Bénétant.

Épilogue (4)

Déesse jeta un dernier coup d'œil au dossier avant d'éteindre l'hologramme central. Elle espérait que, désormais, aucune alerte ne viendrait plus perturber la marche d'un monde à la Création duquel elle avait quand même bossé six jours entiers.

— Bon mon Noé, j'ai honoré les promesses que tu avais inconsidérément prononcées en mon Nom. Tout le monde est content, tout est bien qui finit bien.

Déesse marqua une pause, posant son œil de Jugement sur Noé qui se tortilla sur son siège, ne sachant trop quelle volonté allait encore lui tomber sur le coin de la barbe.

— Maintenant, reprit-elle, je pense qu'il est temps pour toi de changer de rayon.

Noé retint un cri de joie. Enfin, enfin, ses prières étaient entendues. Déesse fronça le sourcil et le patriarche regretta aussitôt cette pensée impatiente.

— Qu'est-ce qui te ferait plaisir ? fit-elle.

— Je ne sais pas. Après toutes ces aventures, un secteur plus calme me permettrait peut-être de diversifier mes expériences. La météo, par exemple. Ça a l'air bien, le climat, je m'occuperais bien du climat.

— Ainsi soit-il. Mais tu ne fais pas le con, hein !

— Juré.

— On ne jure pas, bordel !

— Pardon Déesse.

— Bon. T'as bien travaillé sur ce coup, je dois l'admettre.

Noé se rengorgea, mais pas au point d'omettre les flatteries de rigueur :

— Votre idée des animaux infiltrés était formidable aussi, ma Déesse. On se demande comment les humains s'en seraient sortis sans cette magie.

Déesse réorganisa quelques nuages d'un mouvement de main machinal. Elle ferma les paupières pour réfléchir quelques instants, puis inspira profondément avant de rouvrir les yeux et conclure :

— L'humanité a de la ressource et d'incroyables facultés d'adaptation, alors on ne sait jamais trop avec elle. Mais je me demande si elle n'aurait pas simplement foncé droit dans le mur.

Remerciements

Avant de devenir un roman, *Voix d'extinction* fut une idée saugrenue, puis un début d'histoire. Dans ce parcours semé d'incrédulité et de rigolade, j'ai eu le bonheur de croiser Laurent Storch, Laetitia Kugler, Stéfanie Delestré, Marie Dormann, et je les remercie ici bien sincèrement de l'intérêt qu'ils portèrent alors à mes bestioles. En plus d'être de sacrés bons moments, chacune de nos conversations fut riche d'enseignements.

Pour que cette histoire devienne un roman donc, avec un peu plus de gorille ici, un peu moins de chien là, des « Tu peux couper, on s'en fout ici » et des « Tu peux rallonger de cinquante pages là », j'ai pu compter sur l'œil formidable et la diplomatie constante de ma super éditrice Caroline Ripoll (merci !!!), mais aussi sur le travail de lecture, d'analyse, de correction et la bienveillance d'Anne-Isabelle Masfaraud, Dominique Hénaff, Patrick Hénaff, Pierre Hénaff, Brigitte Petit, Marie-Thérèse Leclair et, par ordre alphabétique : Isabelle Alvès, Marie La Fonta, Chloé Szulzinger.

Parce que ce roman a pu devenir ce livre, un immense merci aux fantastiques équipes d'Albin Michel et à leur dos argenté

Francis Esménard. Une bise au passage à Stéphanie Nioche, fabuleuse camarade de salon. Une sincère reconnaissance également – pour mes volailles précédentes – aux équipes du Livre de Poche, passées (merci merci Constance Trapenard !), futures et présentes (Zoé Bellée !).

Pour que ce livre ait un titre, un vrai bon titre je veux dire, j'ai pu bénéficier encore de l'incroyable inventivité, l'humour, l'engagement, le forfait mobile de Jean-François Masfaraud. Gratitude profonde, joie et soulagement.

Pour une idée et une phrase, reprises telles quelles par Bouboule, merci à ma fille aînée.

Et, plus généralement, merci à mes deux filles pour leur inépuisable source d'inspiration et de diversion.

Et parce que je le remercierai jusqu'à mon dernier livre : gloire à Patrick Raynal.

Mon infinie gratitude va également à ceux qui, par leurs œuvres, m'ont permis à la fois de me documenter, d'alimenter ma réflexion et de procrastiner :

Fred Vargas (*L'Humanité en péril*), Elizabeth Kolbert (*La 6e extinction. Comment l'homme détruit la vie*), Vinciane Despret (*Que diraient les animaux, si... on leur posait les bonnes questions ?*), Boris Cyrulnik, Jean-Pierre Digard, Pascal Picq et Karine-Lou Matignon (*La Plus Belle Histoire des animaux*), Balzac, Stahl et Nodier (*Scènes de la vie publique et privée des animaux*), Pierre Jouventin (*L'Homme, cet animal raté*), Florence Ollivet-Courtois et Sylvie Overnoy (*Un éléphant dans ma salle d'attente*), Frans de Waal (*Sommes-nous trop « bêtes » pour comprendre l'intelligence des animaux ?*), les journalistes du *Monde*, de

Science & Vie, de *L'Express*, du *Point*, de *L'Obs* et de leurs suppléments.

Merci aussi à Priscille Lacoste du ZooParc de Beauval pour sa gentillesse et sa disponibilité.

En mémoire d'Henri, qui a perdu sa bataille, si lourde, au moment où j'écrivais la mienne, tellement légère. Nous avions le même âge et autant d'enfants, au revoir mon cousin.

DU MÊME AUTEUR

AUX ÉDITIONS ALBIN MICHEL

Poulets grillés, 2015
Rester groupés, 2016
Art et décès, 2019

Composition Nord Compo
Impression CPI Bussière en janvier 2021
Éditions Albin Michel
22, rue Huyghens, 75014 Paris
www.albin-michel.fr

ISBN : 978-2-226-40293-6
N° d'édition : 22951/01 – N° d'impression : 2049685
Dépôt légal : février 2021
Imprimé en France